光文社古典新訳文庫

ドルジェル伯の舞踏会

ラディゲ

渋谷豊訳

kobunsha classics

光文社

Title : LE BAL DU COMTE D'ORGEL
1924
Author : Raymond Radiguet

目次

ドルジェル伯の舞踏会

ドルジェル伯夫人のような心の動きは時代遅れだろうか？　いくら西インド諸島の植民地で生まれた貴族の女だからといって、義務感と優柔不断さがあんなふうに混じり合うなんてことはとても信じられない、といまの人は思うかもしれない。だが、そう思うのは、純粋なものより猥雑なものの方が面白いからという理由で、皆が純粋さに関心を払わなくなっているせいではないだろうか？

純粋な魂が無意識のうちに弄する奸計《かんけい》は、はたして悪徳がはりめぐらす策略より奇異でないと言えるだろうか？　ドルジェル夫人のことをあまりにも正直すぎるとか簡単すぎると思う世の女性には、ひとまずそう問うことにしたい。

ドルジェル伯夫人は名門グリモワール・ド・ラ・ヴェルブリー家に生まれた。グリモワール家と言えばまさに何世紀にもわたって比類のない栄光に包まれてきた一門だ。ただし、この一門の人たちはじつはたいしたことは何もしていない。十字軍に参加した者は一人もいないし、そもそも十字軍に限らず、その名が大きな戦争とともに記憶されている者が一人もいないのだ。ふつうは輝かしい功績を立てる機会に恵まれ、それで貴族の称号を授かるわけだが、グリモワール家はむしろそんな機会といっさい縁がなかったことを誇りにしていた。そんな鼻持ちならない態度をとっていて、いつまでも安穏と暮らせるはずがない。やがて国王ルイ十三世が封建貴族の勢力を削《そ》ごうと決意したとき、真っ先に標的にされた家の一つがグリモワール家だった。当家の主人はこの不当な仕打ちに耐えかね、一悶着起こした末にフランスを飛び出すことに決めた。当時、この噂が広がると世の中は騒然となった。己の威信を高めようとしたのが仇《あだ》になったかと王が心配したほどだ。結局、グリモワール家はマルチニック島[1]に身を落ち着けた。この一家が我が国の植民地の発展にどの程度寄与したのか、そこは正確には分からない。というのも、グリモワール家に倣って植民地に移り住んだ貴族は相当の数に上るからだ。彼らは皆、祖国を懲らしめるつもりで外に飛び出したのだが、結果的には我が国の富の拡大に貢献したのだった。

祖先の人々がオルレアネ地方の農民に権勢をふるったように、マルチニック島に移り住んだグリモワール・ド・ラ・ヴェルブリー侯爵は島の住民を支配下に置いた。彼はサトウキビ農園を経営し、権力欲を満たしながら、大いに資産を増やした。我々はここで、この一門の性格が奇妙な具合に変わっていくのに立ち会う。まるで南の島の心地よい日の光を浴びて、彼らの心と体を麻痺させていた驕《おご》りが少しずつ解けていったかのようなのだ。かつて一門の中には「我が家にとって、縁組とは格下の家との縁組にならざるを得ない」と嘆いた者もあった。だが、三世代が島で暮らすうちに、フランスにいたときならあまりにも格が違いすぎると思えたはずの縁組にも、まあ良いではないかと寛大になる。その結果、グリモワール家は庭師の手の入っていない木のように枝を方々に広げ、その葉叢《はむら》でほぼ島の全体を覆うに至る。いまやこの一門はマルチニック島の王者だ。島に上陸すると、人は何を措《お》いてもまずグリモワール家を表敬訪問する。もしグリモワール家と何らかの縁戚関係があると判明すれば、

1　カリブ海の西インド諸島にあるフランス領の島。
2　パリの南、ロワール川の中流域。中心都市はオルレアン。

それでその人の成功は約束されたも同然だ。そんなわけで、ガスパール・タッシェ・ド・ラ・パージュリがこの島にやってきてまず考えたのも、遠い続き合いとはいえグリモワール家の縁戚であることを世に知らしめることだった。じきにグリモワール家の男子とタッシェ・ド・ラ・パージュリ家の令嬢の縁談が成立し、いささか弛《ゆる》んでいた絆が固まる。そうこうするうちに月日が流れる。グリモワール家の後ろ盾があるにもかかわらず、タッシェ・ド・ラ・パージュリ家の評判はどうも芳しくない。不人気、悪評が頂点に達したとき、タッシェ・ド・ラ・パージュリ家の娘マリー＝ジョゼフ[3]、即ち後にジョゼフィーヌと呼ばれることになる娘がフランス行きの船に乗り込み、ボアルネとかいう男と彼女の結婚が告示される。ちなみにその男の父親はサント・ドミンゴ[4]にプランテーションを所有している人物だ。この縁談をまとめたのは、おそらくジョゼフィーヌのおばの一人だったのだろう。というのも、皆が公然と口にしていたところによると、そのおばは、新郎のアレクサンドル・ド・ボアルネの父親と愛人関係にあったのだ。やがておばの不面目のとばっちりを受けるような形で、罪のないジョゼフィーヌが肩身の狭い思いをする。夫と離縁してマルチニック島に戻った彼女に、もともとこの結婚に反対していた人たち、つまり保守的な人たちが、出戻り女には会いたくないと門前払いを食わせたのだ。グリモワール家の人々だけが、この離婚はあの娘《こ》のせいではないのだからと、彼女に辛くあたらなかった。

グリモワール家の人々にフランス革命の勃発を伝えたのはそのジョゼフィーヌだ。この知らせを聞いてグリモワール家の人々は大いに満足する。彼らは自分たちからすべての権利を奪ったあの一族が、いつまでものうのうと王座に座りつづけていられるはずがないとずっと信じてきたのだ。当初、彼らはこの革命を、貴族による、貴族のための革命だと思ったらしい。だが、フランス本国のその後の成り行きを知って、今度はギロチンにかけられた貴族たちを非難しはじめる。なぜ私たちに倣わなかったのか、ほどよい頃合、つまりルイ十三世治下に、さっさとフランスを去っていればよ

3　後のフランス皇帝ナポレオン・ボナパルトの妃、ジョゼフィーヌ（一七六三年―一八一四年）のこと。本名マリー＝ジョゼフ＝ローズ・タッシェ・ド・ラ・パージュリ。マルチニック島生まれ。一七七九年にアレクサンドル・ド・ボアルネ子爵と結婚、子供二人を設けるが、一七八三年に離婚。子爵はフランス革命で刑死。その後、ジョゼフィーヌはナポレオンを知り、一七九六年に結婚。一八〇四年に夫の皇帝就任とともに皇后となるも、一八〇九年に離婚。パリ郊外のマルメゾンで余生を送る。

4　スペイン領のイスパニョーラ島にある都市。現在はドミニカ共和国の首都。

かったのに、と。

彼らはのぞき穴からこっそり隣近所を観察している少々底意地の悪い人のように、自分たちの島から旧大陸を眺める。この革命はちょっとした悪ふざけのようなもので、それを眺めていて楽しくないはずがない。実際、例えば当家の親戚筋の娘ジョゼフィーヌとボナパルトとかいう将軍が結婚したという話以上に面白い話があるだろうか？　しかも、それを知らせて寄こしたあの娘の手紙ときたら！　おどおどして、まるで叱られるとでも思っているみたいに！　だが、帝政が布告されるに及んで、彼らには冗談も度が過ぎると思えてくる。彼らにとって、この帝政布告はフランス革命のフィナーレ、いわば打ち上げ花火の最後の一発だった。花火の火の粉が十字章や爵位や年金となって降ってくる。あるいは壮大な仮面舞踏会のようなものだったと言ってもいい。実際、フランス本国では誰もが付け鼻でも付け替えるように名前を変えている。そんな光景はもうグリモワール家の人々の目を楽しませない。

一方、マルチニック島でも奇妙な混乱が起きる。魅力的なこの島から瞬く間に人がいなくなったのだ。どんな天災地変が起きたとしても、こんなに急に島から人影が消えることはなかっただろう。ジョゼフィーヌが自分の周りに一族を結集させようとして、ごく遠い続き合いの親類にまで声を掛け、宮廷に呼び寄せたのだ。ときには至ってつましく暮らしている者にも声をかけた。とはいえ、皆、それなりに古くから続く家名の持ち主ではあったが。当然、彼女が真っ先に目をつけたのはグリモワール家だった。彼女は一家の主人にメッセージを送る。後でどうとでもなると思って、ナポレオンには内緒にしたまま、グリモワール・ド・ラ・ヴェルブリー侯爵に法外な見返りを約束してフランスに出てくるよう誘ったのだ。夫は毎日一つの州を手中に収めている、侯爵にそのうちの一つの君主になってもらってなぜいけない、というわけだ。グリモワール家の人々はこの申し出に腹を立て、返事もしない。彼らがジョゼフィーヌとふたたび懇意になるのは、彼女とナポレオンの離婚後だ。その際、グリモワール侯爵は彼女に非常に説教くさい手紙まで送ることになった。自分はあんな馬鹿騒ぎは何一つ本気にしていなかった、なぜあなたは私を見倣おうとしなかったのか、と。実際、彼は何度か「うちの島に戻ってきなさい」とジョゼフィーヌに声をかけてもいたのだ。ジョゼフィーヌがナポレオンと別れると、グリモワール侯爵はナポレオンの帝政に対する敵意をむき出しにするようになった。それまではさすがに縁戚関係があるので自制していたのだ。

さて、ここまで我々はグリモワール家の歴史を駆け足で辿《たど》ってきたわけだが、それにしても何世紀にも及ぶ歴史を扱っていながら、私がいつも同じ人物、たった一人きりの人物について語るような調子で話をしているので、不審に思われた読者もおられるかもしれない。だが、我々にとって重要なのは、グリモワール家の歴代の面々ではなく、彼ら皆の面影を留《とど》めた一人の女なのだ。たしかに、祖先のことを知ればそれでドルジェル伯夫人の人となりが分かるというものではない。とはいえ、人間の運命というものに敏感な方がグリモワール家のフランス帰還の事情をお知りになれば、同家がマルチニック島に移住したそもそものいきさつを私が説明したのも余計なおしゃべりではなかったと分かってくださるだろう。とにかくご理解いただきたいのは、後のドルジェル伯夫人、即ちグリモワール家の令嬢マオは、のどかな空の下でハンモックに揺られて暮らすために生まれた人だということだ。つまり、パリの女やよその土地の女であれば、身分の上下にかかわらずかならず持っている武器を、彼女は持っていないのだ。

マオは生まれたとき、あまり皆に喜んでもらえなかった。産みの苦しみには気丈に耐えた侯爵夫人も、娘を見てショックで気を失った。それまで一度も生まれたばかりの赤ん坊を目にしたことがなかったので、奇形児を産んだと思いこんだのだ。この最初の衝撃はその後も長く尾を引き、幼いマオはいつも疑いの目で見られつづけた。話しはじめるのがかなり遅かったので、母親に口がきけない子だと決めつけられたこともある。彼女が三歳のときの話だ。

グリモワール夫人はじりじりするような気持ちで第二子の誕生を待っていた。次は男の子をと願い、長女に欠けているすべての長所を備えた子を夢みていた。だが、妊娠中に大地震が発生し、サン＝ピエール[5]の町が壊滅状態に陥った。侯爵夫人は奇跡的に一命を取り留めたが、いっときは精神を病んだのではと心配された。じきに生まれてくる腹の子の安否も気づかわれた。侯爵夫人はこの島にはもう恐怖しか感じられなくなり、これ以上ここでは暮らせないと言い出した。医師たちはいま夫人に無理をさせるのがどんなに罪深いことであるか、懇切丁寧に夫に説明した。こうして、それま

5 かつてマルチニック島で最も栄えていた町。一九〇二年五月、町の近くのプレー山が噴火し、壊滅的な被害を受ける。

で何があっても、たとえ一国の領土を約束されても祖国へ帰ろうとしなかったグリモワール一家が、ついに一九〇二年七月、フランスの港に降り立ったのだ。ところで、ちょうどそのときラ・ヴェルブリーの地所が売りに出されていたのは驚くべき偶然と言うほかない。満足に手入れされているとは言いがたいありさまだったが、それでも時の侯爵は先祖の仇を討つような気持ちで、昔グリモワール家が所有していた城を買い戻し、そこに居を定めた。彼はかつてその城を棄《す》てたのが自分自身で、いまルイ十三世に懇願されて戻ってきたような気になっていた。この度の帰国は何ら胸を張るようなものではなかったはずだが、にもかかわらず彼は父祖の地への帰還を成し遂げたことが誇らしくてならず、そのためすっかり傲慢になって、他人の話に一切耳を傾けなくなった。彼はいまだに自分がその地の農民たちの領主だと思い込んでいて、農民相手の訴訟に後半生を費やした。

グリモワール夫人が産み落としたのは死児だった。夫人は大地震のせいで女性特有の疾患に罹っていて、もう子を産むことなど望むべくもなかったのだ。彼女をいやが上にも悲しませたのは、死んで生まれたのが男の子だったことだ。それ以来、侯爵夫人は極度の衰弱状態に陥り、版画によく描かれている植民地生まれの白人女そっくりになった。要するに（こう言ってはやや誇張になるかもしれないが）「長椅子に座って一生を過ごす女」になったのだ。

それにしても、侯爵夫人はもはや母親としての愛情をマオ以外の誰にも注ぐことができないのだから、もっとマオを可愛《かわい》がってもよさそうなものだった。だが、彼女には、この生命力に溢《あふ》れた騒がしい娘が、打ち砕かれた希望に対する侮辱のように思えていたのだ。

マオはラ・ヴェルブリーで野生の木蔦《きづた》のように育った。この娘の美しさと知性はすぐに開花したわけではないが、それだけに着実にはぐくまれていった。両親は彼女を愛していないわけではなかった。だが、彼らの愛し方はいたって消極的だったので、彼女が愛情に包まれていると感じるのはマリーと一緒にいるときだけだった。マリーというのはグリモワール家の人たちがまるで家財道具のように貸し借りし合っている年とった黒人の女性だ。彼女がマオに注ぐ愛情は、目下の者が主人に捧げるそれ、つまり、恋に最も近い愛情だった。

すでに政教分離[6]が布告されていたため、ラ・ヴェルブリーの地でマオを育てるほかはなかった。資産はないが、田舎の名家の出である老嬢の手に彼女の教育は委ねられた。実の母親は日がな一日うとうとと居眠りをしていた。父親が娘のためにしたことと言えば、この世にグリモワール家の女性に見合う男は一人もいないと教えたことくらいだった。マオはそう教わって家名に誇りを持つどころか、ひどく悲しくなった。だが、十八歳になって、アンヌ・ドルジェル伯爵（ドルジェルという名は我が国ではかなり幅が利く名だ）と結婚すると、彼女はまだほんの子供だった頃の活発で生き生きとした姿を取り戻す。彼女は夫に夢中になった。夫はその返礼に深い感謝ときわめて強い友情を妻に捧げたが、彼は自分でそれを恋愛感情だと思い込んでいた。黒人のマリーだけがこの二人の縁組を好意的に見ていなかった。マリーの不満は主に齢の差に向けられていた。マオの伴侶としては、ドルジェル伯は齢をとりすぎていると思っていたのだ。それでもマオのそばを離れたくないので、輿入《こしい》れと同時にマリーもドルジェル伯の屋敷に移った。おまえにしてもらうことなど何もないと周りから言われていたが、実際は彼女の役割がきちんと決まっていないだけに、屋敷の使用人たちからこまごまとした用事をむやみやたらと押しつけられ、一日の終わりには彼女は疲れ切って倒れ込むのだった。

じつはアンヌ・ドルジェル伯はすこぶる若かった。まだ三十歳になったばかりだったのだ。彼は社交界で目立った存在だったが、彼の手にしている栄光（「栄光」が言いすぎなら「例外的な地位」と言ってもいい）が何に起因するのかは誰にとっても謎だった。ドルジェルという家名にものを言わせているわけでもなかった。そもそも、たとえある種の家名を聞かされると催眠術にかかったようになってしまう人たちでも、やはり最も重視するのは家名ではなく当人の才覚なのだ。ただし、ドルジェル伯の美点がいずれも彼の一族に代々受け継がれてきた美点だったことは言っておかなければ

6　一九〇五年に公布された政教分離法のこと。フランス革命以降、紆余曲折を経ながら進行した脱宗教化（特に国家とカトリック教会の分離）の過程の重要なメルクマールの一つ。フランスではかつてカトリックが国教とされていたが、脱宗教化の結果、公立小学校から宗教色が除かれ、カトリックの教義などが教えられることはなくなった。ただし、子女に従来通りの宗教教育を受けさせたいと願う親には、私立小学校に通わせるか、あるいは学校に通わせずに親か家庭教師が教育するという選択肢が残されていた。作中では政教分離が行われたということと「ラ・ヴェルブリーの地で」マオを育てなければならないということとの因果関係が明瞭に示されてはいないが、ことによるとグリモワール家の人たちは熱心なカトリック教徒で、マオを公立小学校に通わせるなどもっての他と考え、自宅で教育することにしたのかもしれない。そう解釈するのであれば、「ラ・ヴェルブリーの地で」という言葉は「グリモワール家の屋敷で」という程の意味となる。

ならない。また、彼の才覚がもっぱら社交上の才覚に限られていたことも言っておこう。彼の父親は周囲にからかわれながらも愛されているといった風の人で、亡くなってまだ間もなかった。かつてたいへんな威光を放っていたドルジェル家の屋敷も、近頃ではひどく退屈な場所としか思われなくなっていたのだが、それをアンヌはマオに助けられながら、在りし日の姿に甦らせたのだった。こう言ってよければ一九一四年から一八年の大戦の「翌日」に舞踏会を開いたのは彼らだったし、一冬の間に驚くほど斬新でみごとなパーティーを何度も催したのも彼らだった。こうしてドルジェル家は社交界の主導権を握ったのだ。

亡きドルジェル伯が生きていれば、息子のアンヌは招待客の選定に際してあまりにも個人的な資質と財産を重視しすぎると苦言を呈したかもしれない。だが、あまり家柄に捉われないこの自由な考え方(ただし、客選びが極めて厳格に行われていたことに変わりはない)はドルジェル家の復権に少なからず寄与していた。いつも同じ家柄の人しか招こうとせず、そのため退屈で死にそうになっていた当家の親戚筋の人たちは、アンヌのやり方を批判していたが、その彼らにとってドルジェル家の屋敷のパーティーに参加するのは、気晴らしをしながら陰口を叩く絶好の機会だった。

アンヌ・ドルジェル伯の亡父に眉をひそめさせたであろう招待客の代表格とも言えるのが若い外交官ポール・ロバンだった。後でまた触れることになるだろうが、もっと尊大な人、あるいはもっと鈍感な人なら気にも留めないような社交界の新しい傾向を前にして、このロバンという男はいつも気後れと誇らしさの混じり合った感情に捉われていた。彼の多くの行動はこの奇妙な感情に突き動かされたものだ。当然、彼はいくつかの屋敷に招かれるのを幸運と考えていて、中でも彼にとって最大の幸運はドルジェル家に招待されることだった。彼は知人を二組に分類していた。ユニヴェルシテ街[7]のパーティーで顔を見かける連中と、まったく見かけない連中の二つに。この分類にこだわりすぎて、他人の良さを正当に評価できないこともあった。一番仲の良い友人であるはずのフランソワ・ド・セリユーズに対して少々批判的だったのもそのためだ。彼はフランソワ・ド・セリユーズが名前の「ド」[8]を有効に活用しようとしないのを愚かだと思っていたのだ。ポール・ロバンはかなり単純な思考回路の持ち主で、

7　パリ左岸、セーヌ川にほぼ並行して走る実在の通りの名。作中の設定では、ドルジェル家の屋敷がこの通り沿いにある。

8　名前の中に含まれている小辞「ド」de は貴族の身分を示す。

いつも自分を基準にして他人を判断しているものだから、フランソワ・ド・セリューズにとってはドルジェル家は何ら特別な存在でなく、無理をしてまで近づきになろうという気はさらさらないということが分からなかったのだ。もっとも、ポール・ロバンは親友に一歩リードしていると思って悦に入っていたので、フランソワ・ド・セリューズをドルジェル夫妻に紹介し、それによってこの気分のよい状況にあえて終止符を打とうとは考えなかった。

ポール・ロバンとフランソワ・ド・セリューズ以上に性格のかけ離れた二人組はちょっと想像できない。だが、彼らは互いに似ているから友情で結ばれたのだと無邪気に信じていた。事実は、友情が彼らを可能な範囲内で似させたのだ。

ポール・ロバンは「出世せねば」という考えが片時も頭を離れない男だった。世の中にはいつも皆が自分を待っていてくれるものと思い込んでいるたちの悪い奴がいるが、彼はその逆で、つねに汽車に乗りそびれてしまうのではないかとやきもきしていた。また、彼は芝居や小説の登場人物のような人間が実際にこの世に存在すると信じていて、人生とは何かの役を演じることではないかと考えてもいた。

要するに、十九世紀が発明したおめでたい文学に毒されていたわけだ。そんなものときれいさっぱり手を切れば、彼もよほど魅力的な男だっただろうに。

彼も根はいい人間だった。だが、それを分かってやれず、彼がとっかえひっかえ着用する仮面にばかり気をとられている人たちは、流砂のように捉えどころのない奴だといって彼を敬遠していた。

もっとも、彼自身はようやく自分のスタイルを確立したつもりでいたのだが、それはじつは、いまさら欠点を克服しなくても、と決め込んだだけのことだった。そういう気持ちは雑草のように徐々に彼の心にはびこっていったもので、いまでは気の弱さからついやってしまったことでも、周りには政治的もくろみがあってやっていることだと思わせておくのが便利だと考えるようになっていた。彼はまた卑怯《ひきょう》なほど用心深いたちでもあって、いろいろな種類の集まりにせっせと顔を出していた。何にでも片足を突っ込んでおくのが利口だと考えていたのだ。だが、そんなことをしていると、ややもすればバランスを崩して転びかねない。

彼は自分のことを口が堅くて慎み深い人間だと思っていた。だが、実際は何かにつけてこそこそとつまらない隠しごとをしているだけだった。彼は自分の生活をいくつかの区画に分け、一つの区画から別の区画へ移動できるのは自分だけだと思い込んでいた。世の中は狭いもので、いつ、どこで知り合いにばったり会ってもおかしくないのに、そんなことが彼にはまだ分かっていなかったのだ。フランソワ・ド・セリユーズに今晩の予定を訊《たず》ねられると、彼はきまって「ああ、ある人に夕食に呼ばれていてね」と答えた。この場合の「ある人」とは「僕が、僕だけが昵懇《じっこん》にしている人」という意味だった。ポールにとっては、この人もあの人も彼のもの、彼だけのものなのだ。ところが、その一時間後に夕食会の席でまたフランソワとばったり顔を合わせたりする。そこそこして、はっきり誰と会うと言わないからそんな気まずい思いをする羽目になるのだが、それでも彼は隠しごとをするのをやめることができなかった。

一方、フランソワ・ド・セリユーズのまず目につくところはその無頓着さだった。彼は二十歳だった。その年齢で、しかもぶらぶらと遊んで暮らしているのにもかかわらず、品行方正な人やはるかに年上の人から好意的な目で見られていた。いろんな点で突拍子のないところもあったが、「いたずらに先を急ぐべきではない」という知恵が身についていたからだ。そんな彼を早熟と見なせば、とんでもないまちがいを犯すことになる。どの年齢にも、その年齢に見合った果実が生《な》る。大事なのは、その果実を摘みとる術《すべ》を心得ることだ。たいていの若者は早く一人前になりたいがために、まだ手の届きそうもない果実を味わいたがる。そのため、せっかく目の前に生っている果実をないがしろにしてしまうのだ。

一言で言えば、フランソワの良いところはその若さ、年相応ということをわきまえた若さだった。すべての季節の中で、うまく着こなせば一番ぴたりと決まるのは春なのだが、着こなしが一番難しいのもまた春なのだ。

彼とポール・ロバンはまるでタイプが違ったが、おかしなことに（と言っても、こういうことは一般に考えられているほど珍しいことでもない）、彼がこれまで一緒に心の齢《よわい》を重ねてきた唯一の人間がポール・ロバンだった。ポール・ロバンは彼の友人の中で一番若かった。二人はかなり悪い影響を与えあっていた。

一九二〇年二月七日土曜日、この二人の友人はメドラノ・サーカス[9]にいた。フラテリーニ兄弟というすばらしい道化師を擁したこのサーカスは、当時、センスの良い客

9 「狂乱の時代」（第一次世界大戦後の約十年）のパリで人気を博したサーカス団。作家、芸術家たちに高く評価される。ラディゲはフラテリーニ兄弟と面識があった。

を引きつけていた。

演目はとっくに始まっていた。ポールは道化師の登場よりも客の出入りを気にして、知った顔がないかとしきりに辺りを窺っていた。突然、彼が腰を浮かせた。

二人の真向かいに一組の夫婦が現れ、夫の方が手袋を軽く振ってポールに合図した。

「あれがドルジェル伯かい？」フランソワは友に訊ねた。

「そうだ」ポールはいかにも誇らしげに答えた。

「一緒にいるのは？　奥さん？」

「そう、マオ・ドルジェルだ」

幕間《まくあい》になると、ポールはただちに、まるで人ごみに紛れ込む犯罪者のように姿を消した。ドルジェル夫妻をつかまえて挨拶しなければと考えたのだ。フランソワを連れて行く気は毛頭なかった。

フランソワはしばらくサーカス小屋をぶらぶらした後、フラテリーニ兄弟の楽屋のドアをノックした。客は皆、バレエの後に踊り子の楽屋を訪ねるように、この道化師たちの楽屋を訪ねるのだった。

楽屋にはどこからか流れ着いた異様に大きながらくたが積んであった。どれも本来の用途を失い、道化師たちのもとで元々の意味よりもはるかに強い何か別の意味を帯びていた。

ドルジェル伯夫妻もサーカスに来ればけっして楽屋訪問を欠かさなかった。アンヌ・ドルジェルにとって、これは自分の気さくさを周囲にアピールするよい機会だった。

フランソワ・ド・セリユーズが楽屋に入ってくるのを見て、アンヌ・ドルジェルは即座に彼の名を思い出した。アンヌは一度見たことのある顔はけっして忘れなかった。たとえ見世物小屋の反対端からちらりと見ただけでも、ぜったいに忘れないのだ。名前をまちがえることもなかった。彼が名前をまちがえるのは、わざとまちがえるときだけだった。

彼は面識のない相手に話しかけずにはいられないという性癖を父親から譲り受けていた。中にはいきなり話しかけられたために珍獣扱いされたように感じ、不快な顔をする人もいて、亡きドルジェル伯はしょっちゅうぶっきら棒な言葉を返されていた。

もっとも、ここは狭苦しい楽屋だったから、居合わせた者同士が知らんぷりをしているのも妙だった。アンヌは最初に少しだけフランソワとゲームを楽しむつもりで、フランソワの顔を知らないふりをして話しかけた。だが、彼はすぐ、フランソワが自分の方はアンヌを知っているのに、アンヌには知られていないと思って気後れしていることに気づき（そんなことにすぐに気づくのは、アンヌがもともと自分に自信を持っていればこそだ）、これは公平さを欠いたゲームだったと反省した。そこでアンヌは妻を振り返り、唐突にこんなことを言いだした。「どうやらセリユーズ氏は、僕たちが氏を存じ上げているほどには僕たちのことをご存じないらしい」マオ・ドルジェルはそれまで一度もセリユーズという名を聞いたことがなかったが、夫のやり方には慣れていた。

「いつも僕は」アンヌは微笑《ほほえ》みながらフランソワ・ド・セリユーズに言った。「ポール・ロバンに頼んでいるのですがね。『良い機会を設けて引き合わせてくれ』と。ちゃんと僕の希望をあなたに伝えてくれていなかったようですね」

アンヌはフランソワがポールと一緒にいるのに気づいていたし、ポールの悪い癖を知ってもいたので、こんな嘘をついた。人は愛想よく振る舞おうとするとき、この手の嘘をつくものだ。

彼らはロバンの噂をし、こそこそと隠しごとをする彼の癖を笑った。こんなふうに十分前まで面識のなかった相手と意気投合できてしまえるのは、高貴な生まれの人間ならではのことだ。加えて、いまの場合は場所柄にも恵まれていたと言える。サーカス小屋は優れて貴族的な空間なのだ。例えば、舞台裏がなく、何もかもが開けっ広げなところがそうだ。実際、曲芸師たちは廊下で着替えているようなものだったし、客の子供たちは海水浴場に遊びにでも来たみたいに円形ステージに登って跳ね回っていた。そんな場所では、ポール・ロバンの秘密主義がいっそう哀れで滑稽に見えるのだ。彼らは何かいたずらをしてロバンをからかってやろうと話し合った。フランソワはロバンが幕間になるとすぐに姿をくらまし、一人きりでドルジェル夫妻を探しに行ったことを暴露した。そこで、ロバンの前でアンヌとフランソワが古くからの友人であるふりをすることになった。

こんな邪気のない芝居を思いついたおかげで、アンヌとフランソワは友情の成立に必要な手続きをすべて省くことができた。アンヌはぜひフランソワをサーカス小屋の厩舎に案内したいと言いだした。フランソワはわざわざ案内してもらわなくとも厩舎のことはよく知っていたが、アンヌは「ぜひに」と熱心に誘った。まるで自分の屋敷の厩舎を見せようとするときのような熱の入れようだった。

フランソワは見とがめられるおそれのない瞬間をねらって、ときどきドルジェル伯夫人にちらりと視線を投げた。彼女は美しく、尊大で、心ここにあらずといった風だった。実際、彼女はうわの空だった。夫にすっかり夢中で、他のことはほとんど眼中になかったのだ。彼女の話し方には西インド諸島生まれの白人特有のアクセントはまるで感じられず、逆に、どこか耳障りなところがあった。声は飾り気のない優雅さを湛《たた》えていたが、ものの妙味を解さない連中には、しわがれていて男っぽい声だと思われていた。一般的に言って、声は顔立ち以上に血筋を表す。アンヌの声は、やはり粗野な耳の持ち主が聞けば女みたいな声だと思っただろう。彼の声はまさに親譲りで、劇場でいまでも聞くことのできるあのファルセットの声音を思わせた。

お伽噺《ときばなし》の中にいるような体験をしている間、人は驚かない。後から思い返して初めて、それが驚異的なことだったと悟るのだ。フランソワはドルジェル夫妻とのこの出会いに、現実離れした小説のようなところがあるのにまだ気づいていなかった。彼らはポール・ロバンに一杯食わせようという思いつきで意気投合し、仲間意識を抱いていたが、一杯食わされているのはじつは彼らの方だった。古くからの友だちだとロバンに思わせようと張り切るあまり、本人たちが本当に昔から友だちだったような気になっていたのだ。

すでに幕間の終わりを告げるベルが鳴っていた。フランソワはドルジェル夫妻と別れ、ポールの隣に戻らなければならないと思うと憂鬱になった。だが、アンヌが、塞《ふさ》がっている席を空けさせて合流しようと言い出した。その方がポールに仕掛ける芝居が気の利いたものになるから、と。

ポールは遅れるということを嫌っていた。また、何の得にもならないのに人目についてしまうようなことをことごとく嫌っていた。自分の考えよりも他人にどう思われているかがまず気になるたちだったのだ。彼はドルジェル夫妻に会えず、夫妻を探している途中でどうでもいいような連中につかまって逃げ出すことができなかったせいで、ひどく機嫌を損ねていた。それでフランソワが時間になっても姿を見せないことにもぶつぶつ文句を言っていたのだが、そこに突然、三人組が現れ、彼は思わず自分の目を疑った。

アンヌはいつもその名が全世界に轟《とどろ》きわたっている人のように振る舞う。この点も亡くなった老伯爵譲りだ。ただ老伯爵と一つ違うのは、アンヌのすることにはそれなりの品格があって、そのためいろいろと得をすることが多かったことだ。自信に裏打ちされた振る舞いなのか、それとも無意識のものなのか、とにかく、彼のそういう一面がまた一つ彼に恩恵をもたらした。ちょっと声をかけただけで、案内嬢が気の良さそうな二人の客に席を立たせ、別のところに移動させてくれたのだ。

ポールはアンヌ・ドルジェルとセリユーズが親しげに話し合っているのを見て、この二人は古くからの知り合いにちがいないと考えた。何をするのでも順序を踏まずには先に進めない彼らしい反応だと言える。彼はささいなことでも軽く受け流すことのできないたちで、このときも「してやられた!」と思ったが、できるだけ動揺を顔に出すまいとした。

物事に驚嘆し、熱中する能力というものがある。アンヌ・ドルジェルはこの能力がきわめて高く、この日もまるで初めてサーカスを見にきた人のように目を輝かせていた。そのくせ、彼にはすべての道化師をすでに熟知しているのでなければ気が済まないといったところもあって、小人が円形ステージの縁を通れば、さっそく先ほどポール・ロバンにしたのと同じように手袋を軽く振って合図した。

道化師などに彼が興味を持つのにはそれなりの事情がある。世のいわゆるお偉方の話になると、アンヌの口ぶりはたいていてい歯切れが悪くなった。

まるで自分自身のことを語っているときのように、つい謙遜しながら話してしまうからだ。ときにはほんの数語で一人の女王の人となりの説明を済ませてしまうこともあったし、そこに敬意を欠いた言葉を挿し挟むことも珍しくなかった。ところが、自分とは異なる階層の人、つまり彼から見て「下の階層」の人の話題になると、まるで昆虫の生態について話してもするかのように詳細に語りつづけた。実際、熱っぽい口調で何時間でも雄弁を振るうのだ。ちなみに彼は異なる階層の人たちに実際に会うと、いつも平常心を失った。つい尻込みしてしまいそうになるだけに、かえって相手の度肝を抜いてやろうと躍起になって、たちの悪い蛮勇を奮い、ランプの周りを飛びまわる蛾のようにじたばたするのだ。

戦争中[10]は彼も別の階層の人と接する機会に恵まれ、そのため彼は戦争を謳歌していた。だが、それが災いして、いくら彼が戦場で英雄的精神を発揮しても、まともに評価されることはなかった。誰の目にも胡散臭《うさんくさ》い男に見えていたのだ。将官たちはこのくちばしの黄色いひよっこがひっきりなしにしゃべりつづけるのを好かなかった。軍

10 第一次世界大戦のこと。

隊内のヒエラルキーなど一顧だにせず、ドイツ軍の精神状態やら士気やらについて教えてやると大口を叩き、スイス経由で敵国オーストリアの従兄と文通していることを隠そうともしないのだ。彼は何度もレジオン・ドヌール勲章に値するような働きをしてみせたが、実際に受勲することは一度もなかった。

不公平と言えば不公平な話だが、彼がそんな目にあったのは、じつは多分に父親のせいでもある。実際、この父親は傑物だった。激戦の続くシャンパーニュ地方のコロメールにある館をぜったいに離れようとせず、日課の散策に出ると言って御者に馬車の支度を命じ、御者が恐怖に震えていると「砲弾など目の錯覚だ」と言い放った。軍の歩哨に合言葉を求められれば「ドルジェル伯である」と答えた。

軍の階級の区別もつかない老伯爵は、肩章に金筋の入った軍人なら伍長でも大佐でもおかまいなしに「士官殿」と呼びかけた。そんな老伯爵に、軍人たちはありとあらゆる悪ふざけでもって対抗した。老伯爵の館に寝泊まりしている士官たちが「祖国はいま、軍用伝書鳩を必要としている」と言って老伯爵の鳩舎の鳩をすべて徴用したこともあった。その晩には早くも軍の食事のメニューが一品増えていたのは言うまでもない。そのことは老ドルジェル伯の知るところとなり、以後、彼はこう言いつづけた。

「ド・ジョフル氏[11]がどれほどの人物なのかは知らん。だが、いずれにせよ、氏の部下は詐欺師だ」

鳩の一件から程なく、今度は射撃の邪魔になるからという理由で鳩舎取り壊しの命令が下った。ドルジェル氏が鳩舎から敵軍に連絡する可能性なしとせず、とのまことしやかな理由も添えられていた。老伯爵は屋敷の本館にもまして鳩舎を誇りにしていた。それはかつて封建貴族だけが所有することを許されていた鳩舎の一つで、この種の鳩舎の建造は十四世紀にまで遡り、所在地の地名はかならず鳩舎の名に由来する。コロメールの鳩舎は今世紀まで無傷のまま伝わった数少ない鳩舎の一つだった。

そんなことがあったせいで、フランス軍が退却し、ドイツ軍がその地を占領しても、ドルジェル氏がそれを嘆くことはまずなかった。ドイツの士官たちは彼に敬意をもって接した。一般的に言って、貴族の名はドイツ人に畏怖の念を抱かせるが、とりわけドルジェルの名の効果は絶大だった。何しろドイツではどの辞典もこの名の説明に二、

11　ジョゼフ・ジョフル（一八五二年―一九三一年）。フランスの軍人。第一次世界大戦中、マルヌ会戦を勝利に導いたことで有名。

三段のスペースを割《さ》いているのだ。ドイツというのはフランス人亡命者の名誉を大切にする国で、ドルジェル家はフランス革命の初期にドイツとオーストリアに逃れ、そこで子孫をもうけていたのだった。

その後、ドイツ軍がコロメールを放棄すると、老ドルジェル伯はフランス人士官がまたぞろこの地に現れるのを見ずに済むようコロメールを離れ、パリのユニヴェルシテ街の屋敷に移り、そこでドイツを称《たた》える弁舌を振るった。これが息子の叙勲の芽をあらかじめ摘みとることになったのだ。「プロシア人は完璧だった」と彼は何度も繰り返し、その行儀のよさを称えた。

彼のドイツへの賛辞はいつもこう締めくくられた。「そもそも我々にとって、先祖代々の敵はフランスである」

老伯爵はフランスの将軍たちの滑稽さを明かす逸話（少なくとも彼の目にはそう見えるもの）を飽くことなく語りつづけた。マルヌ会戦に勝利したフランスの将軍が、後にマルヌ川に沿って自動車を走らせながら副官に川の名を訊ねたと言っては一人で笑った。彼にとって、この逸話はジョゼフ・ジョフルがペテン師であることの確かな証拠だった。

アンヌが出征し、アンヌの姉も前線で看護の仕事に携わっていたため、老ドルジェル伯が空襲警報の夜にユニヴェルシテ街の館の地下倉で死んだとき、看取ったのは召使いだけだった。死因は心停止だった。彼は召使いにこう教えていた。フランス軍の飛行士はパリから住民を退去させるため、政府の命令でわざと誤爆しているのだ、と。

「この後、ご一緒しませんか」アンヌ・ドルジェルはメドラノ・サーカスの小屋を出ながらフランソワに声を掛けた。

ドルジェル伯夫人は驚いた顔で夫を見た。

フランソワははっとした。そもそもドルジェル夫妻とここで別れることなど考えてもいなかったからだ。彼は夫妻がどこに行こうが一緒について行くものと思い込んでいた。

ドルジェル夫妻の自動車には補助席がなく、屋根のついた後部座席にはいくら詰めて座っても三人が限界だった。つまり、ポールに残されているのは風に曝《さら》される運転手の脇の席だけだったわけだ。みすみすパーティーに参加するチャンスを逃すくらいなら風邪を引いた方がましだと思う彼は、当然のことのように運転手の隣に乗り込んだが、じつはこの振る舞いにはフランソワに対する挑戦の意味も込められていた。要するに、ドルジェル家と親しければこそ一番悪い席に座るのだとポールは仄《ほの》めかしていたのだ。フランソワは夫妻の間に座った。もし誰かに「おまえは車内に三人しか座れないのをなぜ喜んでいるのか」「なぜ親友のポールを部外者のように感じているのか」と問われたら、彼もどう答えればいいのか分からなかっただろう。

「ロバンソン[12]にはもういらっしゃいました?」とマオが訊ねた。フランソワ・ド・セリユーズは家族ぐるみの付き合いをしているフォルバック家の老人たちから、何度もその村の話を聞かされていた。彼の母親のセリユーズ夫人は未亡人になると(ということはつまり、彼が生まれて程なく、ということだが)ノートル・ダム・デ・シャン街[13]を離れ、以来、一年中シャンピニー[14]で暮らしていた。そのため、フランソワはパリ市内で夕食をとるときはフォルバック家で着替えをし、泊まらせてもらうことにしていた。ちなみに、そういうことがあまりに多すぎるのが母親の嘆きの種だった。フォルバック家の人たちがロバンソンの話をするときはいつも彼らが若かった頃のロバンソンの話をするので、一度もその地を訪れたことのないフランソワは、老人がロバに乗って散策したり、木の上で食事をしたりしている田舎の風景を想像していた。

休戦の翌年、郊外に踊りに行くのが流行した。奇抜さを追い求めるのではなく、必要に応じたものなら、どんな流行もいいものだ。当時は警察の取り締まりが厳しく、宵の内から寝ていられないという人には、そんな苦肉の策に出る他に手がなかったのだ。要するに、夜中に田舎へ遠足に出かけて、草の上で夜食をとったというわけだ（もっとも、「草の上で」は誇張だが……）。

フランソワは目隠しされた状態で車に乗っているようなものだった。今、どこを走っているのかさっぱり見当がつかず、そのうち車が止まったので、彼は「もう着いたんですか？」と訊ねた。

じつはまだやっとポルト・ドルレアン[15]に着いたばかりだった。渋滞した車が列をなし、動き出すのを待っていた。周りには歓迎の人垣が出来ていた。数週間前にロバンソンでダンスをやりだしてから、入市税関の近辺にたむろしているごろつき連中や気

12　パリ南郊の村。
13　パリ市内、セーヌ川左岸のモンパルナス界隈の通り。
14　パリ東郊の町。近くをマルヌ川が流れる。
15　パリの南端。ポルトは市門の意。

のいいモンルージュ界隈の住民が、上流社会の人間を一目見ようとポルト・ドルレアンで待ち伏せするようになったのだ。

　それにしても図々しい人垣だった。野次馬たちはこんな車を持っているのはどんな奴かと車の窓ガラスに鼻を押しつけた。覗《のぞ》きこまれた車中の女たちはこの責め苦を面白がっているふりをしていたが、入市税関の職員の手際が悪く、こんなことがいつまでも続いた。物欲しげな目でショーウインドーの奥の陳列品のようにじろじろ見られて、気の弱い女はグラン・ギニョール座[16]で味わうのに似た軽い恐怖感を味わっていた。この民衆の集団は、いわば暴力を伴わない革命だった。成金の女は首のネックレスの重みを片時も忘れない。だが、本当の貴婦人は違う。貴婦人が身につけている真珠のことを思い出し、その真珠に新たな重みと価値がつけ加わったと感じるには、こうした民衆の視線が必要だった。無分別な女はともかく、内気な女たちは黒貂《くろてん》の毛皮のコートの襟をさも寒そうに立てた。

　ただし、革命などという言葉を頭に浮かべているのはもっぱら車中の人間だけだった。このところ毎晩上演されるこの無料の見世物はたいへんな人気で、民衆は余計なことは考えずにただこの見世物を楽しんでいた。とりわけこの晩の人出はすごかった。

モンルージュの映画館の観客たちが土曜の晩のプログラムの終了後、参加自由の追加上映会も楽しんでやろうと目論んでポルト・ドルレアンに繰り出したのだ。実際、彼らにとって、ダンスホールに車で向かう上流階級の人間を見物するのは、華やかな映画の続きを見るようなものだった。とにかく、群衆の中に、これら当世の幸福な人たちにたいする憎悪の念はほとんど認められなかった。

ポールは不安そうに微笑みながら後部座席の友人たちを何度か振り返った。数分経《た》っても車が動き出す気配がないので、アンヌ・ドルジェルが様子を見ようとドアから身を乗り出した。

「オルタンスだ！」彼はマオに言った。「オルタンスを放ってはおけない。彼女の車が故障しているんだ」

夜会服に身を包み、頭に冠を載せたオーステルリッツ公爵夫人が、ガス灯の下でお抱え整備士に指示を出しつつ、笑いながら群衆に気さくに声をかけていた。彼女と一

16　パリ、モンマルトルにあった猟奇・残酷劇専門の劇場（一八九五年―一九六二年）。

緒にいるのはアメリカ植民地出身の女性で、当時、その美貌がたいそう評判になっていたウェイン夫人だった。もっとも、社交界の噂が大抵そうであるように、彼女の美貌も過大評価されていた。少しでものを見る目があれば、彼女の振る舞いがけっして揺るぎない利点に恵まれた女性のそれでないことはすぐに分かった。

この晩のオーステルリッツ公爵夫人はすばらしかった。ガス灯の光がシャンデリアの光よりもよく似合っていた。野次馬に取りまかれてあっちこっちと動き回っている彼女はすっかりくつろいだ様子で、まるで古い仲間と一緒にいるみたいだった。

彼女の仰々しい家名を口にしないで済ますため、誰もがオーステルリッツ公爵夫人をオルタンスと呼んでいた。そう言うと何だか彼女が皆の友だちだったように思われるかもしれないが、実際、先方で嫌だと言わない限り、彼女は誰とでも仲良くなった。善意の塊のような女だったのだ。だが、口やかましい道徳家連中の中には、そんな彼女を見て「あまりにも人が好《よ》すぎる」と批判がましいことを言っている者もいたのかもしれない。事実として、彼女のものに捉われない生き方に反感を抱いている家もあるにはあった。帝政時代の元帥の曽孫として生まれた彼女は、別の元帥の後裔の男と結婚した。彼女のすべての知り合いの中で、彼女と心が通わなかった唯一の人間がその男、つまりオーステルリッツ公爵その人だった。彼女は無理に夫を振り向かせようとはしなかった。彼女の夫は馬の品種改良に生涯を捧げ、息をひそめるようにひっそりと暮らしていたのだ。そんな公爵を、若い人たちはとっくに死んだものと思っていた。ところで、肌の血色がよかったり毛髪が縮れていたりするのは、日常的に生の肉に触れているせいではないかと考える人がいるが、じつはオルタンスも肌つやが良すぎるほど良く、髪もちりちりに縮れていた。ことによると、これは曽祖父のラドゥ元帥から受け継いだものだったのかもしれない。というのも、ラドゥ元帥は子供の頃、肉屋の手代をしていたからだ。良き妻であり、良き娘でもある彼女は、庶民階級の受けもよく、皆に美しい女性だと思われていた。また、良き娘であると同時に良き曽孫でもある彼女は、ラドゥ元帥の生い立ちを隠そうとしないばかりか、これを賛美し、恋をしてもぜったいに曽祖父のことを忘れようとしなかった。つまり、彼女はレ・アール中央市場が似合いそうな健康な男にしか食指を動かさなかったのだ。それをよりによって不健康な好みだと非難する向きもあったのだが。

若い世代の人たちは、彼女と同世代の人ほど口やかましくなかった。品行についでは非の打ちどころのないドルジェル夫妻にしても、彼女と距離を置こうとはしなかった。ドルジェル夫妻とは面識のなかったフランソワでさえ、オルタンスとは付き合いがあった。

アンヌ・ドルジェルを始めとする三人の男がオーステルリッツ公爵夫人の手に接吻《せっぷん》すると、見物客がどっと笑った。

すでにドルジェル夫妻と一体化してしまっていたフランソワには、この笑いの理由がさっぱり分からなかった。じつは群衆が沸いたのは、手に接吻をするという貴族っぽい仕草もさることながら、例のドルジェル伯の声が面白かったからなのだ。逆に、マオはその声質によってポイントを稼いでいた。

そのマオに理解できないことが一つあった。なぜ民衆は彼女よりオルタンスやヘスター・ウェインに親近感を抱くのか、ということだ。この親近感はまったく理由がないようにも見えたが、じつはオルタンスとヘスター・ウェインが夜会服を着てはいても無帽だったことによる。庶民階級の女にとって、「貴婦人」を象徴する小道具は何と言っても帽子なのだ。

人垣の二列目にいた大男だけが公爵夫人に共感を示さず、「ああ、もし手榴弾があったら……」などとぼやいていた。だが、それを聞いた周囲のざわめきから、もし袋叩きにあいたくなければ、これ以上余計なことを口走ってはならないと悟り、不機嫌の矛先を公爵夫人の整備士に向けてマヌケ野郎と毒づき始めた。哀れな整備士は汗水垂らして奮闘していたが、ようやくうまくいったと思うと、そのたびにジャッキがずれ、持ち上げた車体ががたんと落ちてしまうのだ。公爵夫人は意地悪そうな顔の大男に叫んだ。

「ちょっと、そこののらくら者さん、ぶつぶつ言ってないで手伝ってちょうだい！」

ある種の状況、ある種の言葉は、言ってみればコイン投げのようなもので、吉と出るか凶と出るかは運次第だ。

「まずいことになるぞ」とポールは思った。

ポールの予想はみごとに外れ、公爵夫人はこの一言で大喝采を博した。

どうやら周囲の盛り上がりに圧倒されたらしい男は、「ひどい話だぜ」と愚痴をこぼし、好きこのんで手を貸すわけではないということをはっきり態度に表しながら、人ごみをかき分け、自動車の下に潜りこむと、すぐに車が動くようにしてしまった。

「この方にポートワインを一杯！」オルタンスが運転手に命じた。運転手は車のシートの下から酒瓶と足の付いていないグラスを取り出した。公爵夫人はこの体の大きな救援者とグラスをあわせて乾杯し、この日の勝利をさらに完璧なものにした。

「行きましょう。さあ、出発！」彼女が大声で号令をかけた。ドルジェル夫妻とフランソワ、それにオルタンスの言動にすっかり驚嘆しているポールの四人は、オーステルリッツ公爵夫人の赫々《かっかく》たる栄光のおこぼれに与《あずか》るような格好でまたロバンソンに向かって走り出した。いわば参謀長とその取り巻きのようなものだった。

　クーデターが起きるときも、こんなふうにして起きるのだ。

　元賭博場の雇い人だったジェラールは、大戦中もパリの人々に娯楽を提供していた数少ない者のうちの一人だった。また、最も不便かつ意想外の場所を選んで非合法のダンスホールを開いた最初の一人でもある。彼は警察に追われていて、いま犯している法令違反もさることながら、むしろ過去の悪行を追及されることを恐れ、半月ごとにダンスホールの場所を変えていた。

　パリ中を一巡りした後、彼はこれまでのように市内の部屋をダンスホールにするのではなく、郊外の小さな屋敷を利用したらどうかと思いついた。[17] こうして郊外にいくつかダンスホールを開いた中で、最も評判をとったのはヌイイーのそれだった。何か月もの間、この犯罪屋敷のタイル張りの床で、エレガンスの極みのようなカップルたちがステップを踏み、踊りの合間には硬い鉄製の椅子に腰かけて休息したのだ。成功に酔ったジェラールは事業を拡大しようと思いたち、ロバンソンの大きな城館を法外な値段で借りうけた。前世紀末に一人の狂女の命令で建造された城館だった。ちなみにこの狂女の父親は有名な香水商のデュック、即ち、その名と「公爵《デュック》」を掛けて商品のパンフレットやラベルに公爵冠のマークを刷り込んだあのデュックで、その娘が不実なジプシー男を待ちながら一生を送ったこの城館の鉄柵やペディメントにも、公爵冠の飾りが施されていた。

ポルト・ドルレアンから数キロ行ったところに小型のランプを持った男が数人立っていた。男たちは近づいてくる車にダンスホールの方角を指し示した。ポールはときどき後ろを振り返り、ドルジェル夫妻とフランソワに微笑みかけた。この微笑みはいろいろな意味に解釈できた。「いいえ、本当です、大丈夫です。ちっとも寒くなんかないですから」という意味の微笑みともとれた。だが、死に際に許しを与える「優しい

17　パリの郊外の町の名。

伯父さん」の微笑みにもとれた。実際、ポールはアンヌやフランソワにからかわれていることを漠然と感じとっていたのだ。もっとも、ときどき彼の顔からそんな哀れっぽさが消えると、女衒《ぜげん》が浮かべる微笑みのようにも見えた。だが、結局のところ、無邪気に散歩を楽しんでいる子供の喜びを見て取れば十分だったのかもしれない。

あいかわらずオーステルリッツ公爵夫人の車の後塵を拝しつつ、彼らの車も城館の中庭に入った。玄関口の階段の前に車をつける前から、支配人のジェラールが「衛兵控室」と呼んでいる部屋の中の様子が見えた。ガラス張りの部屋だったのだ。部屋の中には燕尾服姿の男が大勢いて、皆で巨大なテーブルを囲んでいた。女性は二人だけで、それぞれテーブルの端にいた。

ドルジェル夫妻も、ポールも、フランソワも、サーカス小屋から直行したため平服姿だった。ポールはそれで少し尻込みしたが、ドルジェル夫妻やオーステルリッツ公爵夫人と手を携えてこの華やかな集まりに乗り込んでいくのだと思うと、場違いな格好をしていることも気にならなくなった。だが、運転手が車のクラクションを鳴らすと同時に、「衛兵控室」の男女がさっと姿を消し、その上、巨大なテーブルまで跡形もなく消えてしまった。まるでお伽噺の一場面のようだった。ポールが茫然と立ち尽くしていると、「衛兵控室」にいた男の一人が両開きの扉を開け、公爵夫人に駆け寄った。ジェラールだった。読者にはもうお分かりだろうが、あのテーブルを囲んでいたのはジェラールの使用人たちで、客が来たのでそれぞれ自分の持ち場に戻ったのだ。四日前から運に見放され、ダンスホールに閑古鳥が鳴いていたため、ジェラールはせめて使用人の覚えを良くしようと、客が来ないために余ってしまった前夜の料理を使用人たちに振る舞っていたのだ。ちなみにこんな不振に陥っていたのは、車で訪れるまだ不案内な客を「同業他社」が途中で待ち受け、ランプを振って自分の店に誘導してしまうからだった。

楽団の演奏が始まった。フランソワ・ド・セリユーズは騒がしくなったのが嬉しかった。これで黙っていられるからだ。

彼はドルジェル夫人を振り返った。ただし、自分が彼女に微笑みかけていることには気づいていなかった。

「ミルザよ、ほら、ミルザ！」オーステルリッツ公爵夫人が叫んだ。

実際、友人を数名引き連れて、皆に「ミルザ」と呼ばれているペルシア国王の親戚の男が現れた。「ミルザ」というのは彼の名前ではなく称号だが、皆が親しみを込めてこの称号をあだ名にしていたのだ。

ミルザ以上にペルシア人らしいペルシア人はちょっと想像できない。むろんペルシア王家の一員らしく贅を尽くした生活を送っていた。ただし、祖先の人たちと彼とでは一口に贅を尽くすと言ってもその流儀が違った。彼はハーレムとは縁がなく、たった一人の妻にもすでに先立たれていた。彼が収集するのは女ではなくて車だった。新型車に誰よりも先に飛びつき、まだ開発中の車も完成前に購入した。おかげでディエップ[18]に向かう途中に故障で何時間も立往生したこともある。そのときの車は世界一の大型車で、修理するにはニューヨークへ送らなければならなかった。

彼の同国人は皆そうだが、彼もまた政治に夢中だった。

パリでミルザは軽佻《けいちょう》浮薄《ふはく》な人間と見られていた。人々はこの貴公子には享楽のセンスがあると評していたが、そう思われていたのはおそらくひどく単純な理由から、つまり、陰気な場所からは彼がさっさと引き揚げてしまうからだった。ミルザは疲れを知らない狩人ではあっても、一つのことに執着するタイプではなかった。また、幸福と快楽を熱心に探し求めるその姿は、彼がまだ幸福も快楽も手にしていないことを示していた。

ミルザはフランソワ・ド・セリユーズにひとかたならぬ友情を示していた。フランソワの方でもそれに応えていて、世間で評判の良いこの貴公子は、じつは評判以上の人物ではないかとも思っていた。

人々にとって、いわばミルザはお守《まも》りのようなものだった。彼がいてくれればかならず場が盛り上がると誰もが信じていたのだ。そのため、彼が姿を現すと、皆、無理にでも盛り上がろうとした。この晩、フランソワ・ド・セリユーズにとって、ミルザは厄介きわまりない存在だった。彼の出現で場の雰囲気が一変し、それまで誰も踊ろうとしていなかったのに、急に誰もが先を争うように踊りはじめたのだ。フランソワ・ド・セリユーズはダンスが苦手だった。彼はドルジェル夫人をダンスに誘えないのが残念だった。

一組の男女が踊っているのを見れば、その男女がどの程度気心の知れた仲なのかがすぐに分かる。ドルジェル伯夫妻の息の合った動きからは独特の一体感が伝わってきた。この一体感を生み出せるのは愛だけ——と言いたいところだが、じつは「習慣」

---

18 フランス、ノルマンディー地方の港町。海水浴場のあるリゾート地。

にもそれは可能だ。アンヌは習慣の力だけで夫婦の結びつきを維持していた。だが、それを敏感に察知し、非難できる者は一人もいなかった。というのも、マオには二人分の愛があったからだ。彼女の愛は非常に強いので、その愛にアンヌも染まり、その結果、傍目《はため》には二人が愛し合っているように見えたのだ。

フランソワにはそうしたいきさつは何も分からなかった。彼の前にはただ心を通わせた一組のカップルがいた。その仲睦まじそうな様子は、見ていて気持ちが良かった。彼はまったく馴染《なじみ》のない不思議な感情に捉われていた。いつもなら彼はまず嫉妬し、しかる後に愛しはじめるのだが、このときに限って彼の心はこの定番の経路を辿らなかった。彼はこの夫婦の内に、第三者である自分の割り込む隙間を探そうとはしなかった。ドルジェル夫人が夫と踊っているのを見て、まるで自分が夫人と踊っているようにただただ楽しかったのだ。彼は口をぽかんと開けたままこの夫婦に見惚れていた。ヘスター・ウェインに話しかけられても返事もしなかった。そもそも彼には何も聞こえていなかった。彼は胸の内でこう呟《つぶや》いていたのだ――もし僕の幸福のためにドルジェル夫人に何かの役を演じてもらうことになるとしても、この夫婦にはぜったいにいまのままでいてもらわなければ困る。二人が不仲になったら、僕も幸福にはなれない。

ひと踊りして勢いづいたドルジェル伯は、もう片時もじっとしていなかった。ダンスの合間の休憩時間には自らシェーカーを振ってカクテルを作った。バーテンダーの手並みというより魔法使いの妖術のようだった。

誰もがちょっとだけ口をつけてグラスを置いた。作った本人もそうだった。ただ、マオだけは飲んだ。作ったのがアンヌだったからだ。フランソワも飲んだ。おそらくドルジェル夫人に倣ったのだろう。

ウェイン夫人は最初、フランソワをしきりにダンスに引っ張り出そうとしていたが、いまではそれは諦めて、彼の隣に座っていた。彼は一人きりになりたかった。このアメリカ人女性の間の抜けたおしゃべりを聞いていると、彼には自分がものを知らない人間に思えてならなかった。じつはその理由は簡単で、彼女が彼のとっくに忘れてしまったこと、ただし彼女自身は昨日仕入れたばかりのことをしゃべりつづけていたからだ。彼女が気の利いたセリフを口にすると、フランソワにはそれがフランス語の誤用のように思えた。

彼女はフランソワにいいところを見せよう、彼に気に入られようとして、どうでもいいような比喩や思いつきにこだわった。アンヌ・ドルジェルのカクテルの後に誰かが「妖術」という言葉を口にすると、その言葉に飛びついて媚薬の話を始め、トリスタンとイゾルデを永久に結びつけたというあの有名な媚薬の作り方をフランソワの耳もとで思わせぶりに囁《ささや》いた。彼に気があるということを優雅に伝えたつもりだったのだ。話はさらに、恋心を生じさせるという古今東西のカクテルに及んだ。

フランソワ・ド・セリユーズはふと我に返って考えた。この女性はいったい何が言いたいのだろう、と。さっきカクテルを飲んだのがドルジェル夫人と自分だけだったことが思い出された。本当なら、あれは彼女が夫のアンヌと一緒に飲むべきだったのだ。だけど、作った本人が飲もうとしないものだから……。

フランソワは何だかヘスター・ウェインに心の中を見透かされているような気がして、顔に狼狽の色を浮かべた。すると、表情の変化に気づいたアメリカ人女性はこう考えた。この人、見た目以上に初心《うぶ》らしいわ。でも、教育してやるのも悪くない……。

「こういう飲み物にはね、ぜったいに欠かせないものが一つあるの」あいかわらず分厚い化粧を施したような話し方で彼女は続けた。「マンドレイク[19]の粉だわ。わたくしはね、どんな殿方にも愛してもらえるの。なぜって、わたくしもマンドレイクを一つ持っているんですもの。うちに見にいらっしゃいよ。世界に五つしかないの」

彼女は人の形をしたその植物の根を、一九二三年に二束三文で手に入れたのだった。コンスタンチノープルのバザールで見つけたのだが、買ったときは小さな黒人の彫像を手に入れたつもりでいたのだ。

「わたくし、あなたの胸像を作らなくては」ちょっと口をつぐんでから、彼女は言った。

「彫刻をなさるんですか」とフランソワはうわの空で応じた。

「特にそういうわけでもないの。ただ、子供の頃、芸術は一通り学んだから」

彼女はこう自問していた。このフランソワ・ド・セリユーズという男、どんな話なら乗ってくるのかしら、と。彼女にはフランソワが退屈しているのが自分のせいだということが分からなかった。それで、たぶん話が高尚すぎたのだろうと考え、彼がつ

19　地中海沿岸産のナス科の有毒植物。なお、マンドレイクは女性名詞なので、不定冠詞を付けて表記すれば une mandragore となるはずだが、ヘスター・ウェインはこのくだりでマンドレイクを男性名詞と勘違いし、un mandragore と言っている。つまり「フランス語の誤用」を犯しているのである。原文では誤っている箇所がイタリック体で強調されている。

いてこられるレベル（と彼女が思うところ）まで話を引き下げようとした。彼女はあの手この手でフランソワを楽しませ、笑わせようとした。そうすることで、満更でもないと思っていることを伝えようとしたのだ。一方、フランソワは不作法すれすれの態度を示し、退屈しているのを隠そうともしなかった。ヘスター・ウェインはそれでなおさら躍起になった。まるでミュージックホールの支配人室を訪れ、何としても雇ってもらうために自分にできるすべての芸をしてみせる女のようだった。彼女は給仕頭に鉛筆を持ってこさせ、数字の8をどんなふうに二つ並べて書けば、逆向きのハート・マークが二つできるかやってみせた。ちょうどそのとき、楽団の演奏が止んだ。踊り疲れたドルジェル夫人は、目が回ったような表情で、その辺にある椅子に腰を下ろした。ただし、フランソワにとってそれは「その辺」どころではなかった。夫人が座ったのは彼の隣だったのだ。ドルジェル夫人は上下互い違いに絡み合った二つのハート・マークがナプキンに描かれているのに気づくと、反射的に問い質すような目を上げた。

ヘスター・ウェインはまるで悪さをしているところを見つかりでもしたかのように恥ずかしがってみせた。これにはフランソワもカチンときた。ドルジェル夫人にヘスター・ウェインの共犯だと思われかねないからだ。

「ウェインさんの座興ですよ。こんなのを見せられていまして」

マオの無言の問いかけに彼はそう答えた。

その言い方はそっけなく、横柄でもあった。だが、ドルジェル夫人は悪い気はしなかった。彼女は二つのハート・マークが数字でできていることを知り、面白い思いつきだと思いながら、フランソワにヘスター・ウェインに対してもう少し愛想のよい態度をとらせようとした。

ドルジェル夫人は胸の内で呟いていた。「踊ったせいで、私、どうかしていたんだわ。この若者がナプキンにハート・マークを描いたりするはずないのに……」

マオがウェイン夫人に優しい言葉を掛けるので、フランソワもウェイン夫人に優しく振る舞った。それはマオに気に入られるためだったが、ウェイン夫人は心の中で「やっと攻め落とした」とほくそ笑んだ。

あまり丈夫なたちではないフランソワは、自分の顔が疲労のためにこわばってきたのを感じた。ヘスターは芸術家のような顔つきで目を細めながらしげしげと見た。

「ええ、いいわ。あなた、そうしていると、さっきよりずっと毅然とした感じね。あなたの胸像を作るのは、お疲れのときがいいようだわ」

こんな言葉を聞けば、我々としてはこう思わざるを得ないだろう。この女はフランソワにポーズをとらせる前に、何か別のことをさせるつもりなのか、と。ただし、当のフランソワは彼女のセリフをいたって無邪気に受けとめていた。他人を疲れさせるのにヘスター・ウェインが「会話」以外の手段を有しているとは思いもよらなかったのだ。このとき彼は、このアメリカ人が女であること、それも美しい女であることを忘れていた。

ヘスター・ウェインに疲労を指摘されたフランソワは、疲れた顔をドルジェル夫人の前に曝してしまったことを恥じた。一方、ドルジェル夫人は手鏡を出して自分の顔を覗いた。別段、しなを作ったわけではない。彼女にとって手鏡は懐中時計の代用品で、手鏡を覗いてそろそろ帰る時間かどうか確かめたのだ。どうやら彼女は自分の表情から、もうすっかり遅い時間になっているのに気づいたようだった。彼女は立ち上がって夫に「もう行きません?」と声をかけた。

「あなた方、窮屈じゃありませんこと?」ヘスターがドルジェル夫人に話しかけた。

「オルタンスとわたくしの車には、もう一人乗れますわ」

彼女はこの言葉をさらりと口にした。だが、フランソワを見つめる彼女の目は、その一人がポールかフランソワかということにけっして無関心ではないことを明かしていた。

ポールは頭の中で素早く計算した。はたして友をドルジェル夫妻と三人きりにするのがよいのか、それともウェイン夫人と一緒に帰らせるのが上策か。どうやらあいつはヘスター・ウェインにご執心のようだが……。

ルーレットで儲けている人を見て、夜も更けてからようやくその人と同じ色に賭けようと腹を決め、じつはその人ももう運に見放されているのに、それに気づかない。そういう哀れなギャンブラーは少なくないが、ポールもその一人だった。洞察力というものをほとんど持ちあわせていないので、倍賭け[20]にのめり込んでわけが分からなくなってしまうのだ。

ポールはフランソワに恨みがあった。ドルジェル伯と親しいことをずっと隠していて、いきなり仲の良いところを見せつけてきたのだ。そこで彼はこう考えた。オル

20 マーチンゲール。負けるたびに掛け金を倍にする賭け方。

タンスの車に自分が乗ればその仕返しができる。フランソワの今夜のもくろみを邪魔してやれる。

こうして彼はフランソワを救ったのだ。

車の中で、アンヌ・ドルジェルはフランソワに訊ねた。

「ずっとヘスター・ウェインと話し込んでいましたね。何の話をしていたんです？」

アンヌを知っている人ならすぐにピンとくるだろうが、この質問はすでに彼がフランソワに興味を持ちはじめていることを示していた。アンヌほど人あたりのよい人間は他にちょっといないが、同時に彼にはひどくわがままで独占欲の強いところがあった。他人と「交際」するというより、むしろ「採用」するといった感じなのだ。採用された側は、その見返りに多くのことを要求される。アンヌには相手を意のままに操ろうとするところもあって、採用された人は彼の監督下に置かれる。

フランソワはアンヌの質問に驚いたが、不快ではなかった。というのも、この質問は彼にドルジェル夫人の前で釈明する機会を与えてくれたからだ。ヘスター・ウェインを邪険に扱ってドルジェル夫人の機嫌を損ねてしまったのではないかと心配していた彼は、取り繕うようにこう言った。

「大したことじゃないんです。僕一人がダンスをしていなかったので、彼女が相手をしてくれたんです。とても感謝しています」

「なるほどね」とアンヌは妻に言った。アンヌの口調には非難めいたところがあった。それは自分自身と妻に向けた非難だった。

「お気の毒なことをした。私たちはこの人をロバンソンにまで連れだしてしまったわけだ。ダンスをなさらないというのに！」

フランソワは何も答えなかった。彼はダンスはしなかったが、媚薬は飲んだのだ。

アンヌ・ドルジェルはこの不調法の償いをしなければと考えた。それにはすぐに屋敷に招くのが一番のようだった。

「近いうちにうちで昼食でも？」アンヌは昔からの知り合いを誘うような調子で言った。「例えば、明後日とか？」

その日はフランソワに予定があった。

「じゃあ、明日」

ドルジェル夫人はまだ一言も発していなかった。彼女はアンヌのようにせっかちなたちではなかったが、今回は夫がことを急ぐのも無理はないと思っていた。自分たちはロバンソンで楽しませてもらったのだから、フランソワにそのくらいのお返しをするのは当然だと思ったのだ。

じつはフランソワは、明日の昼食にはシャンピニーに帰ると母親に伝えてあった。だが、ドルジェル伯がまるで親友を招くような調子で家に招き、そうすることで信頼を示してくれているのに、それをむげに断るわけにはいかなかった。彼はこの招待を受けた。

フランソワはまだドルジェル夫妻の一日の過ごし方を知らなかった。ドルジェル夫妻の社交生活が始まるのは午後になってからで、昼食はいつも自宅で、それも多くの場合、夫婦二人きりで済ませていた。昼食に招待するのは、彼らがお義理ではなく本心から会いたいと思う人に限っていたのだ。ただし、そういう人たちが昼食以外の時間にドルジェル夫妻の屋敷に姿を現すことはまずなかった。つまり、ドルジェル夫妻が昼食に招待するということは、親愛の情を示すことであると同時に、若干、相手を下に見ているということでもあったのだ。だが、フランソワはこの家の社交上の複雑な仕組みは知らなかったし、それに彼にしてみれば（どのみち夜会には呼ばれなかっただろうが、それでも）夜より昼の誘いの方がありがたかった。そんなわけで、招待を受けるとき、彼の顔には嬉しいという気持ちがはっきりと表れた。すると、それが今度はドルジェル伯を喜ばせた。ドルジェル伯は何につけてもすぐに感激するたちだった。豊かな人間は出し惜しみをせず、感情を隠そうとはしないのだ。彼はそういう「気前の良さ」を他人にも求めていた。人間の高潔さはそういうところに表れると信じていたのだ。彼はどんなにつまらない招待を受けるときも、かならず喜びを面《おもて》に表した。プレゼントを貰うときもそうだった。彼に言わせれば、高潔で豊かな人間の特性は、自分にはすべてが与えられて当然だとは思わないこと、少なくともそう思っているのを隠すことにある。おめでたい人間、分かりやすい人間と見られるのを恐れて、人生のさまざまな局面で味わう喜びをいちいち隠そうとするのは、ポール・ロバンのような輩《やから》のすることなのだ。そんなわけで、フランソワの反応にドルジェル伯はいたく満足していた。気に入られようとしてどんな策を弄するよりも効果があったのだ。彼らは朝五時にアンジュ河岸で別れた。

「あなた、昨夜はずいぶん帰りが遅かったことね」フランソワが九時に食事の部屋に顔を出すと、いつも一緒に朝食をとるフォルバック夫人が言った。「足音が聞こえたわ」と夫人は付け足した。「午前一時はまわっていたはずよ」

世の中には罪のない気取りから「私は眠りが浅くて……」と口癖のように繰り返す老人がいる。フォルバック夫人もその一人だった。彼女と息子のアドルフは三十年前からサン・ルイ島[21]の古い家の地上階に住んでいた。フォルバック夫人は七十五歳で目が見えなかった。息子のアドルフは水頭症を患っていて、昔から老人のようだった。

フランソワ・ド・セリユーズひとりがこの家に若さをもちこんでいる格好だった。もっとも、彼自身は一度もこの家庭の悲惨さをはっきり意識したことがなかったし、そもそも当のフォルバック親子に悲惨さの自覚がなかった。フランソワは目の見えない夫人が「あなた、なんて顔色が悪いの！」と言っても、別段、驚きもしなかった。ちなみに彼女がそんなことを言うのは、フランソワの暮らしぶりが彼女の理解を超えていたからなのだが、それはそのはずで、生まれてこの方、彼女が夜の九時にベッドに入っていないことは一度もなかったのだ。

フランソワがある程度の自由を享受することの許される年齢に達すると、母親のセリユーズ夫人はすぐに一計を案じ、フォルバック家の一室を彼にあてがうことにした。彼女は息子の月々の部屋代と食事代をフォルバック夫人にきちんきちんと送金した。

フォルバック夫人は当初、こんなにたくさんいらないと抗議したが、セリユーズ夫人は譲らなかった。亡夫の家族の古い友人にささやかながら援助の手を差しのべる口実ができたのが嬉しかったのだ。もちろん、それにも増して彼女を喜ばせたのは、これで息子に対して一定の監督権を持ちつづける算段がついたことだった。息子の方にも不満はなかった。結果的に、安定した生活が送れたのだから。

フランソワが厄介になっているこの老婆がプロイセンの田舎貴族フォン・フォルバックと結婚したのは一八六〇年のことだった。フォン・フォルバックはアルコール依存症患者で、コンマ収集家でもあった。コンマ収集家というのは、要するに、ダンテの作品のしかじかの版に現れるコンマ（，）の数を数える人のことだ。総計のコンマ数は数えるたびに違ったが、この男は倦《う》むことなく何度でも初めからやり直した。フォン・フォルバックはまた切手収集に手を染めた最初の一人でもある。当時、切手を集めるなどというのは常軌を逸したことだと思われていた。

21　パリ、セーヌ川の島の一つ。前出の「アンジュ河岸」（フランソワがドルジェル夫妻と別れた場所）はこのサン・ルイ島にある。

結婚して十五年後、[22]この哀れな女性の家庭生活を慰めるべく、一人の奇形児が誕生した。フォルバック夫人はけっしてわが子の奇形を認めようとせず、水頭症の赤ん坊を抱いて「額がヴィクトル・ユゴーそっくり」と繰り返した。
ちなみにフォルバック夫人は妊娠中、ロバンソンの友人宅に身を寄せていた。彼女が産気づいたので家の者が産婆を呼びにやったが、なかなかやって来ないので、村の医者を呼ぶことにした。だが、フォルバック夫人は男性に立ち会ってもらうくらいなら、犬や猫のようにひとりで出産すると宣言した。「でも」と周りの者は説得を試みた。「お医者さまは男性のうちに入らないわ」彼女はいっそう苦しげにうめきはじめ、ついには降参したが、その数年後、ロバンソンの医者が死んだと伝え聞いて、ようやくこれで気が楽になったと告白した。聖女でなければできない告白だ。

フランソワはこの老いた聖女を前にすると、いつも自分の遊び癖が恥ずかしくなった。だが、この日の朝は違った。前日の出会いのためにすっかり陽気になっていた彼は、たとえ仄めかす程度でもいいからその話がしたくてたまらず、そこで、じつは昨日、ロバンソンに行ったんですが、と切り出した。そう言ってすぐ、質問されても村の様子をまるで説明できないことに気づいたが、ロバンソンと聞いてさまざまなことを思い出したフォルバック夫人は、質問などせずに自分の話を始めた。

彼女の話はフランソワ・ド・セリユーズにとってすでにお馴染の話だった。フォルバック家では話題がごく限られていて、いつも同じ話の繰り返しなのだ。だが、それでフランソワが退屈することはなかった。むしろ巷《ちまた》のつまらない噂から解き放たれたようで心が休まった。あまりに何度も聞かされたため、フォルバック夫人の思い出はほとんど彼自身の思い出になっていた。息子のアドルフ・フォルバックに至っては、生まれる前に催されたピクニックに自分も参加したと固く信じていた。

この親子と一緒にいると、しまいには目の前にいるのが母と子ではなく、どこかの老夫婦のように思えてくる。

この「老夫婦」は障害者なりに、みごとに暮らしを設計していた。彼らの幸福の算段のつけ方には、フランソワも驚嘆しないではいられなかった。フランソワ自身を含

22　フォルバック夫人が結婚したのは一八六〇年であるから、その十五年後であれば一八七五年だが、後出のように夫のフォルバック氏は普仏戦争（一八七〇―一八七一年）で戦死しているので、計算が合わない。作者のケアレスミスか、それとも意図的なもの――アドルフの父親がフォルバック氏以外の男であることを暗に告げるもの――か？

めて皆が無駄遣いばかりしているこのご時世にあって、この二人だけは例外で、彼らの生き方には深く考えさせられるものがあった。とにかく、この二人は何一つ、本当に何一つ欲しがらないのだ。そうであってみれば、たとえ目が見えたところで、それがフォルバック夫人にとって何だったろう？　彼女は思い出の中に生き、大切なことはすべて諳《そら》んじていた。ときどきフランソワはフォルバック夫人の隣に座って、父親の写真を収めたアルバムを眺めることがあった。母親は彼に父親の写真を見せようとしなかった。父親のセリユーズ氏は海軍将校で、海で亡くなった。そのため、セリユーズ夫人はこの呪わしい職種に対する憧れの念を息子に吹き込みかねないすべてのものを遠ざけていたのだ。フォルバック夫人はこの点ではセリユーズ夫人にいくらか批判的で、何も形見の品を息子に隠すことはなかろうにと考えていた。だが、そう考えるのは、フォルバック夫人に世の母親の気持ちが分からなかったからだ。実際、ふつうならどんな母親でも心配するようなことも、フォルバック夫人には手の届かない夢としか思えなかっただろう。何しろ彼女の哀れな息子アドルフは、一人では一歩たりとも人生を歩んでいくことができないのだから。

フランソワがアルバムのページを繰っていると、横にいるフォルバック夫人が「ほら、あんたのお父さんが四歳のとき。こっちは十歳」とか「これが最後の写真。船上で撮って、送ってくれたの」などと注釈を加えた。それを聞くと、彼はきまって感動した。いまはもう何も見えないこの老婦人の心に、すべての写真が刻み込まれているのだ。

ああ、父となら分かりあえただろうに……。フランソワはそう思って、ときどき溜息をついた。ただし、だからと言って彼と母親の間に諍《いさか》いがあったわけではない。そもそも二人の人間がけんかをしたり仲良くしたりするには、まず共通の関心事がなければならない。ところが、母親のセリユーズ夫人の生き方があらゆる点で「内向き」なのに対し、息子の方は「外向き」に花を咲かせていて、両者にはまるで接点がなかったのだ。

セリユーズ夫人が冷淡に見えるのは、じつはいろいろな思いを胸の内に収めて外に出さないからに過ぎなかった。自分の思いを表現する能力に欠けているということもあったかもしれない。とにかく、人は彼女を冷淡だと思っていたし、息子も母親をよそよそしい人だと思っていた。本当は、セリユーズ夫人は息子を熱愛していたのだ。だが、二十歳で寡婦となった彼女は、息子を甘やかしすぎてはいけないと考え、敢えて愛情を封印したのだった。一般に家庭の主婦はパンをちぎったまま食べずに放っておかれるのに耐えられないものだが、彼女の場合、耐えられないのは心の無駄遣いだった。彼女にとって、息子を撫でたり抱き寄せたりするのは心の無駄遣いで、そんなことをしていると、大きな愛情をやせ細らせてしまいかねないのだった。

母親というものがもっと違ったものであり得ると気づく年齢になるまで、フランソワはセリユーズ夫人の見せかけの冷淡さをまったく苦にしていなかった。だが、やがて友達もでき、社交界流の情熱的な愛情（それも所詮は見せかけだけのものなのだが）を目《ま》の当たりにするようになると、彼はそういう度を越した愛情と自分自身の母親のそれとを引き比べ、悲しみを覚えるようになった。こうして、この母と息子は互いのことを何も知らないまま、それぞれ悩んでいたのだ。ただし、二人は顔を合せると、互いにそっけない態度をとった。セリユーズ夫人はことあるごとに「夫だったらどうしただろう」と自問し、涙を流すことを己に禁じた。彼女は心の中でこう繰り返していた。「二十歳になった男子が母親から離れていくのは当然ではないだろうか。私がもっとしっかりしないと」一方、母親のもとを離れた息子も、これとまったく同じことを考えて我が身を慰めていた。

　ところで、フランソワ・ド・セリユーズを混乱させることが一つあった。フォルバック夫人が彼の父親について話すときの、その話し方だ。夫人は彼の父親を幼い時分から知っていたので、フランソワのことを子供扱いしつつ、一方で子供の頃の父の話をするのだが、すると彼にはわけが分からなくなってしまうのだ。また、フォルバック家と親交のあるド・ラ・パリエール氏やヴィグルー艦長も、「お父上のことはよく存じ上げている」と言いながら、まるでフランソワ、つまり将来有望な若者のことを話すような調子で彼の父親のことを話すのだった。

　フランソワ・ド・セリユーズはこの老人たちのサークル内でかなり評判がよかった。老人たちは彼のおかげで、若いというのはかならずしも悪いことではないと思えるようになったのだ。彼はいつも老人たちの話に丁寧に耳を傾けた。将来が楽しみな若者だと目されるようになったのは、そこを買われてのことだ。老人たちはこう言っていた。「あの青年はいまどきの頭のいかれた若い連中のように向こう見ずではない」また、彼の控えめな態度は感嘆の的になっていた。彼は学業について訊ねられても何も答えず、話を逸《そ》らして老人たちに思い出話をさせようとするのだ。これほど他人の話をよく聞く若者が、まさかただの怠け者だとは誰も思っていなかった。

老いた友人たちが訪ねてくることを別にすれば、フォルバック家の生活は「中国人児童救済」一色に染まっていた。少なくとも、一九一四年まではそうだった。フランソワは子供の頃、この神秘的な慈善事業にずっと魅せられていた。彼が知っているのは、中国の子供たちが郵便切手と引き換えに解放されるということだけだった。フランソワの家でも、また彼の叔母や従兄たちの家でも、できるだけ多くの切手を集めてアドルフに委ねるのが決まりになっていて、アドルフはちょうどコンマを数えた父親と同じように切手の数を正確に数え、十分な数に達したと見るとすぐに事業本部に送った。

もちろんアドルフは父親の切手コレクションに対しても容赦しなかった。その結果、この慈善事業の本部では「フランス共和国」のマークの入ったただ同然の切手の山の中に、モーリシャス島で発行された極めて貴重な切手が紛れ込むことになったのだ。平等主義を掲げる団体に似つかわしい話だとは言えるだろうが、本当はモーリシャス島の切手一枚で、中国の子供たちを全員まとめて解放してやれたはずだ。

一九一四年に大戦が勃発すると、アドルフ・フォルバックの関心が他に移り、人々はフォルバック家に切手ではなく新聞紙を届けるようになった。アドルフとその母親は誤報だらけの新聞紙を切り抜き、前線の兵士たちのために寒さ対策用の胸当てを拵《こしら》えた。夫人はさらに手袋、セーター、靴下、防寒帽も縫ったが、とても実用向きとは言えない代物だった。

フォルバック親子は年に一度、シャンピニー会戦の記念日にセリユーズ夫人宅に昼食に呼ばれた。その日はフランソワが借りた車で午前中に親子を迎えに行くのが習わしで、この親子は何があってもこの記念行事だけは欠かさなかった。

フォルバック夫人とアドルフは愛国者同盟に属し、シャンピニーで催される式典に参列して演説に拍手を送った。じつは、その地はかつて普仏戦争中にフォルバック氏が戦死した場所でもあった。もっとも、フォルバック氏が倒れたのは敵側の人間としてだった。一八七〇年に普仏戦争が勃発したとき、たまたま氏はわずかばかりの財産を相続するためにプロイセンに出かけていたのだ。だから、フォルバック夫人がこの「聖地巡礼」に参加するのは無邪気と言えば無邪気な話だった。アドルフがシャンピニーの記念碑に花を投げかけるのは、フォルバック氏の息子としてであると同時に、愛国者同盟の一員としてでもあった。

アンヌ・ドルジェルは席に着くや否や、彼自身が「会話」と称する長いモノローグを始めた。今日の客を正確に「位置づける」ため、長い話の途中におびただしい数の人名、地名を挙げ、知っている名前があればそれをフランソワに言わせようとした。この婉曲な資格審査の結果はアンヌを満足させるものだった。彼は自分の勘の良さを自画自賛してこう考えた。昨晩、フランソワに対して友好的に振る舞っておいたのは正しかった。やはりこの若者は我が家に招き入れるにふさわしい人物だったのだ。

フランソワはふだん、おしゃべりな人と一緒にいるのを好む方だった。話の内容がどんなものでも、とにかく自分が黙っていられるからだ。だが、この日は何もしゃべらせてもらえないのが不満だった。たとえ彼を持ち上げるためであっても、彼の言葉をいちいち途中で遮るアンヌのやり方に苛立《いらだ》ちを覚えた。実際、彼が口を開くや否や、アンヌは歓声を上げ、体をのけぞらせて笑いはじけるのだ。しかもその笑いたるや、人間にこんな高い声が出せたのかと驚くほど甲高い笑いなのだ。「僕は」とフランソワは心の中で呟いた。「自分がそんなに面白い話のできる人間だとは知らなかった」

さらにアンヌはとるに足らない言葉に手を叩いて笑いはじけるだけでは飽き足らず、すばらしい、信じられない、みごとだと褒めそやしながら、フランソワが言ったことをいちいち妻に向かって繰り返した。それがまたフランソワにとっては困惑の種だった。何しろ彼の言葉を一語一語そっくりそのまま、まるで外国語を翻訳するような調子で繰り返すのだ。夫にぞっこんのドルジェル夫人は、アンヌが復唱するときにしか話を聞いていないように見えた。

アンヌがこんなことをするのは、会話の主導権を握りつづけるためだった。日頃から彼はグラスを手にとったり、料理を口に運んだりしている最中でも、その隙に誰かが話しはじめようとすると、空いている方の手をさっと振ってそれを遮った。この仕草はすっかり癖になっていて、たとえ何も心配することがないとき――つまり、この日のようにまったく何も話さない妻と、少ししか話さないフランソワだけが相手で、恐るべきライバルが一人もいないときでも、やはりこの癖が出た。

フランソワには、アンヌに好意を持っていない人たちが描き出すアンヌの肖像とアンヌの実像がぴたりと合致しているように思えた。この日は昨日にもましてその印象が強く、彼はそのことに戸惑いながら、昨日の夕方から深夜にかけての一連のできごとをあらためて振り返った。そして、あれはじつはたいしたことではなく、世間にはざらにあること、社交界の人間にとってもけっして珍しくないことだったのではないかと考えた。あんなことに驚く方がどうかしていて、ドルジェル夫妻と意気投合したのも所詮はポール相手の演技に過ぎなかったのだ、と。食事が済んで客間に移ったとき、彼は礼を失することなくできるだけ早く立ち去るにはどうすればいいかと思案していた。

客間には薪が燃えていた。暖炉を見ると、フランソワは田舎のことをあれこれ思い出した。心が氷に閉ざされていくような気がしていた彼だったが、その氷を暖炉の炎が解かしていった。

彼は話しはじめた。何の気取りもなく彼は話した。その気取りのなさがまずアンヌを驚かせた。アンヌにしてみれば、いきなり締め出しをくらったような気分だった。彼には「火が好きだ」などと平気で言える人間がこの世にいるとは思いもよらなかったのだ。一方、夫人の顔は生き生きと輝きはじめた。暖炉の火除けよりも一段高い革張りの長椅子に座った彼女は、フランソワの話に耳を傾けているうちに野辺の花を贈られたようなすがすがしさを感じ、鼻孔を開き、深く息を吸った。彼女の口元がふっと緩んだ。二人は田舎の話を始めた。

フランソワは火の魅力をもっと間近で味わおうと肘掛椅子を暖炉に寄せた。コーヒーカップはドルジェル夫人の座っている長椅子の上に置いた。アンヌは床に座りこみ、まるでオペラの舞台に見入っているような格好で背の高い暖炉と向かい合っていた。すっかりおとなしくなってしまって、さきほどまでの饒舌が嘘のようだった。

このとき、いったい何が起きていたのだろう？　要するに、アンヌ・ドルジェルは生まれて初めて観客の立場に身を置いたのだ。彼は妻とフランソワの会話を楽しんでいた。といっても、音楽を聴くように楽しんでいるだけで、話の内容には興味がなかった。実際、田舎という言葉は彼にとって死語同然だった。彼が自然に魅力を感じるのは、あくまで王侯貴族が自然に特別な庇護を与えた場合に限られていた。彼の祖先の人たちはヴェルサイユやそれに類する二、三の場所を除けば、自然はすべて原生林であり、まともな人間が足を踏み入れるところではないと信じていたが、その点は彼も少しも変わらなかった。

さらにもう一つ指摘しておくと、アンヌ・ドルジェルはこのとき初めて妻が彼の光の届かないところ、彼の関心の及ばないところにいるのを目撃したのだ。彼には妻がふだんよりもっと趣のある女に思えた。まるで他人の妻を見ているような感じだった。

「残念だわ、アンヌ。あなたが同じ趣味を持ってないのは」フランソワと話して調子づいたドルジェル夫人がそう言った。

もっとも、彼女はすぐに冷静さを取り戻し、よく考えずにでたらめを口にしてしまったと後悔した。

だが、それまで彼女が一度も口にしたことがなく、心に浮かべたことすらなかったこの一言は、じつはでたらめではなく、まぎれもない真実だった。アンヌとマオの間には大きな隔たりが横たわっていた。この二人の違いは、何世紀にもわたってグリモワール家とドルジェル家を昼と夜のように対立させてきた違いだった。要するに、読者もよくご存じのあの封建貴族と宮廷貴族の反目がこんなところまで尾を引いていたのだ。幸運はいつもドルジェル家に微笑んできた。だからこそ、弱小貴族だったこの家の人たちが、ずいぶん前に断絶したドルジェル家とただ同じ名前を持っているというだけの理由で権勢を誇ることにもなったのだ。ちなみにこの断絶したドルジェル家の方はヴィルアルドゥアン[23]の記録の中で何度もモンモランシー[24]とともに名が引かれている名門中の名門だが、現在のドルジェル家の祖先の人々がこの家のかつての栄光のために貢献したという事実はない。アンヌの父祖はまさに宮廷人の典型であり、その家名はいま、最高位にランクされている。

アンヌ・ドルジェルがすでに揺るぎない自家の名声をさらに高めようとしてとんでもない嘘をつくのを見て、「なぜ、いまさらそんな嘘を……」と唖然《あぜん》とする人もいただろう。だが、アンヌにとって嘘は嘘でなく、単に相手の想像力を刺激するための手立てにすぎなかった。つまり、嘘をつくとは、相手が自分ほど明敏でなく、物事の細やかなニュアンスを理解できそうにない場合に、比喩を用いて話し、ある種の微妙な点を拡大して見せてやることなのだ。ポールのような人間はそういう無邪気な作り話を聞かされるたびに、驚いて目を丸くした。ちなみにアンヌは通俗劇風の作り話をするのも辞さなかったが、その場合、彼には屋敷の地下倉こそ物語の舞台にうってつけの場所だと思えていた。まさか舞台を薄暗い地下倉に設定すれば、脚色を施しているのを見破られずに済むと考えていたわけでもないだろうが……。ときには彼の父親がドイツ軍の爆撃によって地下倉で死んだことになったし、別のときには、フランス革命勃発時にルイ十七世が地下倉に匿われていたことになった。

23　中世フランスの軍人、歴史家（一一四八年－一二一三年）。
24　十世紀以来続くフランスの名家。

マオとフランソワの話はもう終わっていた。だが、それでもアンヌは新しいおもちゃを手放したがらない子供のように沈黙を保ちつづけていた。世の中には危険な力を内に秘めたものがいくつかあるが、沈黙もその一つだ。ドルジェル夫人は夫をあてにしていた。沈黙を破るのは自分の役目ではないと思って。

電話が鳴った。

アンヌが立ち上がり、受話器を取った。ポール・ロバンからだった。

「ポール、あなたと話したがっている人がいますよ」アンヌは少し言葉を交わした後、フランソワの袖を引っぱりながら受話器に向かってそう言った。

「君、君なのか?」フランソワの声を聞いてポールは思わず口ごもった。「またドルジェル夫妻と一緒なのか?」と彼は心の中で呟いた。「いったい何なんだ、この茶番は? はっきりさせないと……」

ポールはこのとき、誰とも急な約束はできない身の上であることを忘れていた。つまり、いつも一時間ごと、三十分ごとにぎっしり予定が入っている人間のふりをしていたことを忘れていたのだ。それまで作り上げてきたイメージが崩れるのもかまわず、彼は努めて快活そうにこう言った。

「今晩、一緒に夕飯でもどうだい？　話があるんだ。会いたいんだけどな」

　母親の待つシャンピニーに戻ること以外に何の予定もなかったフランソワ・ド・セリユーズは、今回も息子としての義務を果たすのを先送りにして、ポールの誘いを受けた。

「ああ、君、切らないでくれよ」とポールは言った。「まだ〝ムッシュー・ドルジェル〟に話があるんだから」

　その昔、ミュスカダン[25]たちは自分たちの優美な姿に似つかわしくないという理由で、Rを発音するのをやめてしまったが、我々が生きているこの時代にも、他人から滑稽だと思われることを異様なほど恐れる風潮があって、そのために似たような悪習が広まっている。ポール・ロバンはばかげてもいれば、優れて現代的でもある羞恥心の持ち主だった。ある種のまじめな言葉や敬意を表す表現を本気で使っていると思われるのを嫌うのだ。その類いの言葉を使う場合は、責任回避のために、引用符に括ったような具合に発音する。

25　フランス革命期テルミドール反動期に、極端なまでのエレガンスを標榜《ひょうぼう》した王党派青年。

実際、ポールは含み笑いをするか、一呼吸置いてからでなければ、月並みな文句はけっして口にしなかった。そうすることで、おれはおめでたいお人よしではないぞと訴えていたのだ。

だまされたくない、お人よしにはなりたくないと思ってばかりいるせいで、ポールはとんでもない病気に罹っていた。これはまさに世紀病だ。この病気が昂じると、ときには他人をだましたりもする。

すべての器官はその活動量に応じて発達もすれば萎縮もする。自分のごく自然な心の動きを警戒しつづけた結果、ポールにはもう縮こまった心しか残されていなかった。彼としては鍛錬して情に流されないブロンズの心を作っているつもりだったのだが、実際は自分で自分の首を絞めているようなものだった。到達すべき目標を完全に見誤っているため、彼はこの手間暇のかかる自殺行為に励んでいるのが自分の一番よいところだと考えていたし、より良く生きるとはそういうことだと信じてもいた。だが、現在までのところ、胸の鼓動を止める手段は一つしか見つかっていない。要するに、死ぬしかないということだ。

ともあれ、ポールが〝ムッシュー・ドルジェル〟という言葉を引用符で括るようにして発音したのはそういう次第だった。

またアンヌの手に受話器が渡った。ポールは好奇心が疼《うず》き、とても夕食の時間まで待てなかった。それで、すぐにでもご夫妻に打ち明けなければならないことがある、ついてはいまからお宅に伺いたいのだが、と言った。

内緒にしていたことを打ち明けたい、それも緊急に、などというのは、どうもポールには似つかわしくない話だった。

「可哀そうに。昨日の僕らの罪のない冗談のせいで、ポールはどうかしてしまっているよ」とアンヌは受話器を置きながら言った。「僕たちが陰謀を企てているとでも思っているらしい」

この電話のせいで、三人はさっきまでの魔法にかかったような状態から抜け出していた。フランソワ・ド・セリユーズは胸の内でこう考えていた。「ポールのやり方にもよいところがある。なぜ彼が自分の生活をいろんな区画に分けているのか、そのわけがようやく飲みこめてきた。たしかに友人と鉢合せして困ることもあるよな。だけど、それは何も彼だけじゃなく、みんなそうなんだってことを彼には分かってもらいたい」

実際、ポール・ロバンのしていることには、いくらか田舎のおかみさん連がやることに似たところがあった。秘密の気配を嗅《か》ぎつけると、愚にもつかない口実を設けて隣家に乗り込み、隣人があたふたするのを見てほくそ笑んでいる田舎のおかみさん連だ。

だが、そうだとすると、ドルジェル家ではいま、わざわざ乗り込んでくるに値するようなことが起きているのだろうか？　このときマオがとった言動は、そうだと思わせる体《てい》のものだった。

つまり「私、出かけます」と言い出したのだ。

アンヌ・ドルジェルは妻の突飛な発言にあっけにとられた。

「だけど、あなたも知っているじゃないか。いま、ここに車はないんだ」

「いいの。歩きたいの。それに、アンナおばさまのことをすっかり忘れていたわ。おばさま、きっと怒っていらっしゃる」

アンヌ・ドルジェルは役者が驚きを表現するときによくやるあの間の抜けた顔をしていた。この驚きは偽りではなかったが、誇張されていた。さらに彼は両手を突き上げて天を仰ぐ代わりに、目を大きく見開いた。彼のこの表情は明らかに「どうかしている。いったいどういうつもりなんだ？　なぜ彼女がそんな嘘をつくのかさっぱり分からない」と言っていて、そのためフランソワは気詰まりな気分になった。アンヌがなおもマオを引き留めようとしていると、突然、彼女は扉をじっと見た。飼い主の方ではうちの犬がまた気まぐれを起こしたかという程度にしか思っていないとき、犬が本当に危険を嗅ぎつけていることがある。このときのマオはそんな感じだった。彼女はフランソワに手を差し出した。

街角でポールはドルジェル夫人を振り返った。夫人は彼に気づかないまま通り過ぎていった。

いまの場合、ポールはいわば法廷から差し向けられた調査員のような立場にあったと言えるかもしれない。現場にいる人間にそれぞれ何をしていたのか供述させるのがその役目だ。ポールはそれらしい顔つきで客間に入ってきた。と言っても、アンヌも、フランソワも、また当の本人も、それらしい顔つきとは何かと問われたら、説明の言葉に窮しただろうが。

彼は警視のようにコートをはおったままだった。ドルジェル夫人がいないのを彼は残念に思っていた。夫人がいれば、彼の知りたいと思っていることがはっきりしたかもしれないのだ。もしかすると彼女はそれを知られないようにするために外出したのではないか——そんな風に彼は勘ぐってもみた。

「ちょっと寄らせていただいただけです。すぐに失礼しますから」と彼は言った。

「だけど、そんなことなら」とポールの面白くもない作り話を一通り聞いた後、アンヌが少し皮肉っぽく言った。「わざわざご足労いただかなくてもよかったのに」そしてアンヌは「ところで晩はどちらで?」と付け加えた。これはポールとフランソワの二人に向けた質問だった。

彼らは行きつけの店の名を挙げた。

「僕たちは今晩は家で済ますつもりなんだが」とアンヌは言った。「でも、夕食後ならあなた方に合流できるかもしれない」

人の心の中には危険な「一時的かつ熱狂的な偏愛システム」というものがある。このシステムが作動しはじめると、気に入った相手とめったやたらと会わずにはいられないのだ。アンヌはこのシステムにすぐスイッチが入ってしまう方だったが、このときもまたそうだった。

ポールとフランソワは一緒にドルジェル邸を辞去した。ただし、それぞれ用事があったので、二人はすぐに別れた。

夜、約束の店に最初に着いたのはフランソワだった。ボーイが彼に「先ほど店に電話がありました」と伝えにきた。残念ながら夕食後に合流できなくなったとアンヌが連絡してきたのだ。アンヌは「明日の朝、電話を待っている」という伝言を残していた。あてのない散歩から戻ってきたマオが、晩は夫と二人きりで過ごせると思って嬉しそうにしているのを見て、アンヌは夕食後の計画を妻に打ち明ける勇気がなくなり、彼女が客間を離れた隙にこっそり断りの電話を店に入れたのだ。

その晩、アンヌ・ドルジェルは最初から最後まで浮かない顔をしていた。マオはぼんやりとしていた。夫と差し向かいでいることに彼女が幸福感を覚えるには、「いま、私は幸福なのだ」と考える必要があった。彼らはほとんど何の話もしなかった。だが、マオがそんなおかしな状況に不安を覚えることもなかった。彼女はアンヌに合せるのが、つまりもし彼が黙っているなら自分も黙っているのが、自然なことだと思っていたから。一方、アンヌがうわの空だったのは、妻と二人きりだとどうしても気が滅入ってしまうからだったが、だからと言って彼が情の薄い人間だというわけではない。

ただ、人工的な雰囲気に浸っていないと——つまり、人が大勢いて、けばけばしい光で照らされた部屋の中にいないと、くつろげないたちだったのだ。一方、ポールとフランソワは少しも間をおかずに話しつづけていた。彼らは二人一緒だと、いつもそれぞれ自分の人格の一部を棄て、相手に似せようと努める癖があった。また、どちらも堅物だと思われるのが嫌で、わざと少し品のない態度をとった。二人にはライバル意識があった。どちらがうまく本心を隠せるか——それが彼らの勝負だった。二人はそれぞれ『危険な関係』[26]に代表される十八世紀のたちの悪い小説に出てくる登場人物の仮面をかぶり、実際には犯してもいない悪事を自慢し、自分のイメージを黒く塗って相手を誑《たぶら》かそうとした。

ポールはドルジェル夫妻のことでフランソワにいろいろ訊《き》きたかったのだが、はっきり質問するのもためらわれるので、フランソワの方から話しだすのを待つことにした。そしてフランソワの打ち明け話を引き出すために、まず自分の話、つまり、オーステルリッツ公爵夫人と例のアメリカ人女性に挟まれるようにして車で帰ったときの話をはじめた。その話の主役はアメリカ人女性だった。

「彼女は僕らにぜったいに言おうとしないんだ、君が実際のところ彼女に何をし、何を言ったのかってことはね。だけど、彼女、けっして君のことを褒めちぎってはいないぜ。彼女に言わせれば、フランスの男は皆、同じなんだそうだ。一つのことしか考えていないんだってさ。まあ、僕とオルタンスで必死になだめておいたよ」

フランソワは笑みを浮かべた。もしヘスター・ウェインがその逆を言って嘆いたというならよく分かる――よほどそう言ってやろうかとも思ったのだが、ただし彼女を適当にあしらったことを自慢しようという気はなかった。帰路に必死になって彼女をなだめたというのが、本当はポール一人だったのではないかと思うと、なおさらそんな気にはならなかった。

じつはフランソワのこの推測は当たっていた。ヘスター・ウェインがフランソワのことで不満を漏らしたのは、実際はオーステルリッツ公爵夫人が車を降りた後のことだったのだ。ヘスター・ウェインは首尾よくポールから満足のいく対応を引き出すことに成功した。つまり、ポールは彼女を、彼女自身が「フランス人男性の唯一の関心

26 フランスの作家ラクロ（一七四一年―一八〇三年）の書簡体小説。十七世紀のラファイエット夫人『クレーヴの奥方』から本作『ドルジェル伯の舞踏会』に至るフランス心理小説の系譜に連なる作品。

事」と呼ぶものへといざなったのだ。ポールはフランソワを袖にした女性（と彼は思い込んでいる）をものにしたのが嬉しくて、ひとり悦に入っていた。

「フランスの男は」云々というヘスター・ウェインの発言を伝え聞いて何だか愉快になったフランソワは、好奇心の塊のような友人をこれ以上苦しめるのはよそうと思い、サーカス小屋の道化師の楽屋でドルジェル伯と知り合った経緯を打ち明けた。ポールは溜息を漏らした。ああ、まるでたいしたことじゃなかったじゃないか、と。これならヘスター・ウェインの寵愛を受けたことで十二分に償われている……。もっとも、ドルジェル伯とフランソワの仲がみるみるうちに親密さを増したことは、ポールから見ればやはり驚嘆すべきことだった。会ったその日に屋敷への招待を「勝ちとる」友が、彼にはたいへんな凄腕に思えた。

ポールはフランソワをバスティーユまで送り、フランソワはそこからシャンピニーに行く最終列車[27]に乗った。ちなみにこの最終列車は一般に「芝居小屋列車」と呼ばれている。いつも出発直前にならないと満席にならないのだが、発車間際に飛び乗ってくるのが風変わりな乗客ばかり、つまり、男もいれば女もいるが、とにかく役者ばかりだったからだ。その大半はラ・ヴァレンヌに住んでいて、皆、自分の芝居小屋からバスティーユ駅までの距離に応じて、メーキャップの跡を濃く、あるいは薄く顔に残していた。なお、この列車が混んでいるからといって、パリの芝居小屋が繁盛しているということにはならない。車中には芝居小屋の観客より役者の方が多いのだ。

フランソワ・ド・セリユーズがバスティーユ駅に着いたとき、出発にはまだ間があった。彼は伝染病患者専用の車両を避けるように空いている車両を避けた。じきに役者たちがどっと押し寄せてくるからだ。彼が乗り込んだコンパートメントには、芝居見物帰りの善良そうな一家が乗っていた。車内にはナフタリンの匂いが漂っていた。小さな男の子は家族全員の切符の管理を任されたのが得意で、父親がいつもやるように袖の折り返しから切符を覗かせていた。父親は片手に旧型のオペラハットを持ち、もう一方の手でまるで動物を撫でるようにそのオペラハットをさすっていた。父親は子供たちが眠ってしまわないよう、オペラハットを使っていろんなおどけた仕草をしてみせた。その仕草に道化師の口上が加わると、子供たちは涙を流して笑った。父親

27　パリ市内のバスティーユからヴァンセンヌを経てパリ東郊に伸びる「ヴァンセンヌ線」（通称）のこと。現在では廃線になっているが、ＲＥＲ・Ａ線に部分的に引き継がれている。後出のラ・ヴァレンヌの駅は、フランソワが向かうシャンピニー駅の一つ先。

はさらにオペラハットを右手ではたき、黒くて丸いケーキに変えた。この芸は三度繰り返された。

「トト、切符、ちゃんと持っているな?」彼はときどき心配そうに息子に訊ねた。

「一等車だぞ。張り込んだんだからな」

妻と年上の娘はこの善良な男を恥じていた。彼女たちはフランソワの目を気にしつつ、観てきたばかりの芝居のプログラムに視線を落とし、子供たちが浮かれて足を踏み鳴らすと、やめろと言う代わりに黒いレースのスカーフで覆った頭を左右に振った。その顔には微笑が浮かんでいたが、それは「私は無関係だ」と仄めかす微笑だった。フランソワはこんなふうに母と娘が手を組んで父親をないがしろにしているのを見るのが嫌で堪らなかった。父親はいかにも幸せそうだった。この男にとって、今日のこの日はまさに祝祭日だったのだ。だが、母と娘は今日が特別な一日だということ自体に腹を立てていた。毎日こんなふうに暮らしている人もいるだろうにと思っていたのだ。せめてドレスや芝居見物や一等車には慣れっこなのだと他人、つまりフランソワには思わせておきたかったのだが、その目論見も間抜けな父親のせいで台無しだ……。世の中流以下の階層の女たちは、家長である男にすべてを負っていながら、往々にしてその男を恥ずかしく思っている。フランソワにとって、この手の羞恥心ほど不快なものはなかった。

腹立ちを抑えられなくなった母と娘は、もう微笑を浮かべるだけでは飽き足らず、露骨に反抗的な態度をとりはじめた。父親は芝居の面白さ、役者たちのみごとな演技、レストランでの夕食、車両の柔らかいクッション等々をすべてひっくるめてすばらしかったと称賛したが、母と娘は興奮して舞い上がっている父親に不機嫌そうな顔を突きつけ、車両が汚いだの、あの俳優は役が分かっていないだのとケチをつけた。「通《つう》は不平をこぼすものだ」と思い込んでいるのだ。もっとも、これは社会階層の上下を問わず、たいがい誰もが思っていることではある。

彼女たちがこんなふうに振る舞うのは、フランソワが自分たちより身分の高い人間だと察したからだった。ただし、彼がどんな高みから自分たちを見下ろしているかということは、彼女たちにはよく分かっていなかった。彼が母親と娘の愚かしさに辟易《へきえき》し、邪魔者扱いされている父親の素朴さにむしろ好意を寄せていることに、彼女たちが気づかずにいられたのはそのためだ。父親の方はなぜ妻と娘が不機嫌な顔をしているのかさっぱり理解できずにいた。ただ、彼の心は無邪気な子供たちと一緒にいることで慰められていた。まだ不平等の意識によって歪められていない子供たちは、それこそ王様のようにはしゃいでいて、父親も、いまの仕事を続けていればそのうちきっとまた一家で外出できると思って幸せそうにしていた。父親が帽子をさすっているのは、帽子を自慢したいからではなかった。この日、彼には帽子まで面白く思えたのだ。だが、母と娘にとってはいま着ているドレスがまた不愉快の種だった。ドレスを意識すれば、おのずと一人は翌朝はおる前掛けを、もう一人は売り子の上っ張りのことを考えずにはいられなかったのだ。

一家はノジャン・シュル・マルヌで下車した。フランソワは車中のこの一幕のせいですっかり気が滅入っていた。彼にとって、身内の人間に対するこの種の裏切り行為ほど不快なものはなかった。とりわけこの晩、つまりドルジェル家を訪ねたばかりの彼にとって、この一幕は決定的だった。その意味は、この先をお読みいただければお分かりになるだろう。

セリユーズ夫人がそれまで息子の人生において演じてきた役割は、母親なら誰もが当然演じるはずの役割に留まっていた。フランソワはけっして悪い息子ではなかったが、すでにお話ししたようにこの母子は性格がかけ離れていて、大事なことは互いに何一つ打ち明けようとしなかったのだ。ところで、人生というものはたとえどんなに単純な人生であっても、ときにジグザグの軌跡を描くものだが、いま、フランソワの考えはまさにジグザグの軌跡を描きながら、車中の一幕からセリユーズ夫人のことへと移っていった。あの娘と母親の羞恥心を目の当たりにして、では、おまえは身内に対してどんな感情を抱いているのかと自分自身に問いかけずにはいられなかったのだ。

フランソワ・ド・セリユーズはまちがいなく誇りを持っていた。つまり、自分の家名を誇らしく思っていた、という意味だ。だが、その誇りが祖先に寄せる敬愛の念に由来するものなのか、それとも単なる自尊心に過ぎないのか——そこは彼自身としても知りたいと思うところだった。父方のセリユーズ家の家門は法服貴族としても海軍の貴族としても華々しいところはほとんどなかった。そもそもこの一家の人たちは、その辺の中産階級の人の家名と自分たちの家名にそれほど違いがあるとも思っていなかった。一方、セリユーズ夫人は夫よりも高貴な家の生まれで、文字通り上流階級の女性だったが、ずっと飾り気のない生活を送ってきたせいで、いつのまにか自分で自分を中産階級の女と思うようになっていた。これは世間でよく見られるのとは逆のパターンだ。たしかに彼女も家門の誇りのうちに育てられはしたのだが、ただし彼女に言わせれば、家門に誇りを持つのは、結局、子としての義務の一つに過ぎなかった。誰もが親に対して負う義務、どんなに身分の低い人でも負う義務の一つに過ぎない、というわけだ。だが、こんなふうに考えるとき、彼女にはすでに「貴族的に」ものを考えているとは言えないだろうか？

非常に若くして結婚したセリユーズ夫人は、夫が海に出ていて留守がちだったため、こう言ってよければ、夫に先立たれる前から寡婦の暮らしに慣らされていた。生来の社交嫌いに加え、夫だけを大切にしたいという気持ちもあったので、彼女は自分を我が子のように迎えいれてくれたはずのいくつかの貴族の家庭とあまり熱心に付き合おうとしなかった。その後、夫が死んで悲しみのどん底に沈んだ彼女は、ますます人と付き合うのを億劫《おっくう》がるようになった。交際相手は亡夫の家族に限られた。ところで、亡夫の家族は老嬢や老夫人がやたらと多く、何かにつけてせせこましい物の見方をした。そんな人たちとだけ付き合っているうちに、セリユーズ夫人は貴族階級に対して偏見を抱くようになった。それが自分の同族に背を向けることだとは意識しないまま、昔の中産階級の人たちが貴族に対して抱いていたのと同じ偏見を彼女も貴族に対して抱くようになったのだ。ただし、そうは言っても、彼女の振る舞いはつねに生まれの良さを感じさせるものだったのだが……。

亡夫の身内は彼女のすることなすことにいちいち驚き、性格が変わっているからだと言ったり、人生経験が足りないせいだと言ったりした。フランソワの教育に関して非難がましいことを口にすることもあった。なぜ二十歳の若者を遊ばせておくのか、なぜ息子のために将来の道筋をつけてやろうとしないのか――そこが彼らにはどうにも解せなかったのだ。亡きセリユーズ氏の姉妹やいとこは彼女のプライドが高いせいにした。だが、これは当たっていない。また、彼女は莫大ではないにせよ、息子を働かせずにいられる程度の財産は持っていたが、それが理由でもない。そんな理由はあまりにも成金くさい。そうではなく、ただ単にセリユーズ夫人は「怠ける」ということに対して庶民風の偏見を抱いていなかっただけなのだ。彼女は周りから何を言われても動じず(そこにまた彼女の育ちの良さがよく表れている)、時の作用を妨げてはならない、何ごとも急ぎすぎてはだめだと自分に言い聞かせていた。社交界を忌み嫌っている彼女だったが、若者にとって、また若者の成長にとって、少しくらい軽佻浮薄な社交生活を経験するのも必要だと認めてもいた。

フランソワには母方の家門の重みがよく分かっていなかったのかもしれない。いや、そんなことが彼に分かるはずがなかった。母親は思っていることを口に出さない例の性分から、その類いのことをきちんと息子に話すのを怠っていたのだから。そのため、いま、彼は自分の足で一歩ずつ階段を昇っていくときの昂揚感を味わっていたのかもしれない。そして自分の才覚を過大評価してしまっていたのかもしれない。つまり、誰もが受けいれてもらえるわけではない上流階級の家庭で彼がいつも歓待してもらえるのは、知らず知らずのうちに良家の子弟の匂いを放っているからだということに気づいていなかった可能性があるということだ。もっとも、それに気づかないのは彼ばかりではなく、迎えいれる側もはっきり意識していたわけではないのだが……。例えばドルジェル伯がフランソワをひいきにするのも、じつは目新しさに惹《ひ》かれているばかりではなく、慣れ親しんだものに出会った喜びのためでもあったのだ。

　車中の一幕にショックを受けたフランソワ・ド・セリユーズは、自分の心を厳しく取り調べようと尋問を開始した。彼は正直でありたいと願い、心の奥の奥まで探ったが、そのためかえって、真実とはかけ離れたことを自分に言わせようとしてしまった。その「真実とはかけ離れたこと」とは結局、彼に幸せをもたらす可能性のあることだったのだが。「僕はいついかなるときもあの母娘のようなまねはしていないと言い切れるだろうか?」――こう自問した彼は、何ぶんにも動揺していたし、それにもともと清廉潔白な人間だっただけに、虚偽の告白、つまり、母を十分に敬っていないという告白をしないではいられなかったのだ。

彼は母親を自分の生活から切り離してきたことを後悔し、これでは母を恥じているのと変わらないと考えた。実際、それは恥ずかしいという気持ちのなせる業《わざ》だった。ただし、この恥ずかしさは彼が思っているのとは正反対の恥ずかしさで、じつは彼が母親を自分の生活から遠ざけていたのは、母親に胸をはって紹介できるような立派な女性にまだめぐり会えていなかったからなのだ。そして、いま、彼の心が立ち騒いでいるのは、ついに母親に紹介するに足る人が見つかったからなのだ。車中の一幕に端を発した一連の自己点検は、結局、「母にドルジェル夫人を紹介しよう」と彼に決心させるためのものだったと言っていい。ふだんは恋人ができても母親を敬う気持ちと羞恥心とに邪魔され、つい母親に内緒にしてしまう若者も、いっときの遊びではない相手が見つかれば、こんなふうに母親に打ち明けようと思うものなのだ。

翌朝、目を覚ましてフランソワが真っ先に考えたのは母親のことだった。こんなに早く母親に会いたいという気持ちに駆られたことはこれまで一度もなかった。

セリューズ夫人は外出中で、昼食まで帰らないとのことだった。フランソワは気を紛らせようとして本を読み、手紙を書き、煙草《たばこ》をふかした。だが、すべて平静を装うためにしているだけのことで、本当はただ待っているだけだった。

実際、待つこと以外は何もしていなかった。だが、突然、彼はびくりと腰を浮かせた。誰かがこう話しかけてきたのだ。「おい、おまえ、まだドルジェル夫人のことを考えていないじゃないか」さらにその声はこう続けた。「おまえは母親を待っているふりをしているだけなんだろう?」彼にしてみれば、こんなにばかばかしくて無意味な言葉は、外部からやって来たものとしか思えなかった。「どうしてあの人のことを考えなきゃならないんだ?」彼は自分に向かってとげとげしく言った。「それに、なぜ、いまこうして待っているのが見せかけなんだ?」彼はさらに、ドルジェル夫妻には明日までぜったいに電話しないと胸に誓いもした。

ちなみに彼はそう胸に誓いながら、自由に決断し、自由に行動することのできる自分にすっかり悦に入っていた。ただし、そもそも「僕は自由だ」などと自分に言い聞かせているのが異様なのだということには気づいていなかった。

あまり長い間待たされたせいで、彼はもう待っていることを忘れていた。誰を待っているのかなどということはなおさらで、セリユーズ夫人が昼食の支度が出来ているからもう下りてこいと言いにきたほどだ。フランソワは母親をそれまでとは違う目で見た。彼が母親の若さを意識したのはこれが初めてだった。セリユーズ夫人はこのとき三十七歳で、顔立ちは実際の年齢よりもっと若く見えた。だが、周りは誰も彼女がまだ若いのだということに気づいていなかった。彼女の美しさにも無関心だった。当世風の美人ではなかったということだろうか？

彼女には十六世紀の貴婦人を思わせるところがあった。十六世紀はフランス流の美人を輩出した世紀だが、いま、あの時代の肖像画を見ると、暗澹《あんたん》とした気分にならざるを得ない。我々は女性の美について当時とまったく違う理想を抱いているので、かつてヌムール公[28]のような男を恋でやつれさせた女性に宝石商ですれ違っても、振り向きもしないだろう。

28　ラファイエット夫人（一六三四年－一六九三年）の小説『クレーヴの奥方』の登場人物。舞台は十六世紀フランスの宮廷。ただし、宝石商の店先でヒロイン、シャルトル嬢の美貌に感嘆するのはヌムール公ではなく、やがてシャルトル嬢の夫となるクレーヴ公である。

今日、我々は華奢なものしか女性的と見なさなくなっている。そのため、輪郭のはっきりしたセリユーズ夫人の顔は魅力を欠くように思えるのかもしれない。実際、彼女の美貌に世の男たちは冷淡だったし、一人だけ高く評価した男がいたが、その男も死んでしまった。もっとも、セリユーズ夫人はいまでもその男に身を捧げていた。あたかもその男にいつかきっとまた会えると信じていて、そのために貞節を守ろうとしているかのように。どんなに身持ちの堅い女でも、まさか男に欲望のまなざしを向けられただけで逃げ出しはしないだろうが、彼女だけは違った。

セリユーズ夫人は息子の視線をはっきり意識していたわけではないが、どこか窮屈な思いをしていた。他人にいたわられることに慣れていない人は、往々にしてそんな窮屈な思いをするものだ。そういう人は周りの態度が変わると、なぜだろうと自問し、あれこれ勘ぐらずにはいられない。この日、フランソワはほとんど「愛情に満ち溢れている」と言ってもよいような態度をとっていた。彼女は彼のこの優しさに触れ、きっと息子は何か謝らなければならないようなことをしたのだろうと考えた。「この子、いったい何をしたのかしら？」ふだんならフランソワは食事が済めばさっさと部屋を離れたが、この日はいつまでもぐずぐずしていた。何か新鮮なものに触れているような気がして、いつまで母親の姿を眺めていても見飽きなかったのだ。もっとも、彼はそんな気がする理由を深く考えてはいなかった。セリユーズ夫人はとうといたたまれなくなって立ち上がった。

「何か私に特別な話でもあるの？」

「いや、お母さん、何も」フランソワは驚いて答えた。

「じゃあ、私はすることがあるから」

彼女はそう言って部屋を出て行った。

彼は浮かない顔で家の中を歩き回った。シャンピニーで母親と一日ゆっくり過ごすつもりで来たのに、その母親がいなくなってしまったのだ。彼は家の中を歩き回り、庭を散歩してから、自分の部屋に上がった。そして本を一冊選んだが、ページをめくるでもなく、ごろりと横になった。

彼は寝つかれない病人のように何度も寝返りを打った。そして、どんな薬なら効くだろう、と自問した。熱に浮かされたようなこの状態では、ひんやりとした手だけが安らぎを与えてくれそうだった。特に誰の手でなければならないということはなかった。誰かに少し優しくしてもらえれば、それで十分なはずだった。このとき、彼自身は漠然として対象の定まらない愛情に捉われているのだと思っていた。ただし、そんな漠然とした思いを抱くのはある強い衝撃を受けたせいで、その衝撃の正体はじつははっきりしていた。彼はその衝撃に本当の名前を与えるのを恐れていた。彼が自分自身に対してこれほど気を遣ったり遠慮したりするのは初めてだった。ふだんの彼は、欲望を抱いているということを自分自身に打ち明けるのにこんなにためらったりする人間ではなかったのだ。自分の官能を抑えつけたことが一度もなく、まして自分の考えを封じ込めようなどと思ったこともない彼が、いまはある種のことを考えることを己に禁じていた。ようやく彼も、他人に良し悪しを判断される行儀作法より、自分で監視する他はない心と魂の礼節の方が大事なのだと悟ったようだった。どうして人は自分とうまく付き合おうとしないのだろう？　彼はこれまで他人に対するほど自分に対して敬意と礼節を示してこなかったことを恥じた。他人にはぜったいに言えないいくつかのことも、自分にだけは平気で打ち明けてきたのだ。だが、それにしても今回、彼はこの種の潔癖に捉われすぎて、いつのまにか偽善的な考えに陥っていた。

どうやら世の中には特別丁重に扱わなければならない人がいるらしい。その人を欲望の対象にし、それを自覚した時点で、すでにその人に対してひどい無作法を働いたことになる――そういう無垢な人たちがこの世にはいて、ドルジェル夫人はその一人だった。フランソワはすでにドルジェル夫人を愛していたから、彼女に嫌われるのを恐れていた。そして彼女に嫌われたくないから、彼女のことを考えないようにしていた。考えはじめると、彼女にふさわしくないようなことしか頭に浮かんでこないのだ。いま、愛が彼の内に宿ったところだった。彼自身にも降りていけないような心の深みにそっと宿ったのだ。まだ非常に若い人は自分の最も強烈な感覚、つまり最も粗野な感覚にしか気づかない仕組みに出来ている。その点でフランソワも例外ではなかった。彼の内に芽生えたのがこんな愛ではなく、いかがわしい欲望でもあったなら、彼ももっと動揺していたのだろうが……。

我々が身の危険を感じるのは、病が我々の中に忍び込んでくるまさにその瞬間だ。いったん病が我々の内に根を張ってしまえば、適当に折り合いをつけることもできるし、忘れていることもできる。フランソワにはもうこれ以上自分を欺きつづけることはできなかった。立ちのぼってくるざわめきに耳を塞《ふさ》いでいることもできなかった。彼は自分がドルジェル夫人を愛しているのかどうかも知らずにいた。いったい何の廉《かど》で彼女を責めればよいのか分からなかった。ただ、彼女のせいだということははっきりしていた。これは他の誰のせいでもなかった。

彼はこのまま家にじっとしていたくなかった。一人きりでいるのが耐えられなかった。心は愛情で溢れていた。母親が思わず困った顔をしていたのを思い出したが、それでも誰かと一緒にいたかった。彼はもう長いこと会っていない一人の女友だちを思い出した。彼がかまってやらないので悲しんでいるかもしれなかった。その女友だちに会いに行こうかとも思ったが、その気持ちを彼はどうにか抑えた。自分をだまし、ある一人の女性に向けるべき愛情を別の女性に注いで気を紛らせるのが恥ずかしいことに思えたのだ。ただし、その女友だちを訪ねなかったのは、結局、迷信からだった。行けばドルジェル伯夫人を裏切ることになり、それが祟《たた》って彼自身に不幸が降りかかってくるような気がしたのだ。

翌日、彼はドルジェル夫妻の屋敷に茶に呼ばれた。彼は夫妻と話をしながら、アンヌに対する自分の友情がまったく損なわれていないことを確信した。それは友情と言うより、むしろ無邪気な心が浮かれ騒いでいるようなものだった。一方、屋敷に来る途中、彼は何度も心の中で「僕はマオを愛している」と呟いていた。彼女を前にしたら、きっと異様な感情に襲われるだろうとも思っていた。だが、実際に会ってみると、特別な感慨は何も湧かなかった。「勘違いだったのだろうか?」と彼は考えた。「僕はアンヌに友情を抱いているだけで、彼の妻に特別な感情を抱いてはいないのだろうか?」

恋愛についてのフランソワの手持ちの考えは、いずれも月並みなものだったと言っていい。いわばできあいのスーツのようなものだ。ただし、どの考えも作ったのは彼自身だったので、本人はオーダーメイドの服のようにぴたりと身丈に合っていると思っていた。彼に分かっていなかったのは、仕立てるときに型紙として用いたのが、いつも生気のない感情だったということだ。

フランソワは過去の恋愛に照らしていまの気持ちを判断し、その結果、判断を誤っていた。彼がまず目をつけたのは、なぜアンヌにこんなに惹かれるのか、という点だった。ふつうなら、アンヌに嫉妬するのが当然ではないだろうか?……フランソワはドルジェル夫人がアンヌを愛していることを知っていた。だが、それでアンヌを幸福な恋敵と見なしたりはせず、むしろ仲間だと思っていた。また、アンヌがドルジェル夫人と一緒にいても、それを嫌な目で見たりはせず、この二人が一緒にいるのはすてきだと考えていた。そんなのはおかしい、我ながらわけの分からない考えだと思って自分の気持ちを否定しようとしたが、やはりそう思うことに変わりはなかった。

一方、アンヌ・ドルジェルにとって、フランソワと急速に親しくなったのは不思議でも何でもなかった。フランソワとすぐに仲良くなったのは事実だが、他の友人の場合も同じだったからだ。あっという間に彼の中でフランソワが古い友人たちと同列に並んだことも、別段、変なことだとは思っていなかった。

アンヌはなぜ自分がフランソワに惹かれるのか、その理由をいちいち究明しようとはしなかった。だが、じつはそこには信じられないような理由があったのだ。もし誰かにそれを指摘されたら、彼は黙って肩をすくめただろう。彼でなくとも、肩をすくめる以外にどうしようもなかったはずだ。というのも、彼がフランソワをひいきにするのは、フランソワが彼の妻を愛していたからなのだ。

我々は、どんなやり方であれ、とにかく我々を得意な気持ちにさせてくれる人に好意を抱く。ところで、フランソワはアンヌに賛嘆のまなざしを注いでいた。そして、その賛嘆のまなざしは、アンヌがマオのような女性に愛されているという点にまず向けられていた。そのお返しに、ドルジェル伯は知らず知らずのうちにフランソワに感謝の念を抱いていた。誰でも自分を羨んでくれる人には感謝するものだ。本人たちもなぜだか分からないまま、この二人がぐんぐん接近していったのには、こうした事情が与《あずか》っていたのだ。

要するに、フランソワの恋はアンヌがフランソワをひいきにする隠れた理由だったわけだが、さらにこの恋は、アンヌにそれまでとは違う気持ちで妻を愛させることにもなった。事実、アンヌは妻を本気で愛しはじめていた。あたかも妻の真価を知るには、他人の欲望が必要であったかのように。

ドルジェル夫人はと言えば、彼女はアンヌのこの友人をかなり好意的な目で見ていた。フランソワに好意を寄せることにどうして彼女が不安を覚えたりするだろう？夫が気に入っている人を好きになるのは妻としての務めではないか？夫婦仲をより確かなものにしてくれるものを、どうして警戒したりするだろう？

こうしてフランソワ・ド・セリユーズはあっという間にドルジェル家に欠かせない存在になった。彼はドルジェル夫妻との交際に多くの時間を割いたが、そのために何を犠牲にしたわけでもなかった。暇つぶしに付き合っていた人たちと会うのをやめただけのことだ。

ドルジェル邸の晩餐会《ばんさんかい》でフランソワの姿を見ないことはもうなかった。

初めて晩餐に招かれた日、フランソワはアンヌの姉ドルジェル嬢の隣に座らされた。彼はそれまでアンヌに姉がいるのを知らなかった。彼は精いっぱい愛想よく振る舞ったが、それを見て、ドルジェル嬢は心の中で苦々しげにこう呟いた。「新入りだってことがよく分かるわ」

フランソワはドルジェル家の家族を全員知っているつもりでいたので、この姉の出現には少なからず驚いた。これまで昼食会で一度も見かけたことがなかったのはたまたまなのだろうと考えたが、じつは、それはたまたまどころではなかった。アンヌは姉を人前に出さないようにしていたのだ。そこには複雑な事情があったが、一番分かりやすい理由としては、この人はつまらないとアンヌが見切っていたということがある。彼から見ると、ドルジェル嬢は彼の姉であるということ以外に何の取り柄もない女だったのだ。

ドルジェル嬢はこの家の長女だった。彼女を知って、フランソワの目にもアンヌの滑稽なところがいろいろと見えてくるようになった。彼女は完璧な作品の、いわば拙劣な雛形のようなものだった。弟が繊細な描線を幾重にも重ねたデッサンだとすれば、彼女の雑な作りはそのデッサンの分かりやすい絵解きになっていた。

彼女はドルジェル家ではすっかり等閑視されていたが、どこでもそうだったわけではない。デッサンよりも戯画の方がぴんとくる連中には、アンヌより立派な人だと思われてもいた。彼女は午後の時間を細かく分け、ひどく年老いた人か、ひどく退屈な人、要するにドルジェル夫妻が付き合おうとしない人たちを訪ね歩いた。ちなみにそういう人たちは、十分に退屈しないから、という理由でユニヴェルシテ街のパーティーを良俗に背くものと見なしていた。もちろん、その彼らもドルジェル夫妻に手招きされれば、大急ぎで駆けつけてきたのだが。

どこかの屋敷の客間でたまさかドルジェル嬢の名が聞こえてきたら、それは誰かが彼女を褒め称えているのだと思ってまずまちがいない。世の中には影が薄く、親しい友人にしか話題にしてもらえない人がいて、彼女もその一人だったからだ。もっとも、彼女への賛辞をひとくさり聞かされた後でも、彼女の上品な物腰には疑いの目を向けてもよかっただろう。そのしとやかな立ち居振る舞いの陰には、たいていの場合、弟と義妹への怨恨が潜んでいた。

「それに、何と言ってもあの人は聖女です」彼女を褒め称える人は最後にきまってそう言った。要するに、容姿に恵まれていない、という意味だ。

ドルジェル伯は新しい感情に目覚めつつあった。

彼はこれまでずっと恋愛を敬遠してきた。彼には恋愛というものがあまりにも時間と労力を必要としすぎるように思えていたのだ。実際、恋をするには暇が必要だが、くだらない用事に忙殺されている彼にそんな余裕はなかったのだ。だが、恋の情熱が巧妙に彼の中に忍び込んだ。それはあっという間の出来事で、彼には警戒する間もなかった。そう、それはマオが暖炉の火除けのそばの長椅子に腰かけ、フランソワ・ド・セリユーズと言葉を交わした日のことだった。あのとき、ドルジェル伯は妻に欲望を抱いたのだ。あたかも彼女が自分の妻ではないかのように。

一方、フランソワはこんなに頻繁にパーティーなど開かれなければいい、もっと親密に語りあえる時間が欲しいと思っていた。だが、彼はききわけのよい子供のように与えられたもので楽しもうとした。感じのよい客になろうと努力してもいた。できることならマオに見惚れたまま何も言わずにぼうっとしていたかったのだが、そんな自分に鞭打って隣の客に話しかけた。

フランソワにとって会食のテーブルで隣り合わせになって一番苦痛だったのは、同世代の男たちだった。彼は社交界の冴えない若者たちに見下されているような気がしていたのだ。だが、じつは若者たちはアンヌにひいきにされているフランソワに羨望のまなざしを向けていたのだ。というのも、彼らにはアンヌと友情で結ばれることなど望むべくもなかったからだ。アンヌと昔から付き合いのある彼らにとって、アンヌはいつまでたっても年上の兄貴分なのだ。アンヌの方も彼らをいくらかひよっこ扱いしているところがあった。ただ、アンヌはフランソワだけは子供の頃を知らなかったのでフランソワが他の若者たちと同じ年齢だとは思えないのだった。フランソワはもし自分が羨望の的になっていると知ったら、この若者たちにもっと好意を持っただろう。それにしても妙なのは、アンヌ同様、マオまでこの実際には存在しない年齢差を感じとり、フランソワ以外の若者たちを幼く思っていたことだ。実際は、彼女が一番年下だったのだが。

こうした夜会でフランソワはいつも周りの人に自分の存在を忘れられることだけを願っていた。そして彼の方では実際にマオ以外のすべての人の存在を忘れてしまっていた。だが、アンヌ・ドルジェルは当然ながら彼のそんな気持ちは理解せず、フランソワをいつもその日の主役にまつりあげようとした。それはもとより友情のなせる業だったが、フランソワにはこれが苦痛でならなかった。だからと言って、彼が慎み深いとか内気だとかということではない。単に皆に心の中を読まれてしまうのではないかと不安だったのだ。

彼は何気ない顔の裏に隠しているものを誰にも、マオにも知られたくないと思っていた。知られたら最後、いまの幸福が潰《つい》えてしまう気がしていた。幸福――そう、実際、いま彼は幸福だったのだ。何も所有していないのに幸福でいられるのは、この年齢の特権だ。

フランソワはセリユーズ夫人に友人たちの話をすることはまずなかったが、ドルジェル夫妻のことだけは例外的によく話した。そのため母親は息子が前より開けっ広げになったと思って喜んだ。だが、それにしても、いったい何が彼の口を軽くさせたのだろう？　この若者は恋に舞い上がっていたのだろうか？　それとも自分を欺き、マオに寄せている愛情が恋ではないと思い込もうとしていたのだろうか？　あるいは、特にこれといった理由があるわけではなかったのか？　とにかく、彼はもう母親に隠しごとをしようとはしなかった。そもそも隠さなければならないような後ろめたいことは何もなかったのだ。実際、しばらく前から彼は純潔を守っていて、それは多分にこの特殊な状況のせいだったのだろうが、とにかく彼はそれで一つ得をしていた。それまで純潔な暮らしなど味気ないものだろうと高《たか》を括っていた彼が、純潔というものの味わいが分からないのは味覚に繊細さが欠けているからだと思えるようになったのだ。だが、その純潔とやらの味わいを彼は心の最も不純なところに見つけたのではなかっただろうか？　そんなことはないと彼に言い切れるのか？

フランソワはドルジェル夫妻の話になると、いつも確信のこもった話し方をした。それでセリユーズ夫人は、ドルジェル夫妻とまだ面識がないのにもかかわらず、夫妻が息子の友人の中で唯一信用できる人たちなのだろうと思い込んだ。ただし、フランソワはあれほど心にかかっていることをいまだに実行に移していなかった。つまり、母親をドルジェル夫妻に引き合わせていなかったのだ。いま彼が味わっている幸福はまだ生まれたての幸福で、そのためうかつなことをするとバランスを崩してしまいそうで、それが怖くて何ひとつ具体的な行動を起こせなかったのだ。

ある日、彼が前の日の晩餐会の話をしていると、セリユーズ夫人が言った。

「でも、おまえのそのお友だちはおまえのことをどう思っているかしら？　きっと住む家もない若者だと思っているわよ。どうしてその方たちをうちに招待しないの？」

彼は驚いてセリユーズ夫人を見た。まさか母親がこんなことを言い出すとは思ってもみなかったのだ。だが、それまでドルジェル夫妻を招待したいと言おうとして言えずにいた彼が、ひとたび母親にこう提案されると、事の実現の妨げになりそうなことを次々と挙げはじめた。

「おまえ、その方たちをお招きするのが嫌みたいだね」セリユーズ夫人は言った。

「そんなことがあるはずないじゃないか」フランソワはそう叫んで母親を抱きしめた。

セリユーズ夫人は困った顔をしてそっと息子を押しのけた。

ドルジェル夫人はフランソワから「母が会いたがっている」と聞いて、心からの喜びを顔に浮かべた。フランソワとの友情に何かまじめなものがつけ加わるような気がして、それが嬉しかったのだ。

一方、アンヌはいつもどおり歓声を上げた。そこへひょっこり彼の姉が現れたので、フランソワは彼女も招待するのが礼儀だと思って声をかけた。だが、アンヌがこの哀れな姉に返事をする暇を与えなかった。

「お姉さん、あんたは今度の土曜日、アンナおばさんの家で昼食でしょう」

フランソワはこのアンナというおばの名を前にも聞いたことがあった。あれは初めてドルジェル家に招かれて昼食をとった後、マオが突然出かけると言いだしたときのことで、そのときアンヌのあっけにとられた目は明らかに「なぜ嘘をつく?」と言っていた。実際は、たしかにこのおばは実在したのだが、ただしドルジェル夫妻は彼女をまったくかまいつけなくなっていて、ときどき彼女の名を何かの口実に持ち出したときは、その償いをしたような気になっているのだった。

ドルジェル夫妻がシャンピニーの家の客間に入ってきたとき、フランソワはまるで予期せぬ訪問を受けたように呆然《ぼうぜん》としてしまった。昔からよく知っているこの部屋に、いま、この二人の友がいるということが驚きで、何だか幻でも見ているような気がしたのだ。アンヌ・ドルジェルはフランソワがぼんやりとしているので少しうろたえたが、彼を一番たじろがせたのは、目の前に若い婦人がいることだった。アンヌは老人たちをまるめこむのが好きで、シャンピニーへ来る途中もフランソワの母親に気に入られようと準備を怠らなかったのだが、それだけに彼女のあまりの若々しさに面食らったのだ。

アンヌはセリユーズ夫人に愛想よく振る舞った。それはごく自然なことだったが、二人の様子を見て、フランソワは胸が少しどきどきした。母親が男性と一緒にいるのを見るのは初めてだったのだ。

この日のセリユーズ夫人はすばらしかった。フランソワは彼女に見惚れているうちに、徐々にそこにいるのが母親だということを忘れていった。彼女の方もこの忘却に力を貸した。フランソワがそれまで聞いたこともないような生き生きとした声で話すのだ。信じがたいことだが、マオはこの出会いによって若返ったような気がしていた。ふだん彼女はいたって礼儀正しい方だったが、この日に限って心の手綱《たづな》をしっかり握っていないと、セリユーズ夫人を久しぶりに再会した幼友達のように気安く思ってしまうのだった。

昼食の後、セリユーズ夫人とドルジェル夫人は二人きりで話し込んでいた。フランソワは絵でも見るように二人の姿に見入っていた。アンヌはじっと黙っているのが退屈で、壁にずらりと掛かっている本物の絵を眺めはじめた。だが、彼の視線はすぐに宙をさまよった。こういうアンヌの行動が、じつは早くかまってもらいたくてじりじりしているのを隠すためのポーズだとは思わないセリユーズ夫人は、何か客人の興味を引くものがあったのだと考えた。アンヌは実際には何も見ていなかったが、傍目には彼の視線が細密画の肖像に注がれているように見えた。

「その肖像をご覧になっていらっしゃるの？」

セリユーズ夫人にそう言われて、アンヌはその肖像画を見るために腰を上げた。

「この肖像、ふつうのジョゼフィーヌ妃の肖像とはずいぶん違いますでしょう。でも、彼女なのですよ。十五歳のときのジョゼフィーヌです。マルチニック島在住のフランス人画家が描いて、ボアルネ氏に送ったのです。ボアルネ氏に婚約者がどんな女性なのかお教えするためですわ」

マルチニック島という言葉を聞いて、ドルジェル夫人はまるで名前を呼ばれた犬のように顔を上げた。彼女は細密画に近づいた。

「ジョゼフィーヌは」セリユーズ夫人は言った。「私の曽祖母の遠縁ですの。曽祖母も嫁ぐ前はジョゼフィーヌのお母さまと同じように、サノワ家の者でした」

「すると」アンヌがフランソワとマオの方を向いて叫んだ。「あなた方は親戚だよ！」アンヌはこの発見をまるで狂ったように面白がった。

皆はアンヌのこの託宣に啞然として黙り込んだ。フランソワはマオの家系について多くを知らなかった。アンヌはマオが何の反応も示さないので、さらに続けた。

「マオ、僕の思い違いでなければ、あなたはタッシェ家とデヴェルジュ・ド・サノワ家の双方の親戚だったね」

「ええ」ドルジェル夫人はそう短く答えた。まるで辛い告白を迫られてでもいるかのようだった。

いったい彼女のこの動揺は何を意味するのだろう？　じつは、たとえ遠縁であっても、フランソワと親戚関係にあることに彼女は気詰まりを覚えていたのだ。ただ、彼女はこの不快感の理由を深く考えるのを後回しにした。さしあたっていまは、こんな態度をとったらセリユーズ夫人とフランソワに対して失礼になるということしか考えられなかったのだ。一方、フランソワもまたひどく動揺していたので（ただし、彼の場合は嬉しい動揺だった）、この親戚関係を彼女がどう受けとめたかという点にまでは考えが及ばなかった。

アンヌ・ドルジェルは思いがけない話の展開に夢中になり、その興奮からなかなか覚めなかった。

「僕の父が聞いたらさぞ喜んだはずだ」彼はフランソワに言った。「父はいつも友人のことで僕を責めていたからね。何度も聞かされたよ。『私の若い頃は、誰も友人などいなかった。親戚がいればそれで十分だ』ってね。あなたも今日やっと僕の父に認めてもらえたってところかな」彼は笑いながらそう付け加えた。

日頃からアンヌは家系にはこだわらない自由人を標榜していて、この父親の話も、彼としては冗談話の一つとして披露したつもりだった。だが、今回の発見にこれだけ喜ぶということは、彼も結局、亡きドルジェル伯爵とそれほど違った人間ではないということだろう。

「ずいぶんせっかちでいらっしゃるのね」セリユーズ夫人は言った。「祖先が親戚関係にあったからといって、いま、私どもがドルジェル夫人の身内だなんて申し上げたら僭越《せんえつ》ですわ」

マオはこの良識ある言葉を好ましく思いながら、セリユーズ夫人の言うとおりだ、アンヌは大げさすぎると考えた。だが、すぐに浮かれて軽率なことを言い出すアンヌは、マオにこんな言葉を投げかけた。彼としてはこのタイミングにふさわしい、気の利いたセリフのつもりだった。

「まあ、あなたはマルチニック島全島と親戚関係で結ばれているからね！」

セリユーズ夫人はアンヌという人間にまだ慣れていなかった。つまり、彼が頭にどんなイメージを浮かべているのか、どんなばかげた思い込みからものを言っているのか、そういうことがまだ何も分かっていなかったのだ。アンヌにとって「マルチニック島全島」という言葉はグリモワール家と婚姻関係を結び得た三つか四つの家族を指していた。だが、セリユーズ夫人にとってこの言葉は文字通り島全体を意味した。そのため彼女はアンヌの言い草をずいぶん不躾《ぶしつけ》に感じた。この人は私を黒人の子孫とでも思っているのかしら、というわけだ。彼女は生まれて初めて自分の家系に誇りを覚えながらマオに言った。

「ドルジェル伯のおっしゃるとおりね。あなたのおうちとサノワ家に婚姻関係があってもちっとも不思議じゃないわ。お宅にふさわしい二、三の家の一つですし……」

マオが親戚だったとは！

フランソワはこれが喜ぶべきことなのか、悲しむべきことなのかと考えてみた。一緒に子供時代を過ごした従姉妹たちの顔が頭に浮かんできた。面白みのない、ひどく退屈な娘たちだった。彼は憂鬱な気分になって、あの連中ではなくマオと一緒に大人になることもできたはずなのに、と心の中で呟いた。

フランソワがそんなことを考えたというのも、彼がこの親戚関係にはただならぬものがあると端《はな》から信じ込んだからだ。彼のような若者が親戚云々にそれほど重きを置くのは奇妙に見えるかもしれないが、それよりはるかに驚きなのは、アンヌまで同じ思い込みに捉われていたことだ。フォーブール[29]全体と多少とも親戚づきあいがあり、しかも相手を十把一絡げに見ていて、特定の誰かとの縁を重視することなどないアンヌが、なぜいま、こんな遠い続き合いに度外れな重要性を認めたのだろう? じつは彼の目にはフランソワがいくらか規格外の人間に見えていたのだ。踊りの輪に完全に加わってはいないように見えていたと言ってもいい。だが、今回のこのたわいもないと言えばじつにたわいもない発見によって、ようやくフランソワも踊りの輪に加わったのだ。

29　パリのセーヌ川左岸にある貴族街、フォーブール・サン＝ジェルマンのこと。

客間の柱時計が四時を告げた。アンヌ・ドルジェルはパリに一緒に行くかとフランソワに訊ねた。フランソワはパリに用事は何もなかった。だが、車の中でドルジェル夫人と一緒にいられることを思って適当な約束をでっち上げ、「ご一緒させてもらう」と答えた。

「息子は本当はあなた方をマルヌ川の河岸へお連れしたいと思っていたようですわ」とセリユーズ夫人は言った。だから、近いうちにぜひまた来てほしい、と。ドルジェル夫妻はその前にまず自分たちの家に昼食に来てほしいとセリユーズ夫人に願い出て、セリユーズ夫人はそれを受けいれた。

フランソワは感謝の気持ちを込めて母親を見つめた。

「おまえ、夕食には戻ってくるの?」と母親は訊ねた。

フランソワがパリに行くのはドルジェル夫妻と同行するためだけだったし、いま味わっている幸福感と自分との間に誰にも割って入られたくないので、パリでは人に会わないつもりだった。それで彼は戻ってくると返事をした。

すると、アンヌが今晩ご子息をお借りしたいとセリユーズ夫人に願い出た。フランソワはそうなることをひそかに願っていたのだが、しかしそううまくはいくまいと思ってもいた。というのも、ドルジェル夫妻が当日いきなり人を招待することはまずなかったからだ。それだけにフランソワは感謝の気持ちでいっぱいになり、自分の恋が報いられる可能性がないことを喜んだ。アンヌ・ドルジェルのような友を裏切ったらどれほどの自己嫌悪に苛《さいな》まれるか、という点に考えが至ったのだ。もっとも、この後、帰りの車の中で、ドルジェル夫人の脳裏には彼女自身にも整理することのできないさまざまな考えが浮かんでくるのだが、もしその考えを彼に辿ることができたとしたら、彼もこんな立派なことは言っていられなかっただろう。

人間は海のようなものだ。いつも胸に不安を抱えている人もいれば、地中海のようにたとえ時化《しけ》てもほんの一ときだけで、かならずまた凪《な》いだ状態に戻る人もいる。マオは夫婦二人の生活に第三者が加わったことに喜びを見出していたが、その喜びにはある種の不快感が混じっていた。それはほとんど最初の出会いのときから彼女の胸にくすぶっていた不快感で、それが日を追うにつれて徐々に強まっていたのだ。ところが、セリユーズ夫人宅を訪問しただけで、もうこの不快感が消え失せてしまっていた。これはいったいどういうことだろう？　一言で言えば、彼らの関係には先祖代々の営みを思わせるところがある、ということか。彼女の祖先の女たちは、親戚同士だからというだけの理由で、愛も不安も感じない相手と結婚しつづけてきたわけだが、いま、この「親戚同士」の一言がマオに安心感を与えたのだ。フランソワはもう彼女を不安にさせる存在ではなかった。要するに、マオは自分でも気づかないまま、祖母や曽祖母がその夫たちに対して抱いていたのと同じ感情をこの遠縁の親戚に抱いたのだ。逆に、この瞬間、彼女は夫のアンヌをまるで情人を愛するように愛していた。

すでにお話ししたように、マオは胸のときめきやら不安やらを日々の糧にすることのできる女ではなかった。おそらくマオの祖先の女たちが貞節を守りとおしたのも、主として恋愛を恐れたためなのだろう。恋愛とは心の安らぎを奪うものなのだ。

夕食の時間になったので客間に下りてきたアンヌの姉に向かって、部屋の反対側からアンヌが叫んだ。

「大ニュースだ！　何だと思う？　マオとフランソワは親戚なんだ！」

ドルジェル嬢はまず弟を見つめ、それから柄付きの鼻眼鏡《めがね》を取り出して若い男女二人を見た。若い二人はまるで被告人席に座らされているかのようだった。

「うちの弟もつくづく変わった人だ……」彼女は心の中でそう呟いたが、その意味をあえて明確にしようとはしなかった。

アンヌ・ドルジェルは食卓についても他の話は一切しなかった。ただ、この一件についてはどんな些細な点もおろそかにせず、こまごまとした事実を拾いあげ、グリモワール・ド・ラ・ヴェルブリー家の完璧な家系図を作り上げようとさえした。ドルジェル夫人は成績優秀者の授賞式で名前を読み上げられる生徒のように額を赤らめていた。一方、フランソワはアンヌ・ドルジェルの驚異的な博識ぶりに目を見張っていた。実際、グリモワール家について滔々《とうとう》と語るアンヌは、屋敷の地下倉にルイ十七世を匿ったという例の伝説を披露するときよりはるかに冴えていた。シャンピニー訪問で興に乗ったのだ。

この「大ニュース」は瞬く間に屋敷の配膳室にまで広まった。

「結局、伯爵もそういうことにしておくのが利口だとお考えになったんだろう」召使いの一人がもったいぶった調子でそう言った。

配膳室は客間からそう離れてはいない。この下僕の言葉は、いわば前触れのようなものだった。これと同じことを、じきに社交界の人々がひそひそ声で、場合によっては声高に繰り返すようになったのだ。

フランソワはドルジェル邸を辞去する際、マオの手をとって唇を当てた。その二人をアンヌがつかまえて言った。
「フランソワ、親戚同士で別れの挨拶をするのにそれはないだろう。ちゃんと抱いてキスして、僕を喜ばせてくれないか?」
ドルジェル夫人は思わず後ずさりした。彼女もフランソワも、そんなことをするくらいなら生身で火の中に投げ入れられる方がましだったのだ。だが、二人はそれぞれそんな気持ちを相手に悟られてはいけないと思って、笑いながらアンヌの命に従った。フランソワがマオの両頰に音を立ててキスをすると、彼女の顔にさっときつい表情が浮かんだ。彼女は無理強《じ》いをしたことで夫を、そしてキスをするときに笑ったことでフランソワを恨んでいた。自分自身の笑いの意味は知っていても、フランソワの笑いが作り笑いかもしれないという点には思いが至らなかったのだ。

翌日、どうしてもポール・ロバンに会いたくなったフランソワ・ド・セリユーズは、外務省の事務室に友を訪ね、シャンピニーであったことを話して聞かせた。

ポールは親戚云々の話を聞いて、これまたアンヌ・ドルジェルの作り話の一つだろ

う と考えた。それにしても、この作り話は出来が悪い、と。本当の話は往々にして出来の悪い作り話に見えるものなのだ。ポールはすでに社交界の噂を耳にしていたが、それまでまだ信じかねていた。だが、もう迷わなかった。これで彼の考えが固まったのだ。要するに、配膳室の召使いと同じ意見に落ちついたということだ。

「信じられないような話だろう？」フランソワはポールに言った。

「いや、いや、そんなことはないよ。ちっとも」ポールは答えた。

ポールの口調は、「真実味に欠けているのではないかと心配で……」と言いながら持参したシナリオを差し出す脚本家を励ましているような口調だった。

「いや、実際、そんなことはない。とても面白い。筋もよくできている。ジョゼフィーヌの肖像とか、マルチニック島のこととか。全体的に見て、僕は気に入ったね」

フランソワ・ド・セリユーズは唖然としてポールを見つめた。もっとも、さすがに彼もこの外交官が作り話の出来栄えを讃えたつもりでいるとは考えなかった。「変な具合に頭を働かせる奴だな」とフランソワは心の中で言った。「ポールは小説の良し悪しを判断するときと同じ目で人生を見ている」

これは的を射た意見だったが、フランソワにその自覚はなかった。フランソワは喜びをいくらか分かち合うために友人に会いにきたはずだった。だが、彼は急にひどく淋しくなった。実際、彼は一人きりだった。皆にもう成就したものと思われている恋を抱えて、一人きりだった。


アンヌがセリユーズ夫人のために晩餐会を催そうと言い出した。だが、フランソワは夜の外出は母には難しいからと反対し、結局、昼食会を開くことになった。その昼食会もお開きとなり、フランソワは母親と一緒にドルジェル邸を辞去した。セリユーズ夫人はたくさんの人に囲まれていたせいで頭が少しぼうっとしていた。二人はしばらく黙って歩いていたが、やがてセリユーズ夫人が言った。

「なんてすてきな女性だろう。お嫁さんとして、あれ以上の人はいないわね」

「僕だって」とフランソワは心の中でしんみりと思った。「妻としてあれ以上の人はいないと思う」彼は返事はしなかったが、母親にこう言われると、やはりそうなる他ないのではないかという気になった。それに、この恋がまちがっていないことを保証してもらったような気もした。「そう、僕がアンヌであるべきなんだ」と彼は胸の内で呟いた。だが、諦めたようにこう付け足した。「ああ、でも、マオはそうは思わない」

フランソワにとって頬へのキスは苦々しい思い出となっていたが、一方、ドルジェル夫人もこの一件は忘れられずにいた。ただ、彼女は彼女自身の心が弄する術策にひっかかり、単にキスを無理強いした夫を恨んでいるだけだと思い込んでいた。

ある晩、車で劇場に向かう途中、フランソワはいつものように夫妻の間に座っていた。だが、どうも座り心地がよくないので、もっとゆったり座ろうとしたところ、図らずも腕をドルジェル夫人の腕の下にすべり込ませてしまった。自分がしたというよりむしろ腕が勝手にしでかしたこの不始末に彼はぎょっとなった。腕を引っ込める勇気もなかった。ドルジェル夫人にはフランソワが大胆な行為に及んだわけではなく、ただしくじっただけなのだということが分かっていた。それで大げさにしてはいけないと思ったのだが、そう思うと彼女も腕を引っ込められなくなった。フランソワはマオが気を遣ってくれたのを察し、勘違いして図に乗ってはいけないと自分に言い聞かせた。二人はオペラ座に着くまで、恐ろしい気まずさに耐えながら体を強張らせていた。

後日、フランソワはこの一幕を思い出し、彼の恋にふさわしからぬ胸算用を立てた。マオが何も言わなかった理由は彼にもよく分かっていたが、次回は彼女が黙っているのに付け込んで、二人にとってあれだけ苦痛だった状況を楽しんでやろうと考えたのだ。彼がこんなことを企んだというのも、頬へのキスの一件を思い出すたびに何かやり返してやりたいという気になるからだった。だが、次の晩、フランソワの腕がふたたびすべり込んできたとき、マオはこれはわざとだと直感した。彼女はそれが恋愛感情の表れだとは少しも思わなかったし、単なる欲情をそこに認めもしなかった。ただし、彼女にとってそれは友情を損なうものではあった。「私はまちがっていた」と彼女は思った。「この人は私たちの愛情に値しない」だが、彼女はやはり腕を引っ込めることができずにいた。アンヌに気づかれるのが怖かったのだ。それに、フランソワがちょっと趣味の悪いあやまちを犯したからといって、仲違《なかたが》いまでしていいのか、と逡巡《しゅんじゅん》する気持ちもあった。彼女はまだ彼の方から手を放してくれることに期待をかけていた。彼は彼女が黙っているのに勇気づけられ、いつまでも腕を絡ませたままでいた。

フランソワは彼女の横顔をそっと見た。と同時に彼の目に涙が浮かんだ。彼はできることならドルジェル夫妻の足元にひれ伏し、謝罪したいと思った。今度は恥ずかしさが邪魔して、腕を引っ込めることができなかった。

すれ違う車のヘッドライトが車内を照らした。ドルジェル伯は友人の腕が妻の腕の下にすべり込んでいるのを目にした。だが、彼は何も言わなかった。フランソワはアンジュ河岸で夫妻と別れた。楽しい晩を過ごしたことに礼を述べるのは忘れずに。ユニヴェルシテ街に着くまでドルジェル伯夫妻は一言も口をきかなかった。アンヌはいま見てしまったことにひどく動揺し、もう何を信じればいいのか分からなくなっていた。一方、マオはもしここで打ち明けなければ、二度と夫の顔をまともに見られなくなると考えた。それで彼女はアンヌに困っているのだと打ち明けた。フランソワが車の中で腕をすべり込ませてきたが、事が面倒になるのを恐れて黙っていたのだ、と。さらに、こんなことをされて不愉快だとフランソワに分からせるにはどうしたらいいかと助言を求めもした。

アンヌ・ドルジェルは溜息をついた。マオが何も隠そうとしないので安心したのだ。

彼女は潔白だ、と彼は考えた。こちらが気づいていたのを知らないのに、自分から告白してきたのだから……。

彼は黙ったまま、ほっとした気持ちを噛みしめていた。だが、彼が何も言わないのでマオは不安になった。夫はフランソワに我が家への出入りを禁止するだろうか？やはり打ち明けるべきではなかったのだろうか？　彼女は今度は被告人の弁護にまわり、何とかフランソワのために言い訳を見つけてやろうとした。つい大げさに騒ぎ立ててしまったことを後悔してもいた。彼女はおずおずと目を上げた。当然、怒気を含んだ顔に出会うものと思いながら。ところが、夫の顔には喜びの色が浮かんでいた。マオはわけが分からなくなった。

「で、今日が初めてなの？」アンヌは訊ねた。

「どうしてそんなことを訊くの？」マオはむっとして答えた。「何かあればすぐに言うにきまっているのに。あなたにそんな疑いをかけられるなんて……」彼女が気分を害したのは、夫に疑われたからというより、夫の顔に喜びが浮かんでいたからだった。いかにもこの場にふさわしくない表情に思えたのだ。

こうして彼女は嘘をつく気もなく嘘をついたのだった。真実の半分、つまりフランソワの最初の行いを夫に内緒にしたのは、単に話の成り行きからに過ぎなかった。彼女はよほどいまの言葉を取り消し、こう言い直そうかと思った。「ごめんなさい、違ったわ。前にも一度、彼が私の腕の下に腕をすべり込ませてきたことがあるの。でも、あれはわざとではなかったと思うんだけど……」だが、彼女は黙っていた。もしここでそんなことを打ち明けたら、それこそ夫が疑うのも当然だということになりはしないだろうか？

マオは夫の助言を待っていた。だが、妻が正直に話してくれたことですっかり安心してしまったアンヌは、他のことには気が回らなくなっていた。フランソワの厚かましい振る舞いももうどうでもいいことに思えていた。

「子供のいたずらみたいなものさ」と彼は言った。「ほら、僕はちっとも気にしていないよ。あなたも気にしないことだ。もしフランソワがこんなことを繰り返すようなら、一言言ってやらなければならないだろうがね」

この軽い受けとめ方がマオには不満だった。夫が助力を拒む以上、必要なときは自分一人で防御しなければ――そう彼女は決意した。

結局、アンヌ・ドルジェルは、うん、あれは我ながら賢明な対応だったと自画自賛することができた。というのも、マオを困らせるようなことはその後、二度と起きなかったからだ。フランソワはもうあんなことは絶対にしまいと心に誓っていた。マオがアンヌにすべて打ち明けたことはまちがいないと思われるだけに、彼はアンヌたちがその件に一言も触れず、何も知らないふりをしてくれていることに感謝した。と同時に、彼らの優しさに触れてますます落ち込み、つくづくばかなことをしたと改めて後悔した。いまや彼は守銭奴のような心境だった。高くつきすぎる喜びにはぜったいに手を出すまい、というわけだ。味わっている最中にさえ、不純物の混じっていない生粋の喜びを味わっているとは思えないような喜び——そんな喜びはもうたくさんだった。

マオの信用を失ったと思ったフランソワは、以後、できるだけ誠実に振る舞うよう心がけた。すると、それまで以上に好感のもてる青年だと思われるようになった。どんな策を弄するよりも効果があったのだ。ドルジェル夫妻はもう彼を離そうとしなかった。夫妻が一人の友人にこれだけ執着するのは初めてだった。

好天の日が続いた。彼らはしょっちゅうパリの外へ遠出をして食事をした。フランソワがアンヌに遠出をすすめるのだ。もともと田舎が嫌いなアンヌも、緑の木立がちょっとでも見えると妻の顔がとたんに輝くのを知っているので、我慢していた。こんなふうに三人が付き合っているうちにいろいろなことが起こるわけだが、読者はそのすべてが何やらお上品で、あまり馴染がないとお感じになるかもしれない。だが、彼らがありきたりな危険に足をすくわれるおそれは、そのためにかえって大きかったのだ。何しろ世間のどこにでも転がっている危険が高貴な姿に変装しているものだから、危険が危険と感じられないのだ。彼らほど危険に無頓着な人間もまたといなかった。

サン・クルーやその周辺からの帰途、ブーローニュの森[30]を横切りながら、ドルジェル夫人とフランソワ・ド・セリユーズは何度——互いの思いが絡み合っていることに気づかないまま——二人きりで長い旅をし、深い森を横切っているような錯覚に捉われただろう?

こうした遠出には、皆からミルザと呼ばれている例のペルシアの貴公子が加わるこ

30 サン・クルーはパリ郊外、セーヌ川西岸に位置する町。ブーローニュの森はパリ西部の森林公園。

とがよくあった。ミルザには十五歳という若さでもう夫に先立たれた姪がいた。ヨーロッパ風の教育を受け、オリエントの慣習に縛られていない女性で、ミルザはその姪に気晴らしをさせようと心を砕いていた。フランソワとマオにとって、一緒に田舎に行って楽しいと思えるのはミルザとこの若々しい王女だけだった。

愛は皆を同じ気持ちにさせる。もちろんミルザは、フランソワがマオを愛するように姪を愛していたわけではない。だが、フランソワがマオに対して抱いているつもりの愛であれば、ミルザの愛とよく似ていた。要するに、ミルザは姪に純潔な愛を注いでいたのだ。夫に先立たれて涙に濡れたことのある、まだあどけなさの残る彼女の顔を見るたびに、ミルザの胸に抑えようもない愛情が込み上げてきた。その愛情が、おじが姪に抱く感情としてはいかがなものかとパリで噂されるようになるのに、さして時間はかからなかった。パリはつねに悪事に飢えている。

本人たちが自覚していたわけではないが、ミルザ、その姪、ドルジェル夫妻、フランソワの五人が互いに接近したのは、それぞれ世間の人には理解されにくい無垢な心を持っていたからだ。彼らがパリの外に出かけるのは、その無垢な心を人目に付かない場所に隠すためだったとも言えるだろう。

先にロバンソンのダンスホールの話をした際、私はミルザを社交界の人が思い描くとおりに描いておいた。ということは、私の描いたミルザの肖像は不正確だったということだ。例えば、誰もが彼に認める美質、即ち、例の享楽のセンスだが、あれは本当は詩的センスとでも言うべきものだ。ただし、ミルザ本人にも彼の詩心が理解できていなかった。彼は実際家でありたいと願っていたし、あの優れてアメリカ的な「正確さ」を信奉してもいた。だが、じつは詩というものは茫としたものの中にではなく正確さの中にこそ存するのだが、それはこの際、措くとして、この貴公子は正確さにこだわるあまり、しばしばこの上なく魅力的な誤りを犯していた。ヴェルサイユやサン＝ジェルマンに車で遠出するとき、彼はかならずパリ周辺の地図を広げる。カシミアの織物のように道が錯綜した巨大な地図だ。そして最短のルートを選ぶと言いながら、結局、道に迷うのだ。

王家の素性はまったく思いがけないときにおもてに現れた。ある晩、ブーローニュの森の小道を走っていて、突然、ミルザがはっとして車を止めさせたことがある。彼は運転手にピストルを出させ、一本の木の陰で息を殺して身構えた。雌鹿を二頭見つけたのだ。

ブーローニュの森では鹿狩りなどしないといくら言っても無駄だっただろう。幸い、手渡されたピストルは最新式で、彼には使いこなせなかった。彼はピストルに毒づきながらまた車に乗り込んだ。姪とドルジェル夫人に雌鹿を一頭ずつプレゼントするつもりだったのだ。「また別の機会に」がこのときの彼の挨拶だった。ドルジェル夫妻とフランソワを一番面白がらせたのは、年若いペルシアの王女がこれにおかんむりだったことだ。おじが仕留めた獲物を抱えてホテル・リッツに戻ることができないのが残念でならなかったのだ。

セリユーズ夫人がマオを評して「お嫁さんとして、あれ以上の人はいないわね」と言って以来、フランソワは母親と一緒にいていくらか窮屈な思いをするようになっていた。母親が「いえ、変なことを言ってはいけないわ」などと考えだすと、そのうち彼の恋心に気づいてしまいそうで怖かったのだ。そこで、彼はできるだけ二人の女性を会わせないようにした。ドルジェル夫人に恋心を抱くのは、たとえその気持ちを告白しないとしても、やはり裏切りであることに変わりはない――そう母親にはっきり指摘されるのを恐れていたのかもしれない。

「母を大切に思うからこそ、母を遠ざけるんだ」と彼は心の中で繰り返した。「僕はいま、いかがわしいことは何もしていない。でも、やっぱり、この状況はまちがっている。こんなことにもう母を巻き込みたくない」

だが、恋をすると人は小心になる。彼は数週間前から母親をドルジェル家に連れていかないばかりか、人目につかない場所に放ったらかしにしていることで、ドルジェル夫妻に恨まれているのではないかと心配でならなかった。

これまでせっかくドルジェル夫妻がシャンピニーにやって来ても、いつも時間がなくて三人でマルヌ川べりを訪れることができなかった。フランソワは自分が子供時代を過ごした場所にマオを立たせてみたくてうずうずしていた。それには五月はもってこいの季節だった。だが――と彼は算段した――、もしドルジェル夫妻が母の家で昼食をとれば、マルヌ川河畔散策はまた次回ということになってしまう。と言って、母に会うためでなければ、彼らはわざわざシャンピニーまで来ようとしないだろうし……。結局、彼は、母がお会いしたがっている、日を決めていただければさぞ喜ぶだろうと嘘をついた。この偽の会食の前夜、彼がわざわざパリに出てきてフォルバック家に泊まったのは、アンヌたちに車で迎えに来てもらうためだった。当日、車が走り出したところで、彼はアンヌとマオに告げた。

「さっき、昨晩届いた速達を守衛から渡されたんです。母の手紙でした。今日はエヴルー[31]に行かなくてはならなくなったっていうんです。エヴルーには僕のおじがいるんですが、そのおじが体調を崩しまして。母はたぶん、僕がお二人にもっと早くお伝えできると思ったんでしょう。たいへん申し訳ないことになったと言ってよこしました」

アンヌ・ドルジェルは車が走り出してからフランソワがこんなことを言いだすのは妙だと思った。フランソワは慌てて付け足した。

「よかったら、それでもシャンピニーに行きませんか。マルヌ川をご案内しますから」

アンヌ・ドルジェルは承諾した。田舎に遠出をするのが好きなマオが喜ぶと思ったからだ。

フランソワの嘘がばれるおそれはまずなかった。セリユーズ夫人がマルヌ川沿いを散策することはけっしてなかったからだ。彼女は水を見るのが嫌いで、もし馬車でどこかに行くとすれば、行き先はクユイーかシェヌヴィエール[32]と決まっていた。どちらもマルヌ川から離れた場所だ。

ドルジェル夫人は事の成り行きにあまり満足していなかった。その前日、遠出をするのは少し控えようと決心したばかりだったのだ。彼女は遠出をすると、帰る頃にはいつも少し興奮して頭がぼうっとしてしまうのだったが、この「ぼうっとする」というのが彼女には何か危険なことに思えていたのだ。ぼうっとした状態のときに夫に優しく愛撫されて、すっかり悲しくなることもあった。ただし、彼女はこの「ぼうっとする」に簡単な説明を与えて済まそうとしていた。花が好きな人と同じだ、と考えたのだ。つまり、世の中には花は好きなのに、花の匂いを嗅ぐと頭が痛みだす人がいる。それと同じだ、と。それなら花のそばで眠らないこと、要するに、頭をくらくらさせるものに対して少し距離をとれば済む話だろう……。彼女がそんなふうに考えたのは、あのぼうっとした状態が不快なものだと思いたがっていたからだ。だが、花の匂いを引き合いに出すのはまちがいだった。彼女が感じているのは頭痛ではなく、陶酔感

31 フランス北西部、ノルマンディー地方の都市。
32 いずれもシャンピニー駅周辺の界隈。

だったのだから。

彼らは川辺にある緑に覆われた棚の下で昼食を済ませた。テーブルはもう片付けられていた。ドルジェル夫人は不機嫌そうに肘掛椅子にもたれていた。マルヌ川にも愛の島[33]にも夫にもフランソワにも背を向けた彼女には車道しか見えなかった。

鈴の音と速歩で駆けてくる馬の足音が聞こえてきた。フランソワはぎくりとした。彼の耳が聞き違えるはずはなかった。まちがいなく母親の馬車だった。彼は自分が母親にもドルジェル夫妻にも卑劣なことをしていることを一瞬のうちに悟った。

それにしても、セリユーズ夫人はこの道を通ってどこに行くつもりだったのだろう? じつは、どこへ行くというあてがあったわけではないのだ。この日に限って彼女がこの道を選んだ理由を説明しようとして、いくら頭を捻っても無駄だろう。我々としては、これは偶然だったのだと勇気を持って認める他はない。かなり頻繁に生じるので、ついに人々が運命という名の女神の所業だと信じるに至ったあの偶然の結果だったのだ。セリユーズ夫人は家にじっとしているような気分ではなかったので、ただ単に(あるいはお望みなら運命的にと言ってもよい)馬車の支度をさせ、ふだんとは違うコースを一回りするよう御者に命じただけのことだった。

その結果として、いま、フランソワの耳に母親の馬車の音が聞こえているのだった。彼は「もうだめだ」と胸の内で呟いた。彼とアンヌの座っている位置からは母親の姿は見えない。また、二人が母親に見られるおそれもない。だが、マオが彼女に気づかないはずはなかった。

無蓋の四輪馬車が通った。フランソワは溺れる人のように目を閉じた。

この日のセリユーズ夫人はかつてないほど若々しかった。それまでマオは暗い色の服を着たセリユーズ夫人しか知らなかった。いま田舎風のドレスをまとい、麦わら帽子を被って日傘を差した彼女を見て、セリユーズ夫人その人というより、その妹にでも会ったような気がしたとしてもおかしくなかった。

あまりに突然のことに、マオは夢を見ているのかと疑った。彼女の口からあっと叫び声がもれた。すでに無蓋馬車は消えていた。

---

33 愛の島（イル・ダムール）はマルヌ川に浮かぶ多くの小島の一つ。ラディゲには「イル・ド・フランス、愛の島」と題するエッセーがある。

アンヌ・ドルジェルが振り向いた。

「どうしたの？」と彼は訊ねた。

フランソワが真っ青になっているのを見て、マオは奇妙な反射作用から、言いかけた言葉をとっさに修正してこう答えた。

「何でもないの。指に棘《とげ》がささっただけ」

アンヌは彼女を優しく叱った。

「びっくりさせないでくれ……。ごらん、フランソワなんかシーツのように顔が白くなっているよ」

フランソワは正気を取り戻していた。だが、マオが共犯者の役を演じてくれたのではないかとは思いもせずに、心の中でこう言った。「彼女の目には母の姿が入らなかったんだ。棘のおかげだ」ほっとはしたものの、それで彼の良心の呵責《かしゃく》は弱まるどころか、いっそう強くなった。もしマオが母に気づいていたらどうなっていただろう？――そう自問した彼の脳裏には、ちょうど会員制のギャンブル場からいかさま師が追放されるようにドルジェル夫妻に追い払われている自分の姿が浮かんだ。

ドルジェル夫人は黙りこんでいた。なぜあんな返事をしてしまったのか、その理由を考えていたのだ。今回の嘘と以前ついた嘘を比べてもみた。だが、どちらの場合ももう一人のマオ、未知のマオの命じるがままに口にした嘘だったので、彼女には嘘をついた理由など分かりようがなかった。それに、強いて分かりたいとも思わなかった。そこで彼女は自問自答をきっぱりと打ち切った。もう数週間も前から、自問自答を始めてはそれを途中で打ち切るのが彼女の習い性となっていた。

一方、アンヌはフランソワが真っ青になっているのを見て、何も他人の妻のことでそこまで心配する必要はなかろうにと思っていた。彼の胸に苛立ちが込み上げてきた。だが、余計なことを口走る前に彼は気を取り直し、嫉妬なんかしたら物笑いの種になるだけだと自分に言い聞かせた。

こうして彼らは皆一種の危険信号を受けとり、それぞれ真実の一端に触れかけたのだ。だが、じきにすべてがもとどおりになった。つまり、真実がまた闇の中に姿を消したのだ。

ドルジェル夫人はぼんやりとではあってもフランソワを疑い、この人には何かやましいところがあるのではないかと勘ぐってしまったことを恥じていた。また、フランソワにもアンヌにも嘘をついてしまったことで気が咎《とが》めてもいた。さらに、自分でもわけの分からない言動をとってしまったのが不愉快で、それをどうにか帳消しにしたいという気持ちに駆られていた。その結果はと言えば、アンヌとフランソワがいつも以上にマオに優しくしてもらうことになったのだ。ちなみに彼らが危険信号を受け取ったことで、セリユーズ夫人も一つ得をした。フランソワがもう母親をドルジェル夫妻から遠ざけようとしなくなったのだ。セリユーズ夫人が一緒だと、フランソワも邪念を抱かずにマオに接することができるのだった。

ある日のこと、フランソワが翌日にドルジェル邸に昼食に呼ばれているため、パリのフォルバック家に泊まると、フォルバック夫人がまるで悪魔にでも出会ったかのように怯《おび》えながら、黒人の女性が面会を求めていると知らせにきた。ドルジェル夫人が昼食会を中止する旨を記した手紙をマリーに託し、急ぎフランソワのもとに向かわせたのだ。ドルジェル夫人は知人の結婚式に出席することになっていたのをうっかり忘れていたのだった。

先にお話ししたように、黒人女性のマリーはきわめて多忙な日々を送っていた。ドルジェル家での彼女の役割がはっきり決まっていないため、皆が彼女をいいようにこき使っていたのだ。それなのに、ドルジェル夫人は彼女が暇を持て余しているものと思い込み、彼女に仕事を見つけてやろうと知恵を絞る始末だった。だが、この日の朝、彼女はドルジェル夫人に用事を言いつけられ、いつになく喜んだ。配膳室の噂話を聞いて以来、マオにご執心だという若者に一度会ってみたいと思っていたのだ。マリーはアンヌが嫌いで、取り返しのつかない誤りでも見るような目でアンヌを見ていた。これもすでにお話ししたが、彼女の不満はとりわけマオとアンヌの年齢差に向けられていた。彼女はこの不満を託《かこ》っているうちに、いつしかマオに愛人がいても一向にかまわないのではないかと考えるようになっていた。もちろん、本当にマオに愛人がいると思っていたわけではないが、ただ、そんなことを想像しても少しも嫌な気にはならないのだった。

ちなみにフォルバック家の人にとって、自宅に黒人女性が訪ねてくるというのは何かとんでもない妖怪の出没にも比すべき出来事で、彼らはフランソワが一緒に驚くどころか、急いでマリーに会いに行くのを見て呆然としていた。

二人はどちらも相手に興味を持っていた。マリーはフランソワが手紙を読んでいる間、彼をずっと観察していた。見られているのが分かっているフランソワは窮屈で、手紙を読み終えてもしばらく読みつづけているふりをした。だが、ようやく彼も手紙を畳んだ。彼はこの乳母に見覚えがなかった。つまり、マリーは彼が思っていたような女性ではなかったという意味だ。誰でも異国への憧れは持っているもので、フランソワも彼なりの異国趣味からマオの乳母をもっと高貴な人だと勝手に思い込んでいたのだ。とはいえ、彼女は高貴な女性だった。つまり、彼女の階級ならではの高貴さを持つ女性だった。

「とすると、あなたが」マリーは言った。「奥さまの新しいご親戚でいらっしゃるのね」

マリーはフランソワの返事を待たずにこう続けた。「あなた、よく似ていらっしゃるわ、奥さまに」

人は恋をすれば、いつかは恋の対象に似てくるものだ。マリーは思ったことを口にしただけだったが、フランソワはどきりとした。

「そっくりだわ。まるで奥さまのお兄さまのよう」

彼は「お兄さま」という言葉を聞いて、自分がマオに寄せている愛情の一面、つまり彼がたえず自分自身への言い訳として持ち出している一面にあらためて目を向けた。ドルジェル夫妻と会うとき、彼は母親に一緒にいてもらうと安らかな気持ちになれるのだったが、この乳母の言葉はそれと同じような安らぎを彼にもたらした。もちろん、それは偽りの安らぎに過ぎなかったのだが。

フランソワの場合はそれが偽りの安らぎだと知っていながら、あえてそこは見て見ぬふりをしたのだが、ドルジェル夫人は自分の気持ちを本当に取り違えてしまった。屋敷に戻ったマリーから二人がよく似ていると聞かされ、最初はいったい何をばかなことをと思っていたのだが、そのうちフランソワと同じように、ただしフランソワとは違って本当に、この話に心の安らぎの糧を見出したのだ。実際、フランソワとは家族のようなものだと思うと、胸の内のひどい不安も和らぐのだった。家族という言葉につられて、実の父と母の顔を思い浮かべたりもした。もっとも、彼女はもう両親とはほとんど付き合いがなく、フランソワに至ってはマオの両親がまだ生きているということすら知らなかった。

「残念だわ」と彼女は思った。「フランソワのお母さまに助けていただけないのは……」この種の言葉は、マオが知ろうとしないもう一人のマオがつい漏らすものだ。

彼女はこのフレーズにすぐに誤った解釈を与えた。じつは、彼女に対するアンヌの愛の欲求がこのところ激しさを増していた。そのことに彼女は喜びよりもむしろ不快感を覚えていたのだが、その一方で、不快に思ったりするのは幸福というものが分かっていないせいではないか、経験が足りないせいではないかと心配もしていたのだ。それを彼女は思い出し、「だから私は年長者の助言を求めるのだ」と自分で自分に説明したのだ。

パリからだんだん人がいなくなっていった。もう夏も盛りだった。だが、フランソワ・ド・セリユーズにはパリを離れる気はさらさらなかった。さらに意外なことに、マオも同じ気持ちでいた。二人の田舎好きを知っているアンヌにとって、これは驚き以外の何ものでもなかった。ただし、アンヌ自身はもともと早く田舎に行きたいと思うたちの人間ではなかったので、大人がうっかり暗記課題のお浚《さら》いをするよう促すのを忘れ、子供が陰でにやりとするように、心の中でほくそ笑んでいた。

ドルジェル夫妻は夏を二つに分けていた。七月中はパリに留まり、アンヌにとってどうにもがまんのならない時期、つまり、すっかり人がいなくなってパリが田舎同然になる八月にパリを離れることにしていたのだ。八月、アンヌの姉はバイエルンに滞在し、アンヌとマオはオーストリアに定住しているドルジェル家の分家を訪れる予定になっていた。オーストリアのドルジェル家の人々は、まだアンヌの若妻に会ったことがなかった。彼らのもとに滞在するのはマオには気の進まないことだったし、その後に訪れる予定のヴェネチアにしてもさして期待はしていなかった。とはいえ、もし前の年のバカンス中にこうしたおつとめを果たさなければならなかったとしたら、彼女はもっと気がふさいでいただろう。

アンヌ・ドルジェルは妻に満足していた。自分の計画がこんなにすんなりと彼女に受けいれられるとは思っていなかったのだ。彼は妻が成長しているのだと思い、心の中でこう呟いた。「以前なら、マオが存分に幸せを味わうには僕と二人きりにならなければならなかった。いまはもうマオも社交界を苦にしない」

それにしても、なぜすぐにアンヌと二人でバカンスに発《た》とうとせず、パリに留まっているのか?――マオはその理由を自分自身に説明しようとして、ほとんど毎日庭で過ごせて満足だから、と考えていた。実際、いまでは昼食も庭に支度させていた。食後、アンヌはフランソワとマオにいつも「申し訳ないけど、僕は失礼するよ」と声をかけ、こう白状した。「あなた方には感心するよ。僕は屋外は苦手でね。この庭は暑すぎるか、寒すぎるかのどっちかだ」

「ご親切ね、私に付き合ってくれて。こんなの、あんまり楽しくないでしょうに」マオはまるでどこかの老婦人のようにフランソワによくそう言った。

フランソワは微笑みを浮かべ、じっとしたまま、何も言わなかった。

ドルジェル夫人はいつも編み物をしていた。幸福そうにぼんやりとしているフランソワを見ると、彼女はときどき不安に襲われた。そんなとき、彼女は彼の名前を呼んだ。子供がしんと静まり返った光景を怖がったり、誰かが身動きしないか、目を閉じているかすると、死んでいるのではないかと思ったりするのと同じだった。ただし、彼女はそんな子供っぽさを素直に認めようとはせず、いつも適当な口実をひねりだした。つまり「その毛糸玉をとってくださる?」とか「ハサミを見かけませんでした?」などとフランソワが体を動かさなければならないようなことを言うのだ。フランソワが頼まれたものを渡してやるとき、しばしば二人の手が不器用に触れ合った。

彼女はそんなふうにして長い一日を過ごしても、別段、不安を感じはしなかった。

「彼と一緒にいて、私、何も感じないわ」彼女はよく心の中でそう言った。だが、これは幸福というものの一つの秀逸な定義ではないだろうか？　幸福は健康と同じだ。人は幸福には気づかない。気づくのは苦痛だけだ。

こんな満ち足りた気分に浸って、穏やかな興奮状態にあったドルジェル夫人は、ときにはフランソワを感謝の念でいっぱいにするような言動をとりもした。例えば、ある晩にはいつも通りの晩餐が済むと、シャンピニーまで彼を送ろうと言い出した。

「そんな無茶を……」とアンヌは言った。「パスカルに言いつけておかなかったじゃないか。あいつはきっともう寝ているよ」

「アンヌ、あなたも運転できるじゃない！　今日は目が冴えて眠れそうにないの。ドライブしたら気が休まりそうだわ」

アンヌ・ドルジェルはしぶしぶ妻の気まぐれに同意した。だが、すぐにこれは突拍子もないことだと気づいたマオは、まるで来た道を全速力で引き返すように前言を撤回した。

「あなたの言うとおりね。私、どうかしていたわ」

彼女は自分に腹を立ててこう思った。「いったいこの気まぐれは何なのかしら？　もうバカンスに出発すべきなんだわ。ここにいると苛々《いらいら》する。毎晩、調子が変になるし……。私くらいの年齢で、毎日、何もしないで、ただ木陰に座っていていいのかしら？」

彼女は「フランソワと一緒に」とは付け加えなかった。

「それにしても」と彼女はアンヌに向かって言った。「私たち、パリでいったい何をしているのかしら。みっともないわ。もうパリには誰もいないのに」

この言葉はフランソワを現実に呼び戻した。だが、まだ夢うつつだった彼は、この言葉を自分に対する当てこすりととった。

虚栄心を傷つけられて平気でいられる人などどこにもいない。誰でも思わずかっとなってしまう。フランソワはこのとき、恋心というよりまさに虚栄心の急所をぐさりと突かれたのだった。もし彼がもっと自惚《うぬぼ》れの強い人間であれば、本当のことに気づいたかもしれない。マオが「誰もいない」と言ったとき、本当は彼は他の人とは別枠扱いで、彼女はむしろ彼女自身とフランソワを一括りにして考えていたのだ。だが、彼にはこの「誰もいない」が残酷で侮蔑的な響きを持った言葉にしか思えなかった。

そんなわけで、いったんはのぼせ上がっていた彼も、我に返ったときはすっかり憂鬱という名の垢にまみれたような気分になっていた。「腹を立てたりする方がおかしいんだ。彼女にとって僕がいったい何だろう？　これだけのことをしてくれているだけでも、心から感謝しなければいけないんだ」

「もうパリには誰もいない」彼は何度もこの言葉を繰り返した。すると、彼の内にまたぞろ身勝手な感情が湧いてきた。「こっちからバカンスに発つと言ってやろう……」これでは相手に仕返しするつもりで自分で自分の首を絞めてしまう子供と同じだ。じきに彼も冷静さを取り戻したが、バカンスに発つという決心に変わりはなかった。ただし、もうけちくさい自尊心に駆られているわけではなく、マオの言葉を聞いて、この人とは本当にもうこの辺で別れるべきなのだと悟ったのだ。その後、彼はこう考えた――とはいえ、ドルジェル夫妻にヴェネチアで再会するのを妨げるものは何もあるまい。

よくもころころと考えの変わる若者だと読者はお思いになるかもしれない。だが、それこそ彼が恋をするために生まれてきた男だという何よりの証拠なのだ。いったんヴェネチアで再会するという考えにとりつかれてしまうと、悲しみはどこかに吹き飛び、バカンスに発つ日を恐れるどころか、早く出発したくてうずうずしてきた。彼の頭の中で別れのシーンは、ヴェネチアでの再会シーンによって完全に覆い隠されてしまった。ひと月もの間彼女から遠く離れた場所で暮らさなければならないことも、彼には旅の喜びを享受する前の諸々の手続き、例えば切符の予約や旅券の準備といった手続きの一つに過ぎないように思えた。そういう面倒な手続きを経ればこそ、旅の喜びもまたひとしおなのだ。

次の日の午後、マオと庭で二人きりになったときも、フランソワはこのばかげた思いつきにとりつかれたままだった。昨日はあんなに強く旅立ちを望んでいたマオが、今日は一向にその話をしないのは拍子抜けだったが、とにかく頭の中がヴェネチアのことでいっぱいの彼は、「誰もいない」の一言に受けたショックも忘れ、知人に約束を思い出させようとするときのような調子で彼女に旅立ちの話を思い出させようとした。だが、最後は覚悟を決め、いつオーストリアに発つのか、と単刀直入に訊ねた。彼女はびくりとした。前夜の決心を忘れていたのだ。

「あの」と彼女は口ごもった。「まだ正確なところは分からなくて……」

他人の戸惑う姿ほど人を勇気づけるものはない。

「僕は」とフランソワは言った。「バスクの方へ二日後に発ちます。席は一週間前に押さえておきましたから」

この最後のフレーズは子供っぽい衝動に駆られてついた嘘だった。マオの一言のせいで旅立つのだとは思われたくないという気持ちもあった。

「お一人で?」

「ええ、もちろん」

ドルジェル夫人は呆然としながら、いや、誰か女の人と一緒に行くのだ、と考えた。ただ名前を明かしたくないだけなのだ、と。誰かしら、と彼女は自問し、即座に「私の知り合いであるはずがない」と心の中でほとんど見くだすように断じた。さらに彼女は「それにしても変な話だわ」と考えた。「これで私たちの一番仲の良いお友だちなんだから。私たち、この人についていったい何を知っているのかしら」

彼女は胸に痛みを覚えたが、好奇心が刺激されているのだと勘違いした。

ドルジェル夫人のように明敏な女性が、こんなに太い糸のもつれも解けずにいるのに、読者は驚かれるかもしれない。だが、これまで彼女が自分の心の錯覚を甘やかしつづけてきたため、いまではその錯覚が奴隷として彼女にかしずくようになっていたのだ。奴隷たちは彼女に気に入ってもらおうとせっせと働いた。一般的に言って、真実は心の奥底から表面に昇ってくる途中で往々にして嘘に変わり、その嘘が実際に効力を発揮してしまうものらしいが、彼女の場合がまさにそれだった。

ドルジェル夫人は何があってもまず嘘をつくようになっていた。もちろん、もとからそういう人間だったわけではない。徐々にそうなっていったのだ。このときも彼女は悲しい気分になりかけたので、陽気なふりをしようとした。そこにアンヌがやって来て、明明後日《しあさって》にでもどこかへ遠出してピクニックをしないか、と妻とフランソワに声をかけた。フランソワはそれを聞いただけでもう旅立ちを中止したくなった。彼はマオが陽気そうなふりをしているのを真に受けて、もう彼女は旅立ちのことなど忘れているのではないか、さっきの話はその場の思いつきに過ぎないと言えばそれで済むのではないかと考えた。そのとき、マオがアンヌに彼の旅立ちを告げた。これでもう後には引けなくなった。

「だが、結局」とフランソワは思った。「ここで出発するのが一番だ。そうでないと、彼らが出発するのをびくびくしながら待つはめになる」

セリユーズ夫人はマオとまったく同じ疑念を抱いた。

「そんな辺鄙《へんぴ》なところに、一人きりで行くはずがない」

フランソワはドルジェル夫妻が駅まで見送ってくれるのではと淡い期待を抱いていた。マオも見送ることは考えたが、不躾だと思われそうで言い出しかねていた。一方、アンヌの友情はそういうややこしい気の回し方とは無縁だった。フランソワがアンヌの申し出をすぐに受けいれるのを見て、マオは喜んだ。「私、この人が隠しごとをしていると疑っていた。どうかしていたわ」

旅立ちの日、フランソワは朝のうちに母親に出立の挨拶を済ませ、後は汽車の時間までドルジェル夫妻の屋敷で過ごした。マオとフランソワはほとんど言葉を交わさなかった。フランソワにとっては黙ったまま一緒にいられるのが一番の喜びだった。ふだんの彼女は何か意味のない言葉を口にして沈黙を破ろうとしたが、この日はそういうこともなく、彼はそのことに感謝した。だが、アンヌがこの沈黙を別離につきものの憂鬱な気分の表れととり、少し場を盛り上げようとしてせっかくの雰囲気を台無しにした。

ふだんなら突拍子のないものに思えてしまう大仰な愛情表現も、旅立ちのときには許される。駅のホーム以外の場所でハンカチを振っている男がいたら、ただのばかにしか見えないだろう。ドルジェル夫人は少しも恥ずかしがらず、ごく自然に友情を表した。フランソワは彼女を見つめながら、次にこの顔を見るのは初めての土地、ヴェネチアでだと何度も考えた。

汽笛が鳴った。少し前からフランソワは彼女の手を握っていた。手を引っ込めなければという考えが彼女の頭に浮かばなかったのは、アンヌが一緒だったからだ。アンヌは「フランソワ、どうして君の親戚にキスをしないんだね？」と言おうとした。だが、そのときすでに二人は抱き合ってキスをしていた。フランソワはできることならこのままずっとマオを抱きしめていたかった。今回の頰へのキスは前回のそれとはまるで別物だった。通り一遍の挨拶とも違った。このときアンヌは完全によそ者だった。ちなみにアンヌは気づかないほどわずかに顔の向きを変えていた。

夫と妻は黙り込んだまま駅の構内を出ようとした。そのとき、ふとアンヌがこう漏らした。「こんなに早く夕食を済ませてしまうと、途方に暮れてしまう。この後、何をしたらいいのやら」

マオは夫に感謝した。彼女が感じていた漠然とした気分を、じつに単純明快に説明してくれたからだ。

「鶏みたいに早寝するかい？」

「あなたの行きたいところに行きましょうよ」ドルジェル夫人は答えた。

彼らはメドラノ・サーカスに向かった。道中、アンヌは子供のようにはしゃいでいた。最初の出し物に間に合いそうだと考えると、それが何か大変なことに思えて、笑いが止まらなかったのだ。それにしても、この夫婦はフランソワと知り合って以来、なぜ一度もサーカス小屋に足を向けなかったのだろうか？……

危険な曲芸をやっている間、太鼓がどろどろと鳴りつづけていた。その音を聞いていると、ドルジェル夫人は体から力が抜けていくように感じた。だが、幕間までは席を立つまいと自分で自分に言い聞かせた。

「マオ、今日はずいぶん早足なんだな」舞台裏でアンヌが妻に言った。「追いつけないよ」

実際、彼女は足早に歩いていた。通りすがりの男にひどい勘違いをされ、耳を塞ぎたくなるようなことを囁きかけられた女のようだった。彼女に誘いの言葉を囁きかけてくるのは、いくつかの思い出だった。

フランソワは一人きりでも退屈しなかった。どんな怠け者でも「こればかりは己の義務と心得て……」と考えて実践するあれこれの気晴らしでもって一人きりの無為の時間を満たす必要も感じなかった。朝日を浴びて窓の鎧戸《よろいど》が明るむと、彼は「これでまた一日が終わる」と考えた。実際、朝が来れば、じきに夕べが訪れるのではないだろうか？　こんなふうに日々が流れ去っていくことに、彼は少しも気を滅入らせたりはしなかった。海で浮き身をするときのようにこの土地の静けさに身をまかせていたのだ。まるであらゆるものが彼に落ち着きとか安らぎといったことを教えようとしているかのようだった。ある晩、部屋の木製のバルコニーから、松林が燃えているのが見えた。彼は慌てふためいて海辺に駆け下り、漁師をつかまえ、いったいどうしたのかと訊ねたが、漁師が怪訝《けげん》そうな顔をしているのを見て、取り乱したのが恥ずかしくなった。正しいのは漁師の方ではないだろうか？　彼は漁師に倣い、ごく普通の風景を眺めるように、例えば夕日でも眺めるように火事を眺めた。

フランソワはこの土地に着くと同時にドルジェル夫人に手紙を書きはしなかった。おそらく彼は旅立ちの日のあの沈黙をそのまま味わいつづけたかったのだろう。だが、恋をして以来、さまざまな価値が逆転したさかしまの世界の住人となっていた彼は、変だと思われるのが嫌で、結局、手紙を書いた。ドルジェル夫妻に情の薄い男だと思われるのが怖かったわけではない。逆に、便りをしないことで恋心を悟られてしまうのを恐れたのだ。

ドルジェル夫人からはすぐに返事が届いた。いま夫婦でウィーンに来ていること、出発前にパリでセリユーズ夫人に会ったことなどが記されていた。フランソワの母親を屋敷に招待しようと言い出したのはアンヌだった。アンヌはセリユーズ夫人に「ご子息との友情を別にしても、あなたは我が家にとって大切な人なのですよ」と伝えたかったのだ。この心遣いにセリユーズ夫人は感激した。フランソワに宛てた彼女の手紙にはかならずドルジェル夫妻の名前が出てきた。母親がこの友情を大切にしろと何度も書いて寄こすので、フランソワは心の中を見透かされているような気がしたが、パリにいるときならそれで不愉快になったはずの彼も、いまはむしろ母親に感謝する気持ちになった。彼の方も母親に宛てた手紙でマオの話を何度もした。そのため、母親は息子がマオにどんな感情を抱いているのかうすうす察しないわけにはいかなかった。彼女は友人としての務めをけっしておろそかにしないようにとあらためて忠告の手紙を息子に送った。

遠くから見ると、どの顔もよく似ていて見分けがつかなくなる。そのため、離れているために生じる障害もあるが、逆に取り除かれる障害もある。顔を突き合せているときはいわばそれぞれ自分の殻に閉じこもっているような具合だったセリユーズ夫人とフランソワが、バカンス中に愛情のこもった手紙を交わしたのもそのためだ。この手紙のやり取りは母と子の双方に将来への期待を抱かせる体のものだった。

それにしても、話し言葉と文章のこの違い——あるいはもっと端的に言って、相手が目の前にいる場合といない場合との違いは、いったいどんな心の仕組みに起因するのだろう？　相手と離れていればより簡単に本心を隠せそうなものだが、事実はその逆だ。例えばドルジェル夫人の場合、彼女がフランソワに手紙を書きながら、自分の言葉遣いにいちいち警戒の目を光らせていなかったのはまずまちがいない。だからこそ、フランソワは彼女の手紙を読んで、しばしば彼女と一緒にいるとき以上に幸せな気持ちになれたのだ。もちろん、彼女は彼にちらとでも変な期待を抱かせるようなことは書かなかったが、それでも彼女の手紙には率直さと信頼感が漂っていて、フランソワはその理由を説明しようとしてこう考えていた。「要するに、パリではこういう開けっ広げな気持ちにはなれないものなんだろう」ところで、マオがもはや自分で自分の言動を監視しようとしなかったのは、もちろんフランソワから遠く離れたところにいたからだが、それに加えてこんな事情もあった。彼女は誰かにそばにいてもらうより、こんなふうに手紙のやり取りをする方が楽しいので、すっかり幸福な気分に浸っていたのだが、ただし彼女は自分の気持ちをきちんと理解せず、いま、こうして幸せでいられるのは、そばにいてくれる人、すなわちアンヌのおかげだと思い込んでいたのだ。であれば、なおさら彼女が自分自身を警戒するはずがなかったわけだ。アンヌにとっては、このときほど妻に満足すべきときはなかったとも言えるだろう。

フランスからやってきたドルジェル夫妻を歓迎しようとウィーンのドルジェル家が催したパーティーで、マオは皆に気に入られたようだった。アンヌはそのためますます彼女を愛するようになった。アンヌはめったに手紙を書かなかった。ときどきマオがフランソワ宛にしたためた手紙の余白に二言三言書き添える程度だった。フランソワはそれを見て、マオに優しくしてもらうことを公認してもらったような気になった。もっとも、もし彼がアンヌのサインに何か別の意味を探ろうとすれば、はっとさせられることもあったにちがいないのだが。

離ればなれでいるせいで、フランソワには何もかもが容易なこと、好都合なことに思えていた。かりそめのもの、状況次第でどうとでもなってしまうものを、もう動かない確かなものと勘違いしていたのだ。

その頃、避暑地にありがちなちょっとした事件が起こり、その結果、マオは日頃の確信、つまり、この心はすっかりアンヌのものだという誤った確信をさらに強めることになった。

それはまだアンヌとマオがウィーン近郊に滞在していたときのことだ。二人をもてなすためのパーティーにはいつも社交界の人間が大勢集まった。オーストリアのドルジェル家はフランスのドルジェル家をもてなすのにとにかく必死だった。社会主義運動の国際組織「インターナショナル」が結成されてすでに久しいが、じつは思わぬところにもう一つ別の「インターナショナル」が組織されていたのだ。実際、オーストリアのドルジェル家は愛すべき親戚夫婦を歓待しながら、じつはパリそのもの、フランスそのものを歓待していたのだ。お互いの使用人が喧嘩をしたからといって、主人たちまで仲違いをする必要があるだろうか？——彼らは戦争についてそんなふうに考えていた。

いま、我々はヨーロッパの初老期に立ち会っていると言うことができる。旧大陸の一生のこの悲劇的な時期に、軽薄な言動は厳に慎まなければならない——ポール・ロバンのような人間ならそう考えるだろう。だが、それはまちがっている。こういう混乱した時代にこそ、軽薄さとか、さらにふしだらといったことに対する理解が求められるのだ。人は明日には他人の手に渡ると分かっているものを猛烈な勢いで享受しようとするものだ。

アンヌは周りがそんなふうに浮かれ騒いでいると、きまって目を輝かせた。彼は生まれ育ちのせいでポールなどとは逆向きの行きすぎに陥っていて、この時代のうわべの奥に潜んでいる悲惨さにはまるで気づいていなかった。夏が終われば、「ああ、ウィーンはよかった」と言ってパリに帰るだけのことで、それ以上の面倒なことは何も考えない人間なのだ。彼にはあらかじめ印をつけられていてすぐにつかまってしまう獲物のようなところがあった。フランソワの出現以来、彼は軽薄な性格をいくらか隠していたが、ウィーンでは軽佻浮薄という名の衣装が流行《はや》りだったため、彼も喜んで地を出した。

フランソワがいない間、マオはアンヌだけを見つめていた。一方、アンヌはどうだったかと言うと、彼の愛は不安から生まれた感情に過ぎなかったのかもしれない。

おそらく彼は社交界の流儀を金科玉条とする人間で、マオを愛したのはただ振り向かせたかったから、昔ほどマオの視線を感じられなくなっていたからに過ぎないのだろう。フランソワに出会う前のマオをウィーンでふたたび見出したアンヌは、フランソワに出会う前のマオの夫に戻っていた。

以前のアンヌはちょっとした浮気をするのをためらうような男ではなかった。妻に気づかれさえしなければ、良心が咎めることもなかったのだ（このことをもっと早く指摘しておかなかったのは、彼の性格からして容易に想像できることだからだ）。彼は抑えようのない欲望に駆られるわけではないし、とるに足らない裏切り行為から大きな満足感を引き出すわけでもなかった。アンヌがマオを裏切るのは、もしこう言って大げさでないとすれば、義務感からだったと言っていい。彼の浮気は粋人としての職務の一部で、虚栄心がくすぐられるということ以外に何ら喜びを与えてくれるものではなかった。

アンヌ・ドルジェルの親戚の館に、美人で評判のウィーン娘がいた。その女はアンヌを憎からず思い、それを彼の前ではっきり態度に表した。アンヌにしてみれば光栄な話で、悪い気はしなかった。そこで、できることなら懇ろに礼がしたいと思い、女の方でもそれを期待した。とはいえ、館暮らしをしていると、出会いには事欠かないものの、恋を成就させるのは難しい。それに、アンヌ・ドルジェルはさすがに妻の目と鼻の先で浮気をするには妻を尊重しすぎていた。だが、気が咎めるだけにいっそう、パリではちょっとした気まぐれか、虚栄心を満足させるに過ぎないことが、彼の頭を離れなくなった。

女はじれったさに腹を立て、国の者に命じて自分宛に電報を打たせた。急用ができてチロルの領地に戻らなければならなくなったことにしたのだ。マオはこの女がいなくなっても名残惜しいとは少しも思わなかった。もちろん、マオは陰で進行しつつあったことについては何も知らなかった。だが、それでも彼女がこのウィーン娘に反感を抱いていたのは、何か虫の知らせがあったのかもしれない。マオ自身はどことなく親しみにくい女性だと思っていたに過ぎないのだが。

恋というのは何と複雑微妙な心のレッスンだろう！　いまさらアンヌに接近する必要などなかったはずのマオが、あきらかにアンヌに接近したのだ。だが、彼女が二歩前に踏み出したのは、じつは間合いを保つため、つまり、アンヌが二歩後ろに下がっためではなかっただろうか？

　世間から離れて暮らしている間、フランソワ・ド・セリユーズはあらゆることを高潔かつ聡明に判断しているつもりになっていた。自分の友人関係や物事の評価基準を再検討してみる気になったのもそのためだ。だが、これは危険な遊戯にふけるに等しいことだった。哀れなマオはこの査問を逃れることすらできなかった。フランソワはマオを愛していること、それも天使や妹を愛するようにではなく、一人の女として愛していることをきっぱりと認めないわけにはいかなかった。彼がパリで幸せでいられたのは、いろいろなことを曖昧にしておけたからだ。だが、マオがそばにいるときのさまざまな気配りから解放され、一人きりで真実と向き合ってみると、胸に絶望感が込み上げてきた。彼は砂浜を散歩しながら「僕がマオに抱いている愛情がずばり恋なら、僕はアンヌを裏切ろうとしていることになる」と考えた。もしアンヌに対する友情を保ちつづける道があるとすればただ一つ、この恋を片想いで終わらせることだけだった。自分が友人として失格だと思いたくない彼は、いま彼を絶望させていること、つまり、まだマオに愛されていないという事実にすがった。また、マオに対する気持ちとは無関係にアンヌが好きだし、たとえマオがいなくても、やはりアンヌに惹かれていたにちがいないと心の中で何度も繰り返した。「アンヌは魅力的だし、一緒にいると楽しいんだ。彼には良いところもあれば変なところもあるが、そのすべてでもって貴族の一門の今と昔を体現している。彼を見ていると、貴族の後裔が日増しに一般人に接近してくる様子が手にとるように分かるんだ。だが、僕がポール・ロバンのような人間を相手に不当な振る舞いをしてしまうのは、アンヌに感化されてのことではないだろうか？　僕も貴族特有の滑稽な偏見に捉われているのだろうか？　ひょっとすると僕が友情を捧げている相手はある種の魔力を持っていて、その魔力に呪縛された結果、僕は生まれのよくない人を低く見てしまっているのではないだろうか。いや、こんな言い方はでたらめだ！　生まれのよくない人間なんているものか。ポールの生まれとアンヌの生まれは違う、ただそれだけの話だ」

フランソワは孤独な生活を送っているおかげで、諸々の雑念が取り払われていくように感じていた。以前ほど感情に流されずに物事を判断できるようになり、その結果、前より公正な人間になった気もしていた。例えばポールについて言えば、ポールがジョゼフィーヌ云々の話を信じてくれないことに腹を立てたのをいまでは後悔していた。人は世の中に対して譲歩すべきところは譲歩すべきだし、逆に世の中に多くを求めすぎてはいけないのだと考えるようになったのだ。「あんな話に疑いを抱くのはあたりまえだ」と彼は思った。「その程度のことで相手を見下しちゃいけないんだ」

フランソワは外務省の仕事に忙殺されて避暑にも行けずにいるポールと手紙のやり取りをしていた。じつを言えば、彼がポールに手紙を書くのは申し訳なかったという気持ちからではなく、イタリアに行くのに旅券が必要だったからだ。一方、ポールはフランソワに対して悔恨めいた感情を抱いていた。フランソワと近ごろいくらか疎遠になっているのを残念に思い、原因は自分にあるのではないかと考えていたのだ。実際、フランソワとドルジェル夫妻の友情を、何か決めつけるような攻撃的な目で見てしまったのではないだろうか?……もうじきバカンスがとれる。君のもとで一、二週間過ごしたいと思うがどうか、と彼はフランソワに書き送った。

日頃、ポールには自分ののん気さを自慢げにひけらかすところがあった。だが、フランソワはポールが到着するとすぐ、そののん気さが彼からすっかり消えているのに気がついた。その理由を知ってフランソワは仰天した。ポールはロバンソンのあの晩以来、ヘスター・ウェインの愛人になっていたのだ。ポールは怠慢と自惚れから、本気でもない関係がどんどん発展していくのを放置してしまい、その結果、愛していないヘスターのために別の恋を棒に振っていた。じつは――これはさすがにポールも打ち明けようとしなかったことだが――、本気の方の恋は社交界とは無縁の恋で、彼の虚栄心を満足させなかったという事情もあった。ヘスター・ウェインとの関係にはどこか虚栄心をくすぐるところがあって、ポールがヘスター・ウェインに興味を持ったのはひとえにそのためだった。

ただし、ヘスター・ウェインにとってポールとのことは遊びではなかった。それだけに彼女はこの関係を秘密にしようとしたのだが、これがすでにポールのやり方ではなかった。その上、恋をして嫉妬深くなった彼女は、ポールが何か困っているらしいと敏感に察し、じきに彼の本気の恋に気づいてしまった。彼女が相手の名前を探り出すのにさして時間はかからなかった。相手の女性は慎ましいブルジョワ階級の出で、ポールのために夫と離縁までしていた。ヘスターはポールに愛されていると信じていたが、ポールはヘスターがそばにいると気が滅入った。それで彼が浮かない顔をしていると、彼女はそれをあの女のせいだと思い込んだ。あの女とどうやって手を切ればいいのか分からなくて困っているのだ、と。そこで彼女はポールに黙ってこの厄介な仕事を引き受けることにした。ポールの恋人はまさか彼が不貞を働いていようとは夢にも思っていなかったので、もう彼が厭わしくてたまらなくなり、彼と悲劇的に手を切った。一方、ヘスター・ウェインのこのやりように愕然としたポールは、ヘスター本人に嫌いだということ、一度も愛したことがないということをはっきり告げ、その後、二度と会おうとしなかった。こうして彼は二人の女を不幸にし、かつ、彼自身も苦しんだのだ。実際、彼は孤独感に苛まれ、丸裸にされたような気がして、本気で愛していた方の女を取り戻すこと以外にはもう何も考えられなくなっていた。自分のことを語るときには自己嫌悪の念を滲《にじ》ませながら語り、頭の中では清らかに生きていくための計画を立ててもいた。ある種の精神的苦境に立たされると、どんなに口が重い人でも誰かに胸の内を打ち明けずにはいられなくなるものだが、フランソワのもとに駆けつけたときのポールはまさにそんな心境にあった。

ポールの打ち明け話にほだされて、フランソワも胸の内を語った。ドルジェル夫人を愛していること、ただしそれは希望のない愛であること、アンヌに対する友情から、この愛がそれ以外の形をとることは望まないことを打ち明けたのだ。彼らは互いに相手の考えていることに賛意を表明した。日頃、この二人組は互いに相手の度肝を抜いてやろうとして、本当に自分が犯したとも限らない悪事の自慢話ばかりしていたのだ。それがいま、以前なら笑いぐさにしていたようなある種の感情、即ち、忠誠心とか、自他を敬う心とか、義務感とかを競って披瀝《ひれき》し合っているのだから奇妙な話ではある。もっとも、義務感というのはさまざまな成分がブレンドされてできたもので、その味が分からないのは味覚を欠いた者だけなのだが。

あまりにも完全に人が変わってしまうと、もう面白くもなければ、他人の教訓にもならない。フランソワは生まれ変わったポールの一挙一動に、かつてのポール、本当のポールを見出した。フランソワにヴェネチア行きのための旅券を持ってきたポールは、友がヴェネチアでドルジェル夫妻に再会すると知ると、一緒に行こうと誘ってもらえるまで何のかのとぐずぐず言いつづけた。フランソワを面白がらせたのは、一番秘密にしておきたいはずの恋の悩みを打ち明けてくれた男が、ヴェネチアに一緒に行きたいという程度のことを言い出せず、その気持ちを隠そうとすることだった。まるでヴェネチアをドルジェル夫妻とフランソワの私有地とでも思っているかのように。

マオはフランソワに手紙を送りつづけていた。ただし、彼女がイタリア行きの話題に触れることはほとんどなかった。一般的に言って、二人の人間が同時に同じことを考えるのは、息が合っているという証拠だろう。だが、その場合でも、じつは二人が別々の事情を抱えていることがある。このときのアンヌとマオがそうだった。アンヌもマオも、なぜかもうヴェネチアには行かなくてもよいという気になっていたようで、二人はどちらも相手がそれを言い出すのを待っていたのだが、結局、ほとんど何も話し合わないまま、暗黙の了解に基づいて旅程を変更したのだ。なぜそういうことになったのだろう？　マオをフランソワから遠ざけておくことができるのがもう空間的な距離だけになっていたからだろうか？　とにかく、マオはしばらくアンヌと二人きりで過ごしたいと思っていた。そのため、知人の多いヴェネチアに行くのはパリに戻るようなもので気が進まなかったのだ。一方、すっかりオーストリアが気に入ったアンヌは、次はドイツを楽しんでやろうと目論み、パリに戻るときはぜったいにドイツ経由で、と考えていた。このとき彼の頭にあるのは為替レートのことだけだった。戦後、財政が逼迫《ひっぱく》しているオーストリアとドイツでは為替レートが有利だったのだ。信じられないほど軽薄なものの見方をする彼には、この二つの国が桃源郷のように見えていた。子供のようにはしゃいで歩き回る彼の肩には、こまごまとした買い物に必要な紙幣の詰まったカバンが斜めにぶら下がっていた。

ドルジェル夫人が諸事情によりイタリアに行けなくなったとフランソワに知らせたのは、夫妻がドイツに着いてからだった。フランソワにはその前に、そんなことになるのではないかと考えて心の準備をする時間的余裕があった。イタリア旅行に期待していた喜び、この知らせを受け取る前にすでに想像裡に享受していた喜びに比べれば、このとき彼が味わった悲しみはさして大きなものではなかった。

マオの葉書は申し訳ないという気持ちと優しさに満ち溢れていて、彼女は約束を反故《ほご》にしてしまったことを懸命に弁解していた。この葉書一枚で、彼の悲しみはほとんど償われたと言っていい。「僕は旅行先の幸福を大げさに考えすぎていたかもしれない」と彼は思った。「ヴェネチアに寄らないなら、彼らは予定よりも早くパリに戻るわけだ。僕が求めているのは何だ？　彼女のそばにいること、彼女と二人きりでいることじゃないか。皆が集まるヴェネチアに行くより、パリに戻った方が幸せだ」

彼の心は幸福を求める傾きが非常に強く、何か不都合な事態に見舞われてもかならずそこに喜びの芽を探すのだった。

ポールは一人きりでヴェネチアに向かった。ヴェネチアで彼が最初に出会ったのはヘスター・ウェインだった。二人はよりを戻した。

ドルジェル夫妻はフランソワが思っていたほどすぐにはパリに戻ってこなかった。もしパリを発つ時点で、これから二か月間マオと会えないのだと知らされていたら、フランソワは途方に暮れていただろう。だが、心に希望を持ちつづけていられたおかげで、苦もなく九月末を迎え、そこでようやくドイツにいるマオからパリに戻ると知らせが届いた。フランソワもパリに戻るために荷造りを始めた。

フランソワは母親と再会する喜びをこれほど痛切に感じたことはかつてなかった。彼が抱きしめると、セリユーズ夫人は驚いて息子の手を振りほどいた。

そして一言、「おまえ、冴えない顔をしているね」と言った。

この一言で、二人の周りにまた氷が張ってしまった。フランソワはやりきれない思いをしながら、ふとマオのことを考えた。「マオと会っても、こんなことになるんじゃないだろうか?」

ドルジェル夫妻は二日前にパリに戻っていた。フランソワは旅行中、マオに再会する日を思うといてもたってもいられなかったのだが、いまは彼女に会うのを恐れていた。

「あら、もう出かけるの？」昼食後、フランソワが暇を告げると、母親はそう答えた。「ドルジェル夫妻がパリに戻っているんだ」彼はひどく荘重な口調で応じた。彼がドルジェル家に駆けつけるのは母にとっても当然のこと、不可避なことでなければならないと言わんばかりの口ぶりだった。

「それにしても急ぐのね」と彼女は言ってから、こう付け加えた。「たいへんなご執心ね」

彼女はそこで口をつぐみ、そのまま黙り込んだ。息子の目つきから、何気なく口にしたこの月並みな一言が、一つの真実に触れているのを感じとったのだ。

「ほら、こういうことになる」とフランソワは胸の内で苦々しげに呟いた。「僕は手紙で気を許しすぎたんだ。ぜったいに口を閉ざしているのが鉄則なのに……」

こうしてこの母子の関係はまた冷えきってしまった。

フランソワはこの日に訪問することをあらかじめドルジェル夫妻に伝えていなかった。だから夫妻が家を空けている可能性もあった。だが、たとえマオが留守だとしても、それを知るのはできるだけ後にしたかった。彼女から遠く離れたところで二か月間を過ごすことに耐えた彼も、近くに彼女の気配を感じるいま、もし今日中に会えなかったらと思うだけで気が遠くなりそうだった。

外から眺めたドルジェル夫妻の屋敷はもの悲しかった。一夏の眠りからまだ覚めきっていないようだった。

この日、マオは一人で屋敷に残っていた。フランソワの来訪を告げられると、彼女は立ち上がって何歩か彼に歩み寄ったが、その歩き方はまるで銃で撃たれた人の足の運びのようだった。フランソワは前日も顔を合せた人にするように彼女の手に唇を当てた。「本当なら頰にキスできたはずなんだけど……」と彼は心の中で呟いた。これは要するに「でも、今日はアンヌがいないから」という意味だった。実際、彼を思いとどまらせたのは、その場にアンヌがいないことだった。もしアンヌがいれば、彼はためらわずにマオを抱きしめて頰にキスをしただろう。

アンヌは狩猟パーティーに出かけていて、帰りは明日だった。マオが一人で残ったのは、長旅で疲れていたからだ。

フランソワはろくにマオを見ようともしなかった。その代わり、彼は客間を子細に観察した。どうも居心地が悪いので、何か物が増えるか減るかしたのではないかと思ったのだ。彼はマオと再会するこの瞬間が無上の歓喜の瞬間になるとずっと信じていた。だが、どうも想像していたのとは様子が違った。どうしたのだろう？　いつのまにか気持ちが変わってしまったのだろうか？　はたしてまだマオを愛しているのだろうか？……以前、この客間には熱っぽい雰囲気が立ちこめていたが、それがもう彼には感じられなかった。

「あいにくの雨で庭に出られない」彼は考えたことをそのまま口に出して言ってみた。

「ええ、あいにくの雨で」マオがぎこちない微笑みを浮かべながら応じた。

二人きりで部屋の中に閉じ込もっているのはこれが初めてで、マオもフランソワも何の話をしてよいのか分からなかった。二人とも自分が演じる役の稽古をし忘れてきた役者のような気分でいた。人はそう簡単に即興で気ままに振る舞えるものではない。フランソワはこのとき、自分の恋には無理なところがあるのを悟った。

マオとフランソワはひどく窮屈な気分で顔を見合せたまま、それぞれドルジェル伯のことを考えていた。ふつうならそばにいると恋人たちを困惑させてしまうはずの人の姿がないことに、彼らは困惑していた。

夜の帳《とばり》が下りてきた。だが、先ほどから闇に浸っているような気分でいた彼らが、いまさら夜の訪れを気にかけるはずもなかった。召使いが菓子を持ってきた。そこでドルジェル夫人は我に返り、初めて辺りが暗くなっているのに気づくと、叱責するような口調で灯りを点《つ》けるよう命じた。まさか夜になったのが召使いのせいだと思っていたわけでもないのだろうが。

マオが菓子の盆を背の低いテーブルに置こうとしたので、フランソワはテーブルに載っていた写真のアルバムを脇へ退《の》けた。

「ご覧になって」マオは言った。「退屈しのぎになるでしょうから」これはひどく遜《へりくだ》った言葉だ。要するに、マオは自分にはフランソワを退屈させずにおくことができないと感じていたのだ。

まだ整理されていない夏の写真がアルバムに挟まれていた。そこに写っているのは、大半がフランソワの知らない顔だった。「どなたです？　美しい方ですね」彼は例のウィーン娘を見ながらそう訊ねた。「彼女のどこがいいのかしら？」とマオは思った。「フランソワまで美しいだなんて言って……」

マオの胸は嫉妬で疼《うず》いた。ただし彼女は、こんな気持ちになってしまうのは写真を見て不愉快なことを思い出したせいだと思い込んだ。というのも、彼女自身が気づかないうちに心の中でまた嘘のからくりが作動しはじめ、なぜ彼女があの女に対して反感を抱いていたのか、その理由を不意に彼女自身に明かしてみせたのだ。つまり、彼女は嘘のからくりに誘導されて、このとき初めて女がアンヌの気を引こうとしていたことに目を向けたのだ。彼女の胸の痛みはすぐに治まった。それもまた、本来あるべきことではなかった。

アルバムを眺めたことで、フランソワの居心地の悪さはいくらか解消されていた。なぜだったのだろう？　至るところに、しかもきまって最前列に、アンヌの顔があったからだろうか？

後日、フランソワはあらためてドルジェル邸を訪ね、夫妻との再会を果たした。彼も今度はバカンス前とまったく同じような気分でいられた。やはり、マオと差し向かいになるより、アンヌと一緒にいる方が気が楽なのだ。アンヌはオーストリアとドイツでシガレットホルダーやらシャープペンシルやらをどっさり買いこんでいた。それをフランソワに差し出しながら彼は叫んだ。「為替レートのおかげで、ただ同然だ！」

こんなふうに土産に箔をつける手があると知ったら、ポールのような人間は仰天しただろう。

こうしてフランソワはまた偽りの安らぎの中に戻っていった。だが、彼がその時々の状況に流されている間に、ドルジェル夫人はすばやく決心していた。

そう、彼女は決心していた。だが、何を？　具体的にどんな行動をとるかということは、じつは彼女自身にもまだ分かっていなかった。

それにしても、なぜ彼女は突然変わったのだろう？

言葉の力は強大だが、さりとて言葉によって名指しされなければ何ものも存在しないと考えるのは子供じみている。ところが、ドルジェル夫人はフランソワに対して自分が抱いている好意に、自分の望むとおりの意味を与え、自分の望むとおりの方向づけをすることができると思い込んでいた。その結果、彼女は感情をむりやり抑えこもうとするというより、むしろその感情に本当の名を与えることを恐れつつ、その恐れと戦っていたのだ。

それまで愛することと義務を果たすことを二つながら心がけて生きてきて、その二つが齟齬をきたすこともなかったので、彼女は汚れのない純真な心で「禁じられた恋が甘美なものであるはずがない」と信じていられたのだった。フランソワに対する自分の感情を彼女が誤って解釈したのもそのためだ。つまり、フランソワに対して抱いている感情は彼女にとって甘美なものだったから、まさかそれが禁じられた恋だとは思いもしなかったのだ。だが、闇の中で孵化《ふか》し、養分を得、成長したこの感情は、いま、ついに表に姿を現し、彼女の目にもその正体が明らかになった。

マオは自分がフランソワに恋をしていることを認めないわけにはいかなかった。「恋」という恐ろしい言葉をいったん口にしてしまうと、彼女にはすべてが明らかになった。この数か月来、彼女の心を覆っていた曖昧さのヴェールは雲散霧消していた。だが、ちょうど薄暗い場所に慣れた人が急に太陽の下に連れ出されたときのように、マオは強烈な光に目がくらんだ。もちろん、もう一度闇の中に戻ろうとは思わなかった。むしろ、すぐにでも何か手を打ちたいと思ったのだが、どうすればいいのか、誰に相談すればいいのか、彼女には皆目見当がつかなかった。彼女は打ち捨てられた女のように、そばにいるアンヌとフランソワの顔を代わる代わる眺めた。

マオの苦悩が最高度に高まったこの瞬間に、アンヌはフランソワ相手にかねて計画中の仮装舞踏会の相談をしていた。仮装舞踏会の話はマオもすでに聞かされていた。

「まだそんな季節ではないと思うのだけど……」マオが口ごもりがちに言うと、「控えめなんだな」とアンヌは微笑みながら反論した。「たしかに十月にはまだ誰もパーティーを開いたりしないさ。だけど、僕らがやれば、皆それに倣うよ。僕らの仮装舞踏会で今シーズンの幕開けだ」

ドルジェル夫人はずっと責め苦を受けつづけているようで、片時も心の休まる暇がなかった。アンヌに救いの手を期待することはできそうになかった。二人の関心の所在があまりにも違いすぎていたからだ。むしろフランソワに相談するのが自然ではないかと彼女は考えてもみたのだが、羞恥心が邪魔してそれもできなかった。だいたい、どうすればこちらの意向を彼に伝えられるだろう？　彼にけっして知られてはならないことを打ち明けることなく、ただ彼にしてもらいたいと思っていることだけを伝えることなどどうしてできるだろう？

彼女の心を舞台に残酷な戦いが続き、それが彼女の全身に影を落とした。もう以前のように血色も良くなかった。彼女が蒼ざめているのがまさか自分のせいだとは思ってもみないフランソワは、彼女への恋情をいっそう募らせながらこう考えた。「幸せそうにはとても見えない。どうしたんだろう? 彼女はアンヌを愛している。たぶんアンヌが彼女の期待に応えてやらないんだ……」やがて彼の心の中で恋と友情が手を結ぶと、それがひどく奇妙な精神状態を生じさせ、ついに彼はアンヌに対して自分の持てる限りの影響力を行使し、マオをもっと愛するよう仕向けようと決意した。もしアンヌがマオを不幸にするようなら、もうアンヌに友情を抱きつづけることはできない。そんなのは嫌だ——と、いまだにそんなことを思っていたのだ。

ある晩、ドルジェル夫人はふだんにもまして気分が優れないようだった。それを見てフランソワは動揺し、彼女が自分の部屋に引き取った後、じつは心配しているのだが、とアンヌに打ち明けた。

「マオは体調が良くないのではないでしょうか?」と彼は言った。

「ああ、やっぱり」アンヌはほっとした様子ですぐにそう答えた。「あなたも気づいていましたか。心配しているんですよ。でも、どうすればいいのか分からない。彼女は何でもないって言うんですがね。いったいどうしたものだろう。何だか僕がそばにいるのが気に障るみたいで……。とはいえ、僕も心配だから、放っておくこともできない」

フランソワの前にいるのは、彼が予期していたのとはまるで違う男だった。彼はアンヌが妻を愛してやらないのではないかと疑った自分を恥じた。

「何しろマオは」とアンヌは続けた。「ひどく若いからねえ。もっと活動的になってくれるといいんだが。もの淋しい季節だしね。たぶん皆が戻ってくれば、彼女もこんなに鬱々としてはいないんだろうけど。だけど、彼女は僕に手助けさせてくれないんだ。舞踏会を開くのも彼女の気晴らしになればと思ってのことなんだが、あなたも知っての通り、まるで乗り気になってくれない。医者を紹介してくれる人がいましてね。名前のない病気なんかを診てくれるんだそうで、僕はその医者に診てもらおうと思うんですよ。ところが、彼女はそれも嫌だと言う」

「どうすればよいのか分からない」とアンヌ・ドルジェルは繰り返した。フランソワはフランソワで、やはり何一つしてやれないことを嘆く他なかった。

その晩、心配するアンヌにマオはこう答えた。「何でもないの。本当に」アンヌは思わず大声を出した。「あなたの様子が変なのに気づいているのは僕だけじゃない。フランソワも心配している。僕から彼に何を言ったわけでもないのに」

ドルジェル夫人はもうだめだと思った。ぐずぐずしていたのがいけなかったのだ。

これほど危険が差し迫って感じられたのは初めてだった。彼女は覚悟を決めた。

翌朝、彼女はセリユーズ夫人に手紙を書いた。

あまりにも簡単に言えてしまうことは、明快に表現するのが難しい。マオはセリユーズ夫人に救いを求めたのだが、助けてほしいと頼みながら、まだ自分の恋心を夫人に打ち明けていなかったことに不意に気づき、書きかけの手紙を破った。そしてふたたびペンをとり、今度はできるかぎり丁寧で、ちょっと考えられないほどまわりくどい手紙をしたためた。

セリユーズ夫人はこのときマオを苛んでいたような不安を一度も味わったことがなかった。そのため、手紙を読んだセリユーズ夫人は、もし何かを故意に隠しだてしているのでないとすれば、これはまたひどく取り乱した文章だと考えた。なまじ誠実さや貞淑といった美徳を身につけていると、ひどく偏狭な考えに陥ることがある。フランソワの母親は夫しか愛したことがない幸せな女性だったので、夫婦の愛情の他にまっとうな愛は存在しないと信じていた。胸に夫以外の男の面影を宿すのは人間ではない者のすることなのだ。「でも」とセリユーズ夫人は考えた。「それにしても、いったいこれは何なのだろう？　身を滅ぼすまいとして、一人の女が罪を告白している。これはどういうことなのかしら？」セリユーズ夫人もようやく、人生がそれほど単純ではないこと、貞節という名の美徳にはけっして一つの顔、一つの力しかないわけではないことを理解したのだ。彼女は手紙を読み返し、「そんなことだろうと思っていた」と何度も呟きながら、それでも文字を追う自分の目が信じられなかった。

セリユーズ夫人は手紙を届けにきた黒人女性のマリーを呼びに行かせた。マリーは控えの間で待っていた。「今日の夕方、伯爵夫人はおうちにいらっしゃるかしら？」こう訊ねたセリユーズ夫人は、在宅だという返事を聞いて、「私を待っているのだ」と考えた。「これは思った以上に重大なことらしい……」この場合の「重大」とは、要するに、フランソワにも責任があるという意味だった。彼女がドルジェル夫人に会いに行くのは、夫人を憐れんでのことではなかった。そうではなく、あくまで母親として——学校の校長先生から手紙をもらえば、とるに足りない文面であっても、息子が何か不始末をしでかしたにちがいないと思って学校に駆けつける母親として夫人を訪ねるのだ。

一方、ドルジェル夫人は手紙を書き終えて、いくぶん気が楽になっていた。手紙を書くのに集中したおかげで、事態の悲劇的な側面からいくらか目を逸らすことができたのだ。もちろん、彼女が安らぎを取り戻したなどとはぜったいに言えないが、何らかの手を打って満足していたのは確かだ。先日来の病的な状態はもう脱していた。心が軽くなったのは、やはり恋を告白したことが大きかったのかもしれない。これで胸に重くのしかかる秘密を、誰かに分かち持ってもらえるわけだ。この場合、満足したのは彼女の羞恥心ではなく恋心だった。それにしても、彼女が自分で下した決断——そう、彼女はあることを決心していた——に打ちのめされていなかったのはなぜだろう？　おそらく彼女の決心がまだ本当の意味での決心ではなかったからだ。

セリユーズ夫人は汽車の中で手紙を読み返した。

奥様

こんなに急にお手紙を差しあげますことで、これから申しあげることをすでにいくらかお察しいただけることと存じます。ですが、奥様はまだ本当のことは何もお知りになりません。私自身、ほんの数日前まで何も知らずにいたのです。私を脅かしている危険がどんな類いの危険なのか、それをお知りになれば、こんなふうにおすがりする私を厚かましい女だとお思いになるかもしれません。

夫がご子息とお友だち付き合いをするようになった当初から、私は自分が夫の他のどのお友だちよりもご子息に惹かれていることに気づいていました。ただし、それをさして本気で心配してもいませんでした。そんなことを気にするのは、あまりにも生まじめすぎるせいだと思っていたのです。その時点ですでに、私はそうと自覚しないまま、不誠実に振る舞っていたと言わなければなりません。その後、シャンピニーに奥様をお訪ねしたことで、私はさらに安らかな心持ちでいられるようになりました。フランソワは私にとってお友だち以上の人、つまり親戚なのだから、私が好意を寄せるのも当然だと考えたのです。この考えに、私はあまりにも寄りかかりすぎていました。

私は何も見えていませんでした。ですが、いまは違います。いま、私はご子息に対して自分が抱いている感情に名を与えなければなりません。いくら恥ずかしく不名誉なことであっても、自分の感情が求めるがままの名を与えなければならないのです。ただ、母親という立場にいらっしゃる方は、すぐにご心配なさるものでしょう。ですから、急ぎお断りいたしておきますが、ご子息には何の罪もありません。ご子息は私の心の安らぎを乱すようなことは何一つしていないのです。私が勝手に禁じられた感情を抱くようになっただけで、それについてご子息は何も知ってはいません。それに、奥様もお分かりくださることと存じますが、もしこれが私一人の罪でなかったとしたら、こうして厚かましく奥様にお力をお貸しくださるようお願いすることもなかったのです。

私にはどうしてもご子息に言いだすことのできないことがあります。そして、それをご子息にお話しになり、ご子息の約束をとりつけることがおできになるのは、奥様を措いてはいないのです。どうかご子息におっしゃってください。もし私の夫に、また私ども夫婦に友情を抱いていてくれるのであれば、もう私たちには会わないように、と。と申しますのも、私にはもうご子息のもとから逃げ出す以外に我が身を救う手立てがないからなのです。どうかご子息を説得する一番よい方法をお考えください。いっそすべてをお話しになるのがよいのかもしれません。それでも私はかまいません。私とて、ご子息が私を悲しませたというようなことを自慢する方でないということくらいは存じておりますから。幸い、この件でご子息が味わうことになる苦しみは、私が味わう別の苦しみと比べればけっして大きなものではありません。ご子息は本当の友だちと別れるという苦しみを味わうだけで済むのです。本当の友だち。私はそこに留まることができませんでした。私の心がこの友情を裏切ったのです。もうフランソワが私に会うことがあってはなりません。

どうかお願いです、おまえにそんなことを求める権利はないというふうにはおっしゃらないでください。おまえの勝手でフランソワとおまえの夫を別れさせることなどできないはずだとはおっしゃらないでください。おまえはまっさきに果たすべき義務を果たしていない、なぜ夫にすべてを告白しないのかともおっしゃらないでください。この数日間、私は何度も夫に話を聞いてもらおうとしたのです。ですが、本当のことを何一つ知らずにいる夫に、私は結局、何も言い出すことができませんでした。夫は私の話に耳を傾けようとしません。こんなことを申しあげたからといって、どうか夫を責めているとはお思いにならないでください。逆に、私はそれだけいっそう自分の責任を痛感しているのです。もし夫に落ち度があるとすれば、それは私を信じすぎたということでしょうから。

私には頼れるものは何一つありません。いまとなっては宗教も救いにはなりません。私は夫を愛しておりましたので、夫の無信仰まで真似《まね》るようになってしまっていたのです。私の母は、まさか私がこうまで母に似ていない女になろうとは思ってもみなかったでしょう。母があらかじめこうした危険に注意するよう私に言い含めておかなかったのは当然なのです。母にとって、このような危険は想像の世界にしか存在しない危険なのですから。私はこれまで、まさか自分の貞節を一人きりでは守れなくなるようなことがあろうとは思ってもいませんでした。それにいたしましても悲しいのは、これまでさまざまな方に信頼を寄せてもらっていながら、その信頼に自分が値しないと思い知ったことでございます。

奥様、お願いです。どうかフランソワを説得なさってください。奥様とご子息のお二人に私はすべての望みを託しているのです。

「この人は真実を隠している」とセリユーズ夫人は考えた。「何の気兼ねもなく手紙を書いたら、こんな文章にはならない。きっと私を気づかっているのだ」

マオはセリユーズ夫人を自室に迎え入れた。使用人にはあらかじめセリユーズ夫人以外の人には会わないからと言い含めてあった。二人の女性はまずとりとめもない話をした。ドルジェル夫人はどう本題を切りだせばいいのか分からなかった。一方、彼女が何も言わないので、セリユーズ夫人は「これは想像していたよりさらに重大なことらしい」と考えた。自分の側に非があると確信したセリユーズ夫人は、まるで悪事を犯した張本人であるかのようにおずおずとした口調でこう言った。

「息子のことでは、何とお詫びしてよいか……」

「ああ、奥様！　お優しいことを！」マオはそう叫ぶと、胸の思いに突き動かされて母親の両手をとった。

この二人の純粋な女性はまるでスケートの初心者のようだった。滑りやすいリンクの上で彼女たちは不器用さを競い合った。

「いえ、違うんです」マオは言った。「本当にフランソワは何も知らないんです」

セリユーズ夫人はそれを聞いて、やはりこの人は本当のことを言い出しかねているのだと考えた。とりわけいまの点、つまりフランソワの責任の有無については真実が言えずにいるのだろう、と。そこで彼女は声を励ましながら、息子の気持ちは分かっている、と応じた。

「彼が何かお話ししたのでしょうか？」ドルジェル夫人は訊ねた。

「いえ、でも、分かっていますから」セリユーズ夫人は言い返した。

「何を？」

「あの子があなたを愛していることを」

ドルジェル夫人の口から叫び声が漏れた。セリユーズ夫人がこのとき目にしたのは、まさしく人間の悲しみそのものの姿だった。実際、マオがこれまで気丈に振る舞ってこられたのは、ひとえに、フランソワに愛されていないと信じていたからではないだろうか？　ただし、苦悩によって根こそぎにされ、ゆらゆらと揺れる女をセリユーズ夫人が見るより早く、一瞬、ちょうど雷鳴に先立って稲光が空を走るように、激しい喜びがマオの顔を輝かせた。もしこのときフランソワがやって来れば、マオはまちがいなく彼のものになっただろう。何ものも、フランソワの母親がすぐそばにいるということでさえ、彼女が彼の腕の中に崩れ落ちるのを妨げることはできなかったはずだ。

事の次第を悟ったセリユーズ夫人は急に怖くなり、いま言ったことを慌てて言い直そうとした。すると「お願いです」とマオが叫んだ。

「どうか私のたった一つの喜びを奪わないでください。この喜びさえあれば、私は自分の義務を果たしていくことができるのですから。知りませんでした、彼に愛されているとは。ですが、幸いなことに、私の人生はいまさら私の好き勝手になるものではありません。ですから、なおのことフランソワを私の視界から遠ざけてください。もし彼が私を愛しているなら、彼を遠ざけるためにどんなことを言っていただいてもけっこうです。ただ、どうか本当のことだけは彼に明かさないでください。さもないと私たちは破滅です」

自分の恋を語ること、しかも愛する男の母親に向かって語ることに、ドルジェル夫人はほとんど喜びに近い感情を覚えていた。だが、やがて最初の興奮は治まった。

「彼、今夜、うちの晩餐会に来ることになっているんです」と彼女はそれまでよりしっかりした声で言った。「どうしたら彼に来てもらわないようにできるでしょう？彼に会ったら、私、きっと気を失ってしまいます」

じつはセリユーズ夫人もすぐに手を打つのがいいだろうと考えていた。この一幕の印象が薄れないうちなら、息子をきちんと説得し、義務を果たすようにうまく導くことができそうに思えたのだ。「おそらく」と彼女は頭の中で計算した。「フォルバック家で七時にあの子をつかまえることができるだろう」

「息子はここにはうかがいません」と彼女は言った。「それはお約束します」

もしフランソワがこの場に居合せたら、母親の態度に少なからず驚いただろう。日頃、彼には母親がひどく冷淡な人に思えていたからだ。じつはこのとき、マオの情熱に触れ、セリユーズ夫人の中で眠っていた女が目を覚ましたのだ。彼女は目に涙を湛《たた》えてマオを抱きしめた。二人はともに熱く濡れた頰の感触を味わった。セリユーズ夫人はまるで舞台の上にでも立っているような高揚感に包まれてうっとりとした。この人は聖女だ――愛されているという確信がマオにもたらした落ち着きを前にして、セリユーズ夫人は心の中でそう呟いた。

このスピーディーに展開する芝居のような流れに乗って、セリユーズ夫人は一目散にフォルバック家に駆けつけた。まるで壁にぶつかるまでひたすら走りつづける人のように。というのも、まずフォルバック家の人の、ついでフランソワの啞然とした表情に出会い、彼女の酔いが一気に覚めてしまったのだ。ようやく自分のしていることの軽率さに気がついた彼女は「息子の問題に首を突っ込んで、いったい私は何をしているんだろう？」と自問した。「頭がおかしくなったみたいに駆けつけてくるなんて……」

セリユーズ夫人はつい羽目を外してしまったことを誰よりも後悔するたちの女性だった。

「お母さん、いったいどうしたの？」彼女が着替え中の息子の部屋に入ると、息子はそう訊ねた。

息子の顔を見て、彼女は完全に冷静さを取り戻した。と同時に、先程までとはまた違うタイプの不器用さを取り戻してもいた。

「お礼を言うわ。ずいぶんとすてきな話に巻き込んでくれたものね」

つい一時間前にマオ・ドルジェルと一緒に涙を流した人だとはとうてい思えなかった。彼女はハンドバッグから手紙を取りだすと、氷のように冷たい表情でそれをフランソワに突きだした。ろくでもないことにかかずらわってしまったと臍《ほぞ》を噬《か》む思いでいるセリユーズ夫人にとって、この一件はもはや何ら敬意を払うに値しないものだった。マオと交わした約束ももうどうでもよかった。

フランソワは手紙を読んだ。だが、読みすすめるにつれて、彼には読んでいるはずのものが見えなくなっていった。いま彼の手にあるのは一つの証拠、彼が幸せであるということを証《あか》してくれる信じられないような証拠だった。もっとも、いくら信じられないと言っても、これがドルジェル夫人の筆跡であることは疑いようがなかった。

セリユーズ夫人は小言を言いつづけていた。だが、己の幸福の証しを手にしたフランソワは、何を言われてもまるで平気だった。いわば防水服を着ているようなもので、母親の言葉は彼の体の表面を滑り落ち、内側まで浸透しないのだ。そもそも彼には母親の声がろくに聞こえてもいなかった。

セリユーズ夫人はマオを恨んでいた。さっき、なぜ少し落ち着けと一言言ってくれなかったのか——そう思うと、腹が立ってならなかったのだ。さらに彼女はマオを裏切ったばかりか、理不尽な怒りに駆られてマオに嘘の疑いまでかけていた。フランソワに愛を伝えるためにマオが彼女を利用したのではないかと考えたのだ。ちなみに、恋の陶酔にどっぷりと浸っているフランソワも、この点ではだいたい母親と同じように考えていた。彼の場合、幸福のあまり何も見えなくなって、マオがどんなつもりでこの手紙を書いたのかがさっぱり理解できなくなっていたのだ。つまり、恋の告白にばかり気をとられ、その告白が妻としての貞節を守るためになされたものだという点に考えが及ばなかったのだ。彼は恋をしている女性ならではの秀逸なアイデアにほとんど手を叩かんばかりだった。要するに、胸の思いを伝える唯一の方法を思いついたマオのひらめきに驚嘆していたのだ。

　フランソワは手紙を何度も繰り返し読んでから、ごく当然のことのようにそれを懐に入れた。母親は息子の紙入れに手紙が収まるのをただ眺めていた。

「で、彼女に会ったんだね？」とフランソワは訊ねた。「お母さんは何て言ったの？」

「正直に言って」それまでぶつぶつ文句ばかり並べていたセリユーズ夫人は最後にこう言った。「私はあの人のように立派にはなれないわ。彼女の話を聞いていると、まるで彼女一人が悪いみたい。でも、私は少なくとも彼女と同程度にはおまえにも責任があると思うの。いまさら迷う必要はないわよ。それは分かるわね。おまえたちはもう会ってはだめ。それしかないんだから。ご主人のドルジェル氏にはおまえが適当な言い訳を考えなさい。私はこういうことには疎いんだから」

「もう、まったく……」セリユーズ夫人は溜息をつきながら、母親ならではのひどく身勝手な一言を付け足した。「おまえの友だちの中でちゃんとしているのは、あの人たちだけじゃないの。それなのに、どうして仲違いしなければならないのかしら」

　だが、フランソワがあいかわらず外出用の服に着替えつづけているのを見て、彼女はおそるおそる訊ねた。

「おまえ、ドルジェル家の晩餐会に行くつもりなの？」

「今夜、僕が行かなかったら、アンヌ・ドルジェルは怪訝に思うだろう。行ってくる」

セリユーズ夫人は黙って息子の前で俯《うつむ》いていた。まだ子供だと思っていたのに、目の前にいるのは一人の男だった。

もうシャンピニーに戻るには遅すぎた。セリユーズ夫人はフォルバック家に残って食事をすることにした。この家の親子の前では、少々うわの空でいても許されるのだ。だが、この日のセリユーズ夫人の気のない様子には、さすがに目の見えない母と知的障害のある息子も気づかずにはいられなかった。セリユーズ夫人は自分が今日マオと息子に対してしたこと、させられたことを思って、ずっと心ここにあらずといった状態だったのだ。とりわけ彼女はマオが苦しんでいるのを見て、心の中でほんの束の間燃え上がったあの若々しい情熱を苦い思いで振り返っていた。また、亡くなった夫ならけっしてあんな役は引き受けなかっただろうし、まして妻がその役を演じることなどぜったいに認めなかったはずだと考えて、われと我が身を責めていた。

セリユーズ夫人が去り、マオが読者もお察しのとおりの精神状態で夜会用の服に着替えている間、いつものように一足先に支度を終えたアンヌは、一人の風変わりな客を迎えていた。皆に死んだと思われていたナルモフ大公が訪ねてきたのだ。流血沙汰を好む新聞各紙は、ロシア皇帝ニコライ[34]の身内の一人であるこの大公が無残に殺されたと報じていた。

パリに到着したとき、ナルモフ大公はまるで初めての土地に降り立ったような気がした。彼にはもうパリに知り合いは一人もいなかった。知り合いだった人の名前をことごとく忘れていたし、相手の方でも彼の名前を忘れていた。彼がアンヌ・ドルジェルを訪ねたのは、前の週にウィーンに立ち寄った際、この夏、当地でドルジェル夫妻を見かけたと小耳に挟んだからだった。オーストリアでナルモフに宿を提供した友人たちは皆、彼と同じように貧乏になっていた。その友人たちから譲り受けたやや滑稽な狩猟服と帽子を身につけて、ナルモフはアンヌの前に現れたのだった。

思いもよらないナルモフの登場に、アンヌは仰天して黙り込んだ。アンヌという人は実際には感じていない感情しかうまく表現できないのだ。驚きが治まってから彼はようやく驚いたふりをした。そしてナルモフを襲った数々の不幸の話を聞き、どうか我が家に逗留してほしいと自分から申し出た。

ただし、アンヌにあってはこの手の優しさはつねに軽薄な考えと一揃いのセットになっている。じつは、彼には一つ気になることがあったのだ。この日の晩餐会は、来たる仮装舞踏会の出し物を相談するための会だった。そのため彼はナルモフ大公の存在が会の進行の妨げになるのではないかと心配したのだ。たしかに、神秘の国からまっすぐパリにやってきたこの大公以上にインパクトのある「呼びもの」はちょっと想像できない。だが、ナルモフは何の予告もなく出し抜けに現れたわけで、すべてを取り仕切る一家の主としては、これはやはり遺憾だと言わざるを得ない……。そこまで考えたときにはアンヌの腹は決まっていた。今日はこの闖入《ちんにゅう》者を主役の座につけるのはやめにして、政治的な色合いの強い別の晩餐会まで取っておこうと決めたのだ。すんでのところで彼はナルモフを楽屋裏に待機させ、一人きりで食事をする姉の相手をさせるところだった。

そこにドルジェル伯夫人が現れた。彼女は自分の立場にふさわしい振る舞いができ

34 帝政ロシア最後の皇帝、ニコライ二世（一八六八年―一九一八年）。一九一七年の革命により退位し、シベリアで家族とともに銃殺される。

るかどうか不安でならなかった。心身ともにすっかりまいっていたのだ。彼女はナルモフ大公にすぐに親近感を覚えたが、ナルモフの方もそれは同じだった。この晩のマオのいくらか場にそぐわない様子は、ナルモフの心を和ませた。彼女はパリ製のしゃれた装飾品ほどにも彼を怖気《おじけ》づかせなかった。一方、ドルジェル夫人の胸には同情心が芽生えた。彼女自身も苦しんでいたからだ。

アンヌは食事の席を一人分追加するよう命じた。それを聞いて、マオは「無駄だわ」と独りごちた。じきにフランソワから行かれなくなったと断りの電話がかかってくるはずだからだ。彼女はこの電話を心待ちにしていた。そうこうするうちに、少しずつ客が集まりはじめた。アンヌ・ドルジェルは皆が揃うのを待つことなく、客が入室したらすぐに「ロシア人観光客」の説明をしておくのがよいと判断した。そのため彼は何度もナルモフ大公の身の上を紹介するはめになったが、その際、大いに話を潤色して盛り上げたので、二つめのヴァージョンを披露しているときにはもう「主人公」から「語り部」に異議が申し立てられた。

「いや、それは正確ではありません」とナルモフは言った。「私はモスクワからこんな格好でまっすぐパリにやって来たわけではないのです。この服を手に入れたのはつい三日前ですから」

最初に部屋に入ってきたのはポール・ロバンだった。アンヌは彼をナルモフに簡単に引き合わせるにとどめた。城の案内人は見物客が一人のうちはガイドを始めず、何人か集まってから案内に立つものだが、アンヌはそれと同じやり方を採用し、哀れなポールをロシアの神秘の前に無慈悲に打っちゃっておいたのだ。だが、それもそう長くは続かなかった。じきにミルザとその姪が登場してポールを救ったのだ。城の案内人としても、この二人のためなら庭園の噴水を派手に放水してみせようという気になるのだった。

ただしナルモフはアンヌの前口上が不満で、口を挟んで話題を逸らし、ミルザにこう話しかけた。戦争が始まったばかりの頃、ペルシア王を訪問したが、その際お会いできずに非常に残念だった、と。ミルザは留守にしていたことを詫びた。

これを機にナルモフとミルザの間で社交辞令の応酬が始まった。まるで馬上試合のような二人のやり取りに、ポール・ロバンは目を丸くした。勝ち負けにこだわるナルモフは、かつてミルザの所領を通過させてもらったことにまで礼を言いだしたが、これにはミルザも呆気にとられていた。というのも、その所領というのはペルシアの一地方全域のことで、そんな広大な土地で人の出入りをいちいち監視することなどできるはずがないからだ。じつはナルモフはそのとき、ミルザが所領の境界まで出迎えに来ていないのを知ってひどく腹を立てたのだが、そのことはもう忘れていた。不幸がナルモフ大公を変えていた。以前よりも柔和になり、驕《おご》ったところが影をひそめていた。

いつもならフランソワは他の大半の客が到着する前にドルジェル邸にやって来るのだが、この日に限って、彼の他にまだ姿を見せないのはオーステルリッツ公爵夫人だけだった。もう彼が来ないのはまちがいない——そうドルジェル夫人は確信すると胸が苦しくなり、そこで初めて、じつはいまの今まで彼が来ると信じていたのだと悟った。彼女にはフランソワが彼女の意向に従うのは自然なことに思えたが、それでも背いてくれないのは辛かった。

フランソワは何度も手紙を読み返しながらぐずぐずしていたのだった。ようやく彼がドルジェル家の門のベルを鳴らしたとき、オーステルリッツ公爵夫人が車から降りてきた。彼は公爵夫人が近づいてくるのを待った。

「あなたを見て安心したわ」と彼女は言った。「遅刻したかと思っていたの」

マオはフランソワがすぐそばに来るまで、彼に気がつかなかった。彼女は思わず後ずさりしたが、フランソワの屈託のない様子から、まだこの人はセリユーズ夫人と会っていないのだととっさに判断した。

そこで彼女は自分に都合の良い理屈を拵えた。彼女と同じ立場にある女たち――愛していながら愛することを望まず、それでも結局、貞節に背くようなことを考えてしまう女たち――が拵えるのと同じ類いの理屈を。つまり、フランソワに断りの電話を入れさせるために私はできるだけのことはした、であれば、彼がこの場にいるからといって、自責の念に駆られる必要はないはずだ、と自分に言い聞かせたのだ。彼女はせめてこの猶予期間、この最後の晩を楽しみたいと願った。

ナルモフは晩餐会が始まった当初から、努めて陽気に振る舞おうとしていた。だが、彼がいるだけで、座に白々とした空気が流れた。苦悩が人の顔に刻印したものは、どんな笑みを浮かべたところで消せはしない。皺のことではない。目つきというのとも違う。苦しんだ人はかならずしもそれで老いるわけではない。変化はもっと深いところに生じる。

ナルモフは燕尾服とドレスに囲まれて孤独を嚙みしめていた。「こんなふうに一人だけ浮き上がってしまうのは」と彼は胸の内で呟いた。「きっと狩猟服のせいだろう」以前なら、晩餐の席で自分だけ違う格好をしていれば、気後れしなければならないのは他の会食者たちの方だと考えることができた。だが、いまの彼にそんな自信はもうなかった。眩《まぶ》しい光や騒がしい声に動揺し、両隣に座っている女性に話しかけられてもよく聞き取れず、同じことを何度も繰り返させた。

華やかな会話にうまく加われない彼は、蚊帳の外に置いておかれた。話の筋を辿ることができないので、皆が支離滅裂なことを言っているとしか思えず、ちょうど指先の不器用な者が環《わ》探しゲーム[35]に参加してまごつくように、話の展開の速さにとまどった。

ドルジェル夫人にはそんなナルモフの気持ちがよく理解できた。彼女自身、どうも場の雰囲気に馴染めなかったからだ。結局、彼らは二人きりで話しはじめた。ナルモフがロシアで起こった一連の事件について語りだすと、マオはしだいに意識が薄れていくのを感じた。もちろんマオが変調を来《きた》した理由は他にあったが、ロシアのせいにしておけば気分が悪いのを隠さずに済むので、彼女にとってこの話題は格好の隠れ蓑になった。ナルモフは自分の話を辛そうに聞いている彼女を見て、同情心の篤い人だと思い込んだ。

マオはフランソワに会えばいくらか幸福な気分を味わえるだろうと思っていた。だが、実際は苦痛を感じるだけだった。とはいえ、彼女は無意味な拷問を逃れようとするかのように彼の視線を避けつづけた。ときどき彼女の方から彼に視線をやらずにいられるほど自分をコントロールできたわけではない。彼女は彼を監視していたのだ。というのも、フランソワの隣にはペルシアの若い娘、つまりミルザの姪がいたからだ。この晩、フランソワは喜びでいっぱいだったので、ミルザの姪にも愛想よく振舞った。ドルジェル夫人の隣にロシアの大公を、ペルシアの若い未亡人の隣にフランソワを配したのは、偶然の――というよりむしろ社交界のしきたりの――時宜にかなった計らいだった。もしナルモフの代わりに軽薄で上っ調子な人間に横に来られた

35　鬼を囲んで円形に座った人たちが手から手に小さな環を回していき、鬼が環の持ち主を当てるゲーム。

ら、マオはいっそう辛い思いをしただろうし、フランソワにとっても、ちょっとしたことにも笑いはじける年頃で、しかもさんざん涙を流したこともあるこのペルシア王女以上に好ましい相手はいなかった。ミルザの姪の笑い声はマオの胸に突き刺さった。「この娘《こ》、魅力的だわ」マオはフランソワの様子をうかがいながら心の中でそう呟いた。

マオはフランソワがまだセリユーズ夫人から何も聞かされていないのだと信じていたが、それでもフランソワが陽気にはしゃいでいるのを見ると、彼を恨まずにはいられなかった。「もし本当に私を愛してくれているなら」と彼女は思った。「いま私たち二人がどんな大事なときを迎えているかってことを彼の心が察知するものじゃないかしら?」そのうちマオは、「あの子はあなたを愛している」と言ったセリユーズ夫人の言葉にまで疑いの目を向けはじめた。だが、かつて必死に払いのけようとし、いまではもう心が拒むこともなくなった無数の小さな思い出がまた鮮やかに甦ってきて、やはり私がフランソワを愛するように、フランソワも私を愛しているのだと思い直した。もっとも、いつの間にかアンヌによって誤った考えを刷り込まれていた彼女は、恋愛というものにある種の都会的なイメージを持っていた。例えば、恋人同士はいつも同じ心配事を抱えていなければならないと考えるのだ。そのため彼女は心の中でフランソワの察しの悪さを責めつづけたが、じつはそんなふうに彼を責めるのは、彼女の方こそ察しが悪いという証拠だった。フランソワがはしゃいでいるのは、彼女の真情を知ったためだったのだから。

ありていに言えば、このときドルジェル夫人は嫉妬とは何かを知りつつあったのだ。貞節のために恋を犠牲にすると決意したその日に嫉妬に駆られるというのは、はたして自然な心の働きなのだろうか?

「さぞ憎んでいらっしゃるでしょうね、あのボルシェビキの連中を!」ヘスター・ウェインがナルモフ大公に話しかけた。

この大げさでばかばかしいセリフを聞いて、アンヌ・ドルジェルは血相を変えた。それまで彼は曲芸師さながらの器用さを発揮して、どうにかロシアの話題を避けつづけてきたのだ。心の中ではマオに拍手を送ってもいた。というのも、マオが危険を回避するため、わざとナルモフと二人きりで話し込んでいるのだと考えたからだ。もちろん、彼女がそんな子供じみた計算をするはずはなかったが、アンヌは勝手に妻の機転(と彼には思えるもの)に感嘆し、すばらしい、これでナルモフに敬意を払いつつ、陰気なネタを皆の話題にしないで済むとほくそ笑んでいたのだ。

こうしてせっかくみごとな状況を作り出したのに、ヘスター・ウェインのばかな一言ですべて台無しだった。

ナルモフ大公はしばらくためらってから話しはじめた。すらすらと言葉が出てこないだけに、ごく平凡な言葉も深い響きを持った。

「地震が起きたのを誰かのせいにすることができるでしょうか？　起きるべきことはいずれ起きるのです。私見によりますと、フランスの方たちはご自分たちの革命を基準にしてロシア革命を見る傾向があまりに強すぎるようです。ロシアのように広大な国では、物事がまったく違った形で進行するのです。これは私の持論なのですが、ロシアで起きていることを革命という言葉で呼ぶのは適当ではないように思います。あれは一つの天災地変です。もちろん、お好きな名前でお呼びになればよいのですが、私自身は、私をあれだけ苦しめた哀れな者たちを責めようとは思いません」

「あなた方がロシアについて知っていらっしゃることは」ナルモフは話を続けた。「ことによるとすべてまちがいなのかもしれませんよ。例えば、私が殺されたと報じられていたことを思い出してください。実際は、私は誰にも髪一本触れさせていないのです。もっとも」と彼は沈んだ声で付け加えた。「彼らは私を生かしておいて、生きる理由をことごとく奪ってしまったのですが」

だが、人は一度こうと思い込んだら、そう簡単に変われるものではない。このときナルモフ大公はその場にいる多くの人の目がこう言っているのに気がついた。「もしナルモフが生きていることが通説に反するなら、彼は生きているべきではないのではないか」

「ナルモフの言うとおりだわ」オーステルリッツ公爵夫人がポール・ロバンに顔を近づけて言った。「どうしていつも民衆のせいにして、民衆に罪を全部なすりつけるのかしら。そりゃあ、どの階級にも悪いことを考える人はいるでしょうよ。でも、善良な心の持ち主もいるはずよ。たぶん、民衆の中には特にね」

まるでその筋の結社から金を握らされている人間のセリフのようだが、より正確に言うと、オーステルリッツ公爵夫人はこの辺の事情を知るために金を使っている人間だった。

「私、慈善団体に入っているの」彼女は続けた。「民衆と繋《つな》がりのある団体だわ。もしこの国で革命が起こるとしても、ぜったいに民衆の側からじゃない。それは請け合うわ」

ポールは口をぽかんと開けたまま、まるで神託でも聞くように彼女の言葉に聞き入っていた。何しろポルト・ドルレアンで民衆の喝采を浴びて以来、圧倒的なオーラを放っているオーステルリッツ夫人の言葉なのだ。ポールはもうわけが分からなかった。彼の内で、それまでの思い込みが音を立てて崩れていった。まさか公爵夫人が民衆を称え、ロシア皇帝の身内がボルシェビキを呪わないとは！

勇気ある言動に接すると、きまってポールは驚きを覚えた。というのも、彼にとって勇気とは無謀と同義だったからだ。無謀なことをするには、よほど自分に自信がなくてはならない。「このロシア人は」と彼は思った。「自分を殺そうとした連中をかばってみせるくらいだから、よほどの人物にちがいない」

一方、ドルジェル伯は偏見や思い込みとはまるで縁のない人間だった。晩餐会に花を添えてくれさえすれば、何でも大歓迎なのだ。ヘスター・ウェインの一言に身震いした彼も、いまはすっかり興奮していた。「見つけものだ。この男、他のロシア人亡命者ほど退屈じゃない」

じつは、どの客も同じように思っていた。

ナルモフの話は抑制がきいていて、そのために悲劇の域にまで達していたのだが、そのことには誰も気づいていなかった。ドルジェル夫人は一座の反応に腹を立てていた。とりわけフランソワがナルモフに一向に関心を示さず、あいかわらず隣の娘と二人きりで大人たちの会話に背を向けているのがやりきれなかった。ナルモフの話にたんなる機転の良さとは違ったものを感じとったのは、ドルジェル夫人の他にはミルザだけだった。ミルザはこの後、ナルモフにいくつか当を得た質問をしていた。

「ナルモフ、あなたって驚くべき人ね」オーステルリッツ公爵夫人は言った。「だって、あなた、ぜんぜん変わらないもの。それどころか若返ったみたい」

「私は変わっていませんよ」大公は答えた。「ただし、すべてを失いましたがね」彼は穏やかな声で繰り返した。「ええ、すべてを失いました。私に何が残っているでしょう？」その後、からからと笑いながらこう付け加えた。「スラブ人の魅力でしょうか」

「スラブ人の魅力が、すべてを忘れるためにパリに到着なさいました」アンヌがまるでレビューの喜劇役者のような口調で合いの手を入れた。「お祝いしましょう。ただし、ボルシェビキの悪夢の話はもうここまで。そんな話でスラブ人の魅力をお煩わせしてはいけません」

これはまたひどい言葉だったが、タイミングを外してはいなかった。いつの間にかナルモフを中心にして進んでいた会食が、ようやく終わりを迎えたところだったのだ。一同は食卓を離れた。

アンヌは断固とした口調で、ここで出し物が変わること、つまり、この日の晩餐会の新たな一幕が始まることを宣言した。

「さて、ここからがまじめな話だ」とどの客も思っているようだった。実際、仮装舞踏会の話が始まるに及んで、皆の顔つきが政治的な会合に臨むときのような表情になったのだ。

アンヌがこの仮装舞踏会の打合せの場でフランソワに演じさせようとする役は、フランソワにとっては重荷でしかなかった。アンヌはフランソワをつねに主役の座につけ、ことあるごとに彼の意見を訊ねるのが友情を示す最良の方法だと信じていた。一向にかまってもらえずにむくれているポールには、フランソワがどんなに喜んで主役の座を譲ってくれるか、などということは分かりようもなかった。

仮装舞踏会は基本方針が定まっていないとカーニバル風の乱痴気騒ぎと化してしまう、従って全体を貫くテーマが必要だ、という点では全員の意見が一致した。だが、ではそのテーマを何にするか、ということになると、なかなか皆の息が合わなかった。ひと波乱ありそうだった。誰もが「私の意見を聞かないなら、なぜ今日、私を呼んだのだ？」と思い、いつでも席を立つ覚悟ができていた。

アンヌ・ドルジェルはすぐにつむじを曲げてしまう面々をなだめすかすのに必死だった。彼はマオに失望し、「ちっとも助けてくれないじゃないか」と心の中でぼやいていた。実際、マオは侃々諤々《かんかんがくがく》の議論に背を向け、ナルモフと二人きりで話し込んでいた。

ナルモフは話の輪に加わろうと思いながらも、何となくぼうっとした気分から抜け出せずにいた。記憶を探り、こんなふうに軽佻浮薄な催し物に興じていた時代を思い出そうとしても、最近の辛い思い出が甦ってきて、闇に呑まれていくようだった。

フランソワは何としてもこの会合で自分に割り振られている務めを果たそうとして、疲労感や苛立ちと懸命に戦っていた。彼がそうまでするのは、アンヌに余計な疑いを抱かせないためだった。一方、マオはフランソワがこんな浮かれた話にかかずらっているのを悲しい気持ちで眺めていた。彼女の顔はすっかりこわばっていた。「どうしたんだろう」とフランソワは思った。「彼女、まるで死んでいるみたいに無表情だ。本当にこの女性が僕を愛し、その思いを抑えきれなくなって母に助けを求めたんだろうか?」彼はポケットに手をやり、手紙に触れてみた。取りだして読み返したい衝動に駆られたが、そこはどうにかがまんした。言葉がすっかり消えていたり、別の言葉に置き換えられたりしているのではないかと思えて、不安でならなかったのだ。

ヘスター・ウェインは膝の上に手帳を広げ、変てこな形の衣装をデザインしていた。オーステルリッツ公爵夫人は自分自身を実験台にして即席の仮装を始めた。室内を物色し、ランプ・シェードを頭に載せてみるなどさまざまな格好を試したのだが、それがアンヌの内に眠っていた一つの情熱を目覚めさせた。何世紀も前から彼のような貴族階級の人間の最も奥深いところに根を下ろしている情熱、即ち、偽装への情熱だ。

アンヌはフランソワに、上の部屋から布地を下ろすのを手伝ってくれと声をかけた。アンヌにとって、デザインなどは意味不明の文字同然だったのだ。この点、彼は、戦《いくさ》には勝っても作戦会議で絵図が読めない無知な祖先の人たちと同じだった。タンスの引き出しを開けながら、彼はフランソワに話しかけた。

「マオはどうしてしまったんだろう。今日は特にひどい」

フランソワは顔を背けた。日頃、彼はアンヌを自分より格上の人間だと思っていた。彼にとって、それはもともとそうと決まっていることだった。だが、このとき初めて、アンヌと一緒にいても格上の人間と一緒にいるような気がしなかった。彼はアンヌを値踏みするような目で見た。そして、あどけない男だ、と独りごちた。あどけない男がスカーフやターバンをせっせとかき集めていた。二人が客間にもどって金ぴかの古着や布きれを絨毯の上に放り出すと、皆が先を争うように手にとって選びはじめた。彼らはこのぼろ布の中に、自分がなりたかったものになる可能性を見出していた。フランソワはばかばかしいと思った。彼は自分以外の何者にもなりたくなかった。

ドルジェル夫人は何度こっちに来るようにと声をかけられても、自分はそういうことには向いていないからと断り、あいかわらずナルモフの相手をしていた。ナルモフはこの客間をいまは亡きアンヌの父の時代に知っていた。「皆、戦争で頭がおかしくなってしまった」と彼は心の中で呟いた。

こうして即席のバッカス祭さながらの乱痴気騒ぎが始まり、その乱痴気騒ぎも佳境に入ったときにはアンヌは完全に自分を見失っていた。その顔は火を見て興奮した子供のように熱を帯びていた。彼は何度も部屋を出ては衣装を変えて戻ってきて、そのたびに多少とも喝采を博していたが、じつは毎回ほとんど同じ格好をしていた。ヘスター・ウェインは布地を体に巻きつけてポーズをとり、有名な彫像の名を挙げた。彫像になりきっているつもりだったのだが、面白くないので誰も笑わずにいると、彼女は皆が感嘆のあまり声を失ったのだと思い込んだ。

　世の多くの夫が妻を不貞の危険から遠ざけようとして手の込んだ策を用いるが、それよりアンヌ・ドルジェルが持ち前の無神経さでやってしまうことの方がよほど効果がある。いま、その無神経さがかつてないほど十全に発揮されようとしていた。客間からいったん姿を消したアンヌが、ナルモフのフェルトのチロリヤンハットをかぶって登場したのだ。彼は皆の前でロシア舞踊のステップを踏む真似をしてみせた。この民族芸能の取り違え[36]と、雄鶏の羽根の付いた緑の帽子に一同は笑いはじけた。ただ、ナルモフだけはこの寸劇を快く思わなかった。

「失礼」ナルモフは言った。「その帽子は私の帽子です。他には何も私に持たせることのできないオーストリアの友人たちがくれたものです」

　この言葉に一同は凍りついた。このお祭り騒ぎの中でナルモフの存在はほとんど忘れ去られていた。だが、その彼がいま裁判官の役どころで現れ、不幸に対して当然払われるべき敬意と分別とを皆の浮かれた心に思い起こさせたのだ。互いに互いを煽《あお》るようにして集団で羽目を外していたことが歴然となった。誰もがなぜ私をこんなことに巻き込んだのかと他人を恨んだ。とりわけ強い恨みを買ったのは、それなりに節度を保っていた者たちだった。

ドルジェル夫人は打ちひしがれていた。そもそも彼女にはこの晩餐会の初めから、夫の言動が言い訳のしようのない恥ずべきものに思えていたのだ。ナルモフの話をてきとうに聞き流すばかりか、子供のようにはしゃいで最低限のデリカシーも失っていたのだから。夫にぜひいいところを見せてもらわなければならないこのときに、逆にみじめな姿を見せつけられて、彼女のショックはなおさら大きかった。アンヌがフランソワの目の前で醜態をさらしてしまったのは取り返しがつかなかった。もしこんな浅はかな男のために恋を犠牲にするのかとフランソワに詰め寄られたら、何と答えれ

36 チロリヤンハットはチロル地方の帽子。チロル地方はアルプス山脈東部、オーストリアからイタリアにまたがる山岳地帯。民族舞踊チロリエンヌが有名。

ばいいのだろう？　ただそこにいるだけでフランソワに罪を自覚させなければならないその人が、道化師まがいのことをしているのを見るのは辛かった。

ドルジェル夫人の心配は当たっていた。実際、上の階に布地をとりに行ったときから、フランソワにはアンヌが評判通りの人物、つまり、アンヌのことを嫌っている者たちが噂している通りの人物に思えていたのだ。だが、彼はアンヌの軽薄そうなうわべの下に高貴なもの、美しいものが隠れていることも知っていた。それだけに彼は胸が痛んだ。もし彼がアンヌにもう友情を感じていないなら、アンヌの言動をただ笑って眺めていればよかっただろう。夫のしていることをマオがどう受け止めているか――それはマオの目を見て彼にもよく分かっていたのだから。

ドラマはしばしばまったく取るに足らない事物をめぐって起きるものだ。いったんドラマが始まってしまえば、例えばたかが帽子一つにどれほど強い意味が付け加わることか！　マオはフランソワに心を読まれているような気がしていたが、自分もフランソワの心を正確に読み取っているという確信を抱いた。そこで彼女は英雄的な行動に打って出た。それは誰もその偉大さに気がつかないだけに、なおさら英雄的な行動だった。人は思い込みに流されがちで、まさかフェルトのチロリヤンハットが一つの悲劇の核になろうとは考えてもみない。だから、こういう行為の偉大さに気がつかないのだ。

まだ一つだけ手の打ちようがある——とっさに彼女はそう考えたのだった。そんな手段に訴えると思うと彼女は胸が悪くなったが、まさにそのことがこの手段の効力を保証してくれているように思えた。要するに、アンヌがやったことに加担し、共犯者になればよいのだ。そうすれば、私は夫のしたことを少しも卑劣だと思っていないのだとフランソワに言外に伝えることができる……。ナルモフのにべもない言葉に彼女は立ち上がり、アンヌの方に歩き出した。つまり、死地に向かって歩き出したのだ。

「違うわ、アンヌ。こうするのよ！」彼女はそう言いながら、アンヌがかぶっている帽子をぺこんとへこませた。

その場に果てしなく気まずい空気が流れた。アンヌ・ドルジェルにはまだ言い訳する余地があった。軽率だったとか、興奮していたのだなどと言って詫びれば済む話だったのだ。だが、ドルジェル夫人のとった行動には明らかに煽り立てようとする意図が感じられた。ナルモフの発言の後で、それは許されないことだった。

ここまでは彼女の計算通りだった。

「ああ、彼がマオを歪めてしまった！」とフランソワは心の中で叫んだ。もしフランソワの愛がまだ不確かなものだったなら、マオのこの犠牲的行為は十分な成果をあげただろう。だが、いまさら彼の愛が冷めてしまうはずもなく、彼女のしたことは結局、彼を悲しませただけだった。そして、悲しみのために彼はいっそう恋心を募らせた。

誰よりも驚いたのはナルモフその人だった。彼は腹立ちを抑えながら、「いや、あり得ない」と考えた。「この人はこんなことのできる女ではない」彼は事態をありのままに受け入れるにはあまりにも伯爵夫人を高く評価しすぎていた。また、彼の胸には昔のプライドの名残がくすぶっていて、それが他人に辱められたという事実を認めさせなかった。

その結果、日頃、彼女と付き合いのない唯一の人間が、誰よりも正しい見方をすることになった。辛い経験を積んだおかげで、ナルモフは繊細な感受性を身につけていた。それに、彼はロシア人だった。この二つの理由により、人の心の不思議な動きが彼には他の誰よりもよく理解できたのだ。実際、真実に近づいているのは彼だけだった。彼だけがドルジェル夫人のこの行動には何か隠された動機があると見抜いていた。「彼女は」と彼は考えた。「とても細やかな心の持ち主だ。夫のことを恥じていないはずがない。きっと夫に向けられる非難の一部をわが身に引き受けようとしたのだろう」

ここでナルモフが犯したまちがいは、マオの行動に夫婦愛の証しを見たことだった。とにかく、そんなわけでマオのしたことはナルモフの怒りをさらに煽ることにはならず、逆に彼に冷静さを取り戻させた。アンヌがチロリヤンハットをかぶって現れたとき、一人だけ笑っていなかった彼が、いまは一人で哄笑していた。

「ブラボー」彼は叫んだ。

このナルモフの豹変ぶりにアンヌは唖然とした。ただ、チロリヤンハットの寸劇がひょっとすると悪趣味だったのではないかと不安になっていた彼も、これでまた自信を取り戻した。周りの客もナルモフの「ブラボー」に皮肉がほとんど感じられなかったので、ほっと胸を撫でおろした。

マオは椅子に腰を下ろした。そして胸の内でこう言った。「いま、私はナルモフに軽蔑されたのだ。これ以上はないというほど優雅なやり方で彼は私を軽蔑したのだ」

一方、フランソワが彼女のしたことをどう思っているのか、それを忖度《そんたく》するだけの力はもう彼女に残っていなかった。

皆それぞれ人目を忍ぶようにこっそりと金ぴかの布地を手放した。

「さて、舞踏会の準備はあまり進みませんでしたね」とアンヌが言った。「いえ、もちろん私のせいです」

「あら、もうお帰りになるの？」マオはミルザとその姪にそう声をかけたが、じつは彼女は皆が帰ってくれることだけを願っていた。「お願い、帰って！」と叫びたいほどだった。体中から力が抜けていくようだったのだ。「どうか最後の一人がいなくなるまで、気を失わないでいられますように」最後の一人、それはいつものようにフランソワではないだろうか？　彼に気絶するところなどぜったいに見せたくなかった。

だが、ナルモフ大公はこの屋敷に泊まることになっている。会がお開きになったからといって、すぐに大公のお相手をするのをやめるわけにはいかないだろう……。彼女は気絶して倒れるその瞬間がぐんぐんと迫ってくるように感じていた。

「フランソワが早く帰ってくれますように」とドルジェル夫人は心の中で繰り返した。

「どうか彼が今晩は何も知ることがありませんように。せめてあと一晩は彼が安らかな夜を過ごしますように」

彼女はめまいに襲われながら、ああ、無茶なことをした、と独りごちた。セリユーズ夫人への頼みごとがいかに突拍子もない頼みごとだったかということに不意に気がついたのだ。「彼のお母さまは、彼に本当のことを言わないなら、何と言うのだろう？」二人が愛しあっているということを伏せたままで、マオとは今後一切会わないとフランソワに約束させることなどできるはずがなかった。それにいまとなっては、たとえ本当の理由を打ち明けたところで、それではたして彼が身を引くかどうか……。「もしセリユーズ夫人がてきとうな作り話でフランソワを説得しようとしたら、フランソワは怪しいと思うだろう。本当のことを知ろうとして、ここに駆けつけてくるにちがいない」

いつの間にかドルジェル夫人はうわごとを言いはじめていた。ヘスター・ウェインの前で彼女はかろうじて立ってはいたが、意識が遠のいていくにつれて、両足の感覚も薄れていった。

そのとき笑い声が聞こえてきた。ドルジェル伯はミルザたちに付き添って隣の部屋に移り、そこで何やら話し込んでいたのだが、その部屋からペルシアの若い娘の笑い声が聞こえてきたのだ。ヘスター・ウェインがマオの腰を抱きかかえた。彼女は崩れ落ちた。周りの者が彼女を横に寝かせた。

とっさにフランソワはドルジェル伯のもとに走った。彼自身が何と言おうとも、とにかく反射的にとったこの行動は、いまだに彼がドルジェル伯を自分よりも〝正統〟な立場にある人間と見做していたことを示している。

「マオの具合がよくないんです」

じつは、皆が帰り支度を始めたのを見てフランソワは暗澹とした気分になり、てきとうな口実を設けてぐずぐず居残っていたのだった。恋につきものの身勝手さから、彼はマオが気を失ったことにほとんど喜びに近い感情を覚えていた。

フランソワの知らせを受けて、アンヌの口から「何なんだ、いったい！」という言葉が漏れた。

アンヌは他の者たちに伴われて部屋に戻った。だが、そのときすでにドルジェル夫人は立ち上がり、ふたたび気が遠くなるのを懸命にこらえていた。

「フランソワ、驚かすじゃないか！」アンヌが叫んだ。「あなたが気絶したってフランソワが言うから……」

誰の目から見ても、これは重苦しい雰囲気の立ち込めていた夜会にふさわしい幕引きだった。

ヘスター・ウェインはフランソワとマオの仲が社交界で噂されるようになって以来、マオを嫌っていた。

「彼、移り気なのね。マオは彼に夢中なのに、彼の方はもう飽きちゃったんだわ。ミルザの姪に言い寄っていたもの」ヘスター・ウェインはポール・ロバン相手に、いかにも彼女らしい間の抜けた陰口を叩いた。ポール・ロバンはフランソワの艶福ぶりに驚嘆していた。

「フランソワがしばらく付き添ってくれるんじゃないかな」アンヌ・ドルジェルは妻に無邪気にそう声をかけた。その場に最後まで残っていた者たちは、アンヌのあまりの人の好さに開いた口が塞がらなかった。

「いえ、いいんです」ドルジェル夫人は叫んだ。「放っておいてください」

だが、こんなふうに叫んでは不審がられるかもしれないと思い、彼女はフランソワに手を差し出してこう付け加えた。「フランソワ、ご親切にありがとう。でも、眠りたいだけなの、本当に」

「明日の朝、ご様子をうかがいます」

「私がこの人に会うのもこれで最後だ」マオはフランソワがアンヌと一緒に別の部屋に消えていくのを食い入るように見つめた。

表通りの冷たい空気がフランソワには心地好かった。ポール・ロバンが彼を待っていたが、フランソワが舞踏会の話しかしないので、こんなことならヘスター・ウェインの車で帰ればよかったとポールは後悔した。

ドアが閉まる音を聞いて、マオの胸には絶望感が込み上げてきた。そして、絶望感を自覚して、彼女はやはり無理だと考えた。それまでアンヌに頼らなくても切り抜けられると思っていたが、やはりそれは無理だと悟ったのだ。チロリヤンハットの一件以来、セリユーズ夫人が何を言おうがフランソワはかならずまたここにやって来るにちがいないと彼女は確信していた。そして、今度彼と会えば、取り返しのつかないことになりかねないのも分かっていた。だから、フランソワがやって来たときに対応するのは、どうしてもアンヌでなければならなかった。

「今夜、お話ししたいことがあるの」フランソワを送りにいったアンヌが戻ってくると、彼女はそう話しかけた。

「ナルモフを部屋に案内しないと。その後、あなたの部屋に寄るよ」

人は誰しも、もう何ものが考えられなくなり、ただ脈絡のない幻影が頭に浮かんでくるだけ、という状態に陥ってしまうことがある。着替えをしている間のマオがまさにそうだった。彼女はフランソワ・ド・セリユーズの後を追い、街に出て一緒に車に乗りこむ。そしてサン・ルイ島にあるフォルバック家の玄関脇の部屋を、二人で忍び足で歩きはじめる……。以前、フランソワからフォルバック夫人の話は何度も聞いていた。その際、彼はいつも聖女について語るような調子でフォルバック夫人の人となりを語っていた。彼女はこの思い出を梃子《てこ》にして自分の義務について考えようと努めたが、勝手に湧き上がってくる幻影をコントロールできず、義務について考える代わりに、フォルバック家の障害を抱えた母子の姿を思い描くことしかできなかった。

いったい何の話だろう？　アンヌにはそもそも妻が夫に話があるということ自体が突拍子もないことに思えた。どんな話なのか予想もつかなかったが、彼は慌てるでもなく、むしろマオと差し向かいになるときを遅らせていた。

実際、彼はまずナルモフを部屋に案内すると、その部屋の中をわけもなく歩き回った。

「何か足りないものはありませんか？　お要《い》りようのものはすべて揃っています？」

その後、彼は客間に下りると、肘掛椅子の上に投げ出してあった衣装を拾い集め、ナルモフの帽子を玄関口に戻しに行った。それから上の部屋で布地類を一つ一つ畳んで仕舞った。こんなふうにぐずぐずしているうちにマオが眠ってしまえばいいと考えていた。

運命の女神のおかげで我々の一生は皮肉なことだらけだが、これもその一例と言えるだろう。ドルジェル夫人は一刻も早くアンヌに会いたいと思っていたのだが、そのとき彼女が感じていたのは、ふつうなら何か楽しいことを待っているときに感じるあの「待ち遠しさ」だったのだ。罪を告白するのは辛いものだが、彼女はその告白のときが訪れるのをじっと待っていることができず、できることなら自分から迎えに行きたいとさえ思っていたのだ。たしかに、もう自分自身を信用することのできなくなった彼女が、少しでも早く逃げ場のない状況に身を置きたいと願ったということはあるだろう。だが、彼女が感じている「待ち遠しさ」には、人間の軽率さを罰してやりたいという本能的な欲求もいくらか混じっていたのではないだろうか？　もとよりチロリヤンハットの一幕は、人間の軽率さの一つの写し絵に他ならない。それにしても、どうも安っぽい写し絵ではあるが。

アンヌ・ドルジェルがやってきて、妻のベッドの脇に座った。

まず彼は陽気な調子でまじめな説教をしてやろうと考えた。

「それにしても、あれはいったいどういうわけだね。皆の前で気を失うだなんて？　おかげで惨憺たるありさまだ。我慢できなかったの？」

「無理だわ。我慢しようにも、私にはもうすがるものが何もないんだもの。もう限界だわ。一人ではやっていけない」

以前、マオがアンヌにたわいもない告白をしながらつい嘘をついてしまったときのことを、ここで我々は思い出すべきかもしれない。車の中でフランソワに手を握られた夜のことだが、あのとき、マオは自分が口にしていることに何の思い入れもこめず、ただ——こう言ってよければ——言葉の流れに引きずられるようにしてしゃべっていたのだった。

いまも同じようなことが起きたと考えればいいのだろうか？　本来であれば一語一語絞り出すようにして語るべきこと、そして、語っている最中に死んでしまいたくなるようなことを、彼女はまるで誰かを叱りつけるときのような口調で、一息にアンヌに告げたのだ。もし誰かがこの場面に立ち会っていれば、マオがわけの分からない怒りに駆られ、夫にたちの悪い嫌がらせを言ったのだとしかとらなかっただろう。

アンヌも妻の告白をだいたいそんな風に受けとめた。そしてマオの平然とした様子を眺めながら、そうそう、怒っている人はえてしてこういう覚めた顔をしているものだ、などと考えていた。だが、マオが冷静さを保っているのにはもっと込み入ったわけがあった。彼女にはフランソワを愛しているという考えに馴れるだけの時間的余裕があった。それだけに、その考えを打ち明けたとき何が起こるのか、もうよく分からなくなっていたのだ。彼女が単刀直入に話すことができたのはそのためだが、その持って回ったところのないあっさりした言い方が、かえってアンヌの理解の妨げになった。マオは自分の言ったことがアンヌに伝わっていないと知って、初めて取り乱した。人は信じようとしない相手には不器用にしか振る舞えない。それまで自分だけを責めようと心に決めていたマオが、夫の無理解に突き当たって感情をむき出しにした。告白にインパクトを与えようとして日頃不満に思っていることを言いたててもみたが、それがアンヌには根も葉もないことにしか思えないので、告白そのものもやはり彼には作り話に思えるのだった。

それにしても、このときアンヌ・ドルジェルはどういうつもりだったのだろう？　もしかすると、じつは妻の言うことを信じていたのだろうか？　そして、あまりにも強烈な苦しみのために感情が麻痺してしまっていたのだろうか？　とにかく、彼は何も感じていなかった。あらゆることがほとんどどうでもよいことのように思えていたし、妻を愛していないような気もしていた。

彼女は両手を捩《よじ》らせながら哀願した。

「そんな顔をしないで。何一つ信じようとしない顔だわ。私がこんなに絶望しているのにどうして分かってくれないの？　作り話なんかじゃないって証明しなければいけないの？　残酷だわ」

彼女はアンヌの前で自分を責め、細かい事実——一般的に言って、細部の話ほど人を傷つけるものはない――をあげつらい、声が嗄《か》れてへとへとになるまで話しつづけた。だが、それでもアンヌは本気で耳を傾けようとしなかった。絶望的になった彼女は、どうにか彼を本気にさせようとして、もっと直接的に彼のプライドを傷つけようとしはじめた。彼のナルモフに対する態度はあきれ果てたものだったと言い、帽子の一件で彼に加担したのは本心からではなかったのだと打ち明けた。

ここまでアンヌ・ドルジェルはじっと黙って聞いていた。たしかに恋愛云々にかんしては自分には不器用なところがあると内心認めないでもなかったのだ。だが、彼は社交人としての務めは申し分なく果たしているつもりでいた。つまり、マオの狙いどころは正しかったのだ。ただし、社交のエキスパートを自負するだけに、彼はマオに何を言われてもぜったいに節度ある良識的な態度を崩すまいととっさに決心してしまった。要するに、マオのようにはなりたくないということだ。

「いいかい」と彼は言った。「あなたは病気なんだ。神経質になって、意地が悪くなっている。自分で何を言っているのか分かっていないんだ。僕はナルモフのことならよく知っている。あれは腹を立てたら、それを隠しておけるような男じゃないんだ。ところがね、僕らはたったいま、じつに友好的に別れてきたんだよ」

彼はさらにこう続けた。

「あなたは子供なんだ。そんな考えは全部、ちゃんとした教育を受けていないところから来るんだ」彼はほとんど見下すような口調で、一語一語はっきりと区切りながら言った。「マオ、失礼ながら言わせてもらうよ。あなたはおこがましくも、僕が他の誰よりもよく知っていることを僕に教えようとしているんだ。滑稽じゃないか。ナルモフのことで僕を責めるのを聞いてよく分かったよ。あなたの言っていることは他も全部同じなんだ。つまり、全部、無意味な取り越し苦労なんだよ。まあ、もちろん、そんなことは最初から分かっていたけどね。あなたは熱に浮かされているんだ。明日の朝、目が覚めたら、この一幕をきっと後悔するよ」

彼は立ち上がった。

マオはベッドから半ば身を乗り出し、我ながら驚くような力で彼の袖を摑《つか》んだ。

「行ってしまうの？　もう行ってしまうの？」

ぜったいに逆上しまいと心に決めていたアンヌ・ドルジェルは、溜息をついてまた腰を下ろした。マオはふと、こんなに疲れているのにこれ以上話を続けたら、アンヌにどんなひどいことを言ってしまうか分からない、と考えた。そこで初めて、うわべを取り繕っている夫が、じつは心の中では苦しんでいるかもしれないということに思い及んだ。彼女は売り言葉に買い言葉で言おうとしたことを、努めて抑えた調子で口にした。

「でもね、これは取り越し苦労なんかじゃないの。だからセリユーズ夫人にお手紙を書いたんだもの。夫人もわざわざ来てくださったわ。あの方、すべてご存じなの。私の考えが子供じみているなんてお思いにならなかったわ」

「あなた、そんなことをしたのか?」アンヌは口ごもりながら言った。

その声には怒りと憎しみがはっきりと表れていた。マオは初めて怖くなり、思わず言い訳の言葉を口にしそうになった。

読者もご存じの通り、アンヌは人前で起こったことにしか現実味を感じない人間だった。だから彼はセリユーズ夫人宛の手紙のことを知って、ようやく妻の言っているのが嘘でないこと、本当に彼女がフランソワを愛しているのだということを理解したのではないだろうか? それまでずっと冷静だった彼も、これはたいへんなことになりそうだと独りごちずにはいられなかった。ただし、このとき彼が心配したのは、辛い思いをするということより、むしろいろいろと手を打たなければならないことだった。彼にしても、いつまでもこんな調子で妻の告白を単なる一つのマナー違反——第三者に知られてしまっただけに厄介なマナー違反——と見なしつづけることはできまいと感じてはいた。だが、ふつうならまず怒りや悲しみの感情に身を任せ、その後にスキャンダルになるのを防ぐ手段を講じるものだが、彼の場合、社交界の人間にとって最も急を要する点にまず目が行った。彼もショックを受けてはいたし、そのために感情が麻痺したようにもなっていたのだが、この感情の麻痺状態を巧みに利用し、ふつうなら後回しにすることをまずもって片付けようと考えたのだ。心の苦しみを味わうのはそれが済んだ後、一人きりになってからでも遅くはない、というわけだ。

とうとう理解してくれた！……自分の言葉が的を射ぬいたという手ごたえを感じとったマオは、夫が怒りを露わにするものと思い、それに期待もした。もうまちがいない——そう確信しながら彼女は目を閉じた。だが、アンヌはこのときすでに、つい声を荒らげて社交人としてのマナーに背いてしまったことを後悔していた。その結果、マオはひどく優しい声で夫がこう言うのを聞いて、ぞっと身震いすることになった。

「ばかげているよ……。何とか取り繕う方法を探そう」

二人の間には大きな隔たりが横たわっていた。マオにはアンヌが何を考えてこんな優しい声を出したのか、さっぱり理解できなかった。彼女はこの無残なセリフを聞いて、屋根から落ちるように倒れた。そして、そっと枕に頭を沈めた。まるで夢の中で墜落した人のように。夢の中で墜落すれば、そこで夢は終わり、人は目を覚ます。

彼女は目を覚ました。そして体をまっすぐに起こして夫を見つめた。ドルジェル伯は目の前にいるのが生まれ変わった別の女性だということに気づいていなかった。マオは別の世界に腰を下ろし、そこからアンヌを見つめていた。アンヌが住んでいる遊星からは、いま生じた途方もない変化が見てとれなかった。もはや熱に浮かされた女ではなく、一体の彫像に話しかけているのだということが彼には分からなかった。

「さあ、マオ、冷静になろう。ここは植民地の島じゃないんだ。まずいことが起きたら、修復しないと。フランソワには舞踏会に来てもらうよ。たぶん、セリユーズ夫人にも来てもらうのがいいだろうね」

それから彼はマオの髪にキスをし、部屋を去ろうとしながら、こう付け加えた。

「フランソワには僕たちの寸劇に参加する義務があるよ。あなたが衣装を選んであげるといい」

ドアの額縁に収まるような格好で立ったアンヌは、じつに堂々としていた。後ずさりして出て行きながら、まるで国王のように鷹揚に頷《うなず》き、自分でもそうと気づかないまま催眠術師の常套句を口にしたとき、彼は一つの偉大なまでに軽薄な義務を果たしていたのではないだろうか。

「さあ、マオ、眠りなさい」

解説

渋谷豊

第一次大戦後の「狂乱の時代」のパリに彗星のように現れ、二〇歳の若さで世を去った早熟の天才レーモン・ラディゲは、今日、二つの小説の作者として記憶されています。生前に刊行された唯一の小説『肉体の悪魔』と、遺作となった『ドルジェル伯の舞踏会』の二作です。じつはラディゲは短い一生の間に詩、評論、劇とさまざまな文学ジャンルに手を染めていたのですが、その天分はやはり散文のフィクションにあったようです。

この二作はどちらも刊行と同時にフランスの読書界を大いに賑わせました。一五歳の少年と人妻の不倫関係を扱った『肉体の悪魔』は、その濃密な官能性（二人の関係はプラトニックな次元に留《とど》まるものではありません）と見紛いようのない反社会性（何しろヒロインは夫の出征中に愛欲に耽《ふけ》るのです）のために毀誉褒貶《きよほうへん》半ばし、この作品が「新世界賞」を受賞したときには激しい抗議の声があがりもしました。

一方、やはり「道ならぬ恋」を主題にしながら、前作とは打って変わって貞操観念の強い古風な人妻をヒロインにした『ドルジェル伯の舞踏会』は、世の口喧《くちやかま》しい道徳家たちの眉を顰《ひそ》めさせることもなく、フランスが誇る心理小説の伝統に連なる傑作として大方の賞賛を博しました。当代きっての批評家アルベール・チボーデもその精緻な心理描写と端正な文体に感銘を受けた一人で、作中人物たちの心の動きをチェスの駒の動きに譬《たと》え、「象牙の駒と駒がぶつかる乾いた音」が聞こえるようだと評しています。

初版刊行から一〇〇年近くが経《た》った今も、『ドルジェル伯の舞踏会』は着実に版を重ねています。それもフランス国内だけではなく、翻訳を介してさまざまな国で新たな読者を獲得しています（私が聞き及んでいる限りでも一三か国語に翻訳されています）。時代と社会が大きく変化する中で、燻し銀のような輝きをいつまでも失わないこの比較的小部の佳品は、すでに現代の古典の一つと見てよいでしょう。アカデミックな研究も地道に続けられていて、ことに伝記研究および本文批判《テキスト・クリティーク》の領域では注目すべき成果があがっています。作品の読み直しも進んで、ユニークな解釈がいろいろと生まれています（中には「うーん、たしかに面白いけど、でも、真に受けちゃっていのかな」と思わせる解釈もあります）。けだし優れた小説とはつねに新たな読みに開かれているのでしょう。以下では近年の研究成果を踏まえて本作の読みどころを振り返ってみたいと思っているのですが、その前に、まずは作者の人生を簡単に辿っておきましょう。

生涯

一般に『ドルジェル伯の舞踏会』は『肉体の悪魔』と比べて自伝的な色彩が薄いと言われます。それは確かにその通りですし、そもそも作品を味わうのに作者の実生活など知る必要がないという立場もあるでしょう。ですが、一篇の小説にはいろいろな楽しみ方があるはずです。本作は第一次大戦後のパリの社交界を舞台にしているわけですが、はたして作者も貴族の末裔として社交界に出入りしていたのか、とか、恋する男女の心の機微をこれだけ克明に描くのにはどれほどの恋愛経験が必要だったのか、といった点に興味をお持ちの方もおられるかもしれません。存外、すべては想像の産物だったのでしょうか。

レーモン・ラディゲはモーリスとマリーの第一子として一九〇三年六月一八日にパ

リ東郊の町サン＝モール＝デ＝フォセのロシェ通り三〇番地の二に生まれました。今ならパリから電車で一五分くらいのところです。生家の近くはマルヌ川（セーヌ川の支流）が流れ、当時から週末は舟遊びをする人などで賑わっていました。「愛の島」と呼ばれる小さな中洲もあります。本作にもフランソワがアンヌとマオをこの川のほとりに誘いだすシーンがありますが（本書142頁参照）、マオが「愛の島」に背を向けたままだったのは何やら意味深です。

ラディゲの父モーリスはアシエット・オ・ブール誌などを舞台に活躍していた風刺画家で、ラディゲが誕生したときはすでに三七歳。一方、母マリーはまだ一九歳、ということは作中のセリユーズ夫人がフランソワを生んだのとほぼ同じ年齢での出産でした。セリユーズ夫人はナポレオンの妻ジョゼフィーヌの遠縁にあたるという設定でしたが、マリーも遠い続き合いとはいえジョゼフィーヌの血筋に連なる女性です（九親等の続柄）。また、マリーは父親を海で亡くし、それ以来、水に異常なほどの恐怖心を抱きつづけたそうですが、その点もセリユーズ夫人とよく似ています。ラディゲは自分の母親をモデルにしてフランソワの母を創造したにちがいありません。フランソワは若々しい母の姿に思わず見惚れることもあったようですが（118頁）、はたしてラディゲにもそんなことがあったかどうか……。

ともあれ、この二人の女性の人となりや境遇はよく似ているのですが、さりとて二人のシルエットが完全に重なり合うわけでもありません。セリユーズ夫人が成人した息子を仕事に就かせず、遊ばせておける程度の資産は持っていたのに対して、マリーは家計のやりくりにずいぶん苦労していたようです。そのためでしょう、当時、裕福な家庭の子女は私立の小学校に通うのが一般的でしたが、ラディゲは地元の公立小学校に通っています。成績はかなり優秀でした。もっとも、一九一六年にパリ市内のリセ（旧制）、シャルルマーニュ校に入学してからは授業もさぼりがちになり、翌年には退学処分を喰らってしまいます。なお、アリス・ソニエという一〇歳ほど年上の女性との交際が始まるのはその少し前のことです。このときラディゲはまだ一四になるかならないかですから、かなりませた少年だったのでしょう。アリス・ソニエには出征中の婚約者がいました。彼女との禁断の恋が『肉体の悪魔』のベースにあります。

急いでお断りしておきますが、何もラディゲは性的な次元でのみ早熟ぶりを発揮したわけではありません。知的な面でも驚くほどの早咲きで、まだ半ズボンが似合う年頃で父親の書斎にある文学書を片っ端から読んでいます。その中にはスタンダール、ボードレール、マラルメなど一九世紀の文人の作品に混ざって、一七世紀の女性作家ラファイエット夫人の『クレーヴの奥方』もありました。『クレーヴの奥方』は妻としての義務と道ならぬ恋の板挟みになって苦悶する貞淑な女性の物語で、フランス心理小説の源流の一つと見做されています。『ドルジェル伯の舞踏会』は明らかにこの『クレーヴの奥方』を換骨奪胎したものです。ちなみに『ドルジェル伯の舞踏会』は下書きの段階では「義務の亡霊」と題されていたのですが、この「義務の亡霊」という言葉も『クレーヴの奥方』の一節から借用したものです。

さて、郊外の慎ましい家庭で育ち、学業を途中で投げ出してしまった少年が、じきにパリの錚々たる芸術家たちと親交を結ぶようになるきっかけは何かと言えば、詩人、美術批評家のアンドレ・サルモンの知遇を得たことです。当時、アンドレ・サルモンはラントランジジャン紙のジャーナリストとしても活動していたのですが、ラントランジジャン紙に風刺画を寄せていたラディゲの父モーリスが、息子をサルモンのもとに使いに出したのです。ラディゲはサルモンの口利きでデッサンなどを新聞に載せてもらうようになります。その彼がサルモンに自作の詩数編を見せ、文筆家として身を立てたいと打ち明けたのは一九一八年一月のことです。この辺りからラディゲの文学生活がスタートしたと見てよいでしょう。彼はサルモンの紹介で詩人のマックス・ジャコブと知り合い、マックス・ジャコブが主催した詩の会で、ジャン・コクトーを中心とする芸術家グループと出会います。ジャン・コクトーは今さら紹介するまでもないでしょう。詩、小説、舞台、映画とさまざまなジャンルで多彩な才能を発揮した花形アーチストです。

ラディゲがコクトーと出会ったのは一九一九年六月だったと考えられます。この出会いは双方にとってまさに事件でした。これ以後、二人は刺激を与えあい、ともに持ち前の古典的な美意識にさらに磨きをかけながら作品を生みだしていくのです。また、すでに詩人として一家をなしていたコクトーは、進んでラディゲの庇護者役を務めもします。そのために、ときにはラディゲをうっとうしがらせることもあったようですが、それでもこのティーンエイジャーの駆け出しの作家は、一回り以上も年上の詩人に手を引かれるようにしてパリの芸術家の集いや社交界に足を踏み入れるのです。

コクトーのおかげでラディゲにその扉を開いた世界がどんなものだったのか、せっかくですからちらりと覗いておきましょう。ジャン・ユゴーという画家がいますが、この人の回想によれば、一九二〇年五月一五日、バレエ・リュス（セルゲイ・ディアギレフ率いるロシア・バレエ団)の『プルチネルラ』初演の幕が下りると、関係者は数台の車に分乗してパリ南郊の村ロバンソンに繰り出し、パーティーを開いたそうです。会場となったのは、当時、警察とのいざこざを恐れて郊外に引き籠っていた元徒刑囚が所有する「こぢんまりとした奇妙な館」です。主なメンバーはディアギレフ、『プルチネルラ』の作曲者ストラビンスキー、美術・衣装担当のピカソ、振付担当のレオニード・マシーンの他、「六人組」の作曲家オーリックとプーランク、作家リュシアン・ドーデ、ジャン・ユゴー、それにもちろん、ジャン・コクトー。じつに錚々たる顔ぶれですが、そこにまだ無名のラディゲも加わっています。皆でシャンパンを呷り、酔ったストラビンスキーが上の部屋から枕とマットレスを持ちだすと戦争ごっこと相成って、お開きになったのは午前三時だとか。まさに「狂乱の時代」を彷彿とさせるエピソードですが、これは同時に本作の一節を想起させるエピソードでもあります。アンヌ、マオ、フランソワがオーステルリッツ公爵夫人らと車を連ね、ジェラールとかいう怪しげな男の経営するロバンソンのダンスホールを訪れるあの夜のくだり(37頁以降)は、この日のパーティーをネタにしたものだと考えてまずまちがいないでしょう。

ラディゲがコクトーの仲介でエティエンヌ・ド・ボーモン伯の屋敷に出入りするようになったことも指摘しておきましょう。ボーモン伯は第一次大戦の終わり頃から顕著になってきたパリ社交界の新たな傾向を代表する人物で、家柄に捉われずに才能ある芸術家を好んで屋敷に招いていました。仮装舞踏会も頻繁に催し、ラディゲも何度か奇抜なコスチュームを纏って参加しています。ただし、当然ながら声をかけてもらえない人もいたわけで、そういう人からは「ボーモン伯は、同姓の別の家門の名声を利用している」と陰口を叩かれていました。その点、どうもアンヌ・ドルジェルと立場が似ているようですが（78頁）、じつはボーモン伯がアンヌのモデルだとはいわば公然の秘密で、コクトーも『ドルジェル伯の舞踏会』を下書きの段階で読み、「ラディゲはじつによくボーモン伯夫妻を観察している」等と述べています。もっとも、ボーモン伯本人は自分がアンヌのモデルであることを頑として認めようとしませんでした。詮索好きのジャーナリストに食い下がられたときには、「そもそもうちの仮装舞踏会にラディゲを招いてもいないのだし……」と嘘までついています。その気持ちは分からないではありません。誰しも「軽佻浮薄」の代名詞のようなアンヌのモデルはお前かと訊かれて、はい、そうですと素直に認める気にはならないでしょう。

ところで、公然の秘密と言えば、コクトーとラディゲの同性愛もまた公然の秘密でした。じつはこれは確たる証拠のある話ではなく、真相は藪《やぶ》の中ですが、とはいえ状況証拠には事欠かず、やはり二人は同性愛で結ばれていたのだと考える研究者が今日では大勢を占めています。

ただし、たとえコクトーとの間に性的な関係があったとしても、ラディゲの関心がたいていの場合、異性に向かっていたことはまずまちがいなく、そのせいでコクトーをやきもきさせることもあったようです。『肉体の悪魔』のヒロインのモデルと目されるアリス・ソニエにはすでに言及しましたが、彼女の他にもラディゲの短い一生を横切った女性は少なくありません。この少年はなかなかの艶福家だったのです。ご参考までに幾人かの名前を挙げておきますと、まずベアトリス・ヘイスティングスというイギリス人女性がいます。この女性とは一九二一年から（一九二〇年という説もあります）二年ほど関係が続いたようです。ベアトリス・ヘイスティングスは画家モジリアーニのかつての愛人で、ドラッグとアルコール漬けの半生を送った女性です。一八七九年生まれですからラディゲより二四歳年上、ラディゲの母マリーと比べても五歳年上です。

先のアリス・ソニエのことも考え合わせますと、ラディゲには年上の女性に惹かれる顕著な傾向があったようにも思えますが、実際は同世代の女性の若々しい魅力にもけっして無関心ではありませんでした。例えば一九二三年の春に出会った二歳年下のポーランド人女性ブロニア・ペルルミュテールとはパリのホテルで同棲し、いっときは結婚まで考えていました。また、トーラというスウェーデン出身の若い女性との仲が噂になったこともあります。ラディゲとトーラが出会ったのは一九二〇年、トーラ自身の言によればメドラノ・サーカスでのことでした(メドラノ・サーカスはマオとフランソワの出会いの場でもあります)。その頃、すでにトーラにはダルデルという恋人がいて、翌年、二人はめでたく結婚、ラディゲは新婚宅を足繁く訪れ、泊めてもらったりしているのですが、ある日、夫から出入り禁止を言い渡されます。原因は、単行本刊行に先立って雑誌に掲載された『肉体の悪魔』の一節です。その一節とは主人公の「僕」がヒロイン以外の女性を誘惑するくだりなのですが、スヴェアという名のその女性がスウェーデン出身という設定だったため、仲間内で「スヴェアのモデルはトーラでは?」と噂され、それがじきに夫の耳に入ったのです。はたしてラディゲとトーラの間に本当に似たようなことがあったのかどうか、そこは定かではないのですが……。なお、トーラは『肉体の悪魔』のスヴェアのモデルであると同時に『ドルジェル伯の舞踏会』のマオのモデルだとも言われています。後にコクトーはトーラに捧げた一文の中で、「ドルジェル夫人があなただということは私たち皆が知っています。ドルジェル夫人はあなたの灯影、あなたの亡霊、あなたの雪の彫像なのです」と述べています。ちなみにトーラの肖像写真が残されているのですが、シックな椅子に気怠《けだる》そうに腰かけた彼女は、心持ち頬のふっくらとした断髪の美女で、どこか高貴な感じを漂わせてもいて、マオのイメージを裏切るものではありません。ただし、おそらく私たちはマオに特定のモデルを求めるのではなく、むしろ『クレーヴの奥方』のヒロイン像に何人かの実在の女性の面影が重なり、そこに作者の旺盛な想像力が自在に働きかけた結果がマオなのだ、という程度に考えておくのが妥当でしょう。

ラディゲの女性関係はこのくらいで切り上げるとして、肝心の文筆活動はどうなっていたかと言えば、どうもパリでは筆がはかどらなかったようです。誘惑が多すぎて仕事に身が入らなかったというのが実情でしょう。ラディゲは一九一九年には『肉体の悪魔』を書き始めていましたが、これを集中的に書き進めたのは一九二一年にコクトーたちとともに大西洋沿岸の村ル・ピケーに滞在したときです。結局、『肉体の悪魔』は紆余曲折を経て二三年三月にベルナール・グラッセ社から刊行され、これによりラディゲはセンセーショナルな小説家デビューを果たすことになりますが、その時点で彼はすでに二作目の小説に着手しています。二二年五月から一一月まで地中海岸のル・ラヴァンドゥーとプラムスキエにやはりコクトーとともに逗留した際、「義務の亡霊」のタイトルの下で『ドルジェル伯の舞踏会』の下書きを開始し、ひとまず結末まで書き終えていたのです。翌二三年、彼はコクトーと一緒に七月から一〇月までル・ピケーに滞在し、そこでその下書きに徹底的に手を加え、作曲家のオーリックがタイプライターを携えて彼らに合流すると、オーリックに原稿を口述してタイプ原稿を作ってもらいます。そして、そこにさらに修正を加えてパリに戻り、ベルナール・グラッセ（同名の社の社長）にタイプ原稿を委ねるのです。これを要するに、ラディゲの小説は二作ともパリから遠く離れた地で執筆されたということです。『ドルジェル伯の舞踏会』に限って言えば、そのことは作品の内容と密接な関係があるように思われます。本作の語り手にはどこか劇場実況放送の解説者然としたところがあって、パリの社交界で織りなされる人間模様をいわば一段高い桟敷から見下ろしているかのようなのですが、その視点を維持するには作者自身がパリを離れ、浮世のことを遠くから眺めやることのできる場所に身を置く必要があったのではないか、という意味です。私たち読者は舞台上で進行するマオとフランソワのドラマもさることながら、語り手=解説者の逆説の効いたコメントの切れ味を楽しむわけです。

二三年の一〇月に『ドルジェル伯の舞踏会』の原稿を受け取ったベルナール・グラッセはすぐに印刷屋に校正刷りを刷らせます。校正刷りは直《ただ》ちにラディゲのもとに届けられます。さっそく必要な加筆修正を施せ、という意味です。ですが、ラディゲにはもう十分な時間は残されていません。一二月の初旬に高熱を出し、コクトーの掛かりつけ医にいったんは流行性感冒と診断されますが、結局、それは誤診で腸チフスであることが判明、一二月六日に病院に担ぎ込まれます。病床を見舞ったコクトーは、後に『ドルジェル伯の舞踏会』に寄せた序文の中で、死の間際のラディゲの言葉をこう伝えています。

彼の最後の言葉はこうだった。「聞いてほしい」と彼は一二月九日に私に言った。「恐ろしいことだ。三日後に僕は神の兵隊たちに銃殺される」私は涙で息を詰まらせながら、彼の言葉に反する情報をあれこれ捏造した。すると「あなたの得ている情報は」と彼は言葉を続けた。「僕の情報ほど正確じゃない。もう命令は下された。僕はその命令を聞いたんだ」

その後、彼はまたこうも言った。「一つの色が動き回っていて、その色の中に人々が隠れている」

私はその連中を追い払うべきかどうか彼に訊ねた。彼はこう答えた。「あなたには奴らは追い払えない。あなたにはこの色が見えないのだから」

このちょうど三日後の一二月一二日にラディゲは息を引きとります。彼の得ていた「情報」は正確だったということでしょう。時刻は朝の五時、看取る者もない最期だったと伝えられています。葬儀が執り行われたのは一二月一四日、遺体はパリ東部のペール・ラシェーズ墓地に葬られました。遺作となった『ドルジェル伯の舞踏会』がベルナール・グラッセ社から刊行されるのは、それから半年ほど経った一九二四年七月五日のことです。なお、ラディゲの生涯を紹介するエッセーなどには、たいていラディゲが死の間際まで『ドルジェル伯の舞踏会』の校正刷りに手を入れつづけていたとありますが、これは少なくとも疑問の余地のある話です。ラディゲが校正を続けていたことを示す確かな物的証拠は何もありませんし、後のコクトーらの証言には矛盾が認められるのです。

テキスト

『ドルジェル伯の舞踏会』が刊行当初、大方の賛辞を集めたことはこの解説の冒頭で述べた通りです。実際、この作品の文学性は高く評価されましたし、『肉体の悪魔』の場合とちがって、道徳面でケチがつくようなこともなかったのです。ですが、じつはそうしたこととはまた別の次元で一騒動持ちあがりました。これは本当にラディゲの作品なのか、という疑惑が浮上したのです。つまり、第三者がラディゲの死後に遺稿に手を加えたのではないかと疑われたわけです。「第三者」とはまずはコクトーを指しますが、さらに作家ジョゼフ・ケッセルらの関与も取りざたされました。これは本文批判《テキスト・クリティーク》に関わる重要かつ厄介な問題です。

コクトーたちが手を加えたらしい——そんな噂は早くから一部で囁《ささや》かれていましたが、じきにそれが公の場で口にされるようになります。例えば、批評家のポール・スーデイはフランスの代表的な日刊紙ル・タンに『ドルジェル伯の舞踏会』の書評を寄せ、作品自体の価値は認めながらも、第三者の手が加わっている可能性を指摘し、ラディゲその人の才能を評価することには留保を付しました。また別の批評家（ユージェーヌ・モンフォールという人です）はいかにも思わせぶりに、「私はこの本を書いたのがジャン・コクトーであると敢えて断言しようとは思わない」などと言っています。ラディゲと親交のあった者たち、特にケッセルとオーリックは故人の名誉を守ろうと新聞紙上などで反論に努め、まちがいなくこの作品はラディゲのものだと訴えますが、一度立った噂がそう簡単に消えるはずもなく、半世紀後の一九七三年になっても批評家のパスカル・ピアはこんなことを言っています。

もっと研究が進んだら、そのうち『ドルジェル伯の舞踏会』がラディゲ全集から外され、コクトー全集に移されるかもしれない。

もっと研究が進んだら……。実際、研究が進んだおかげで、今では噂の真相はほぼ明らかになっています。一言で言えば「火のないところに煙は立たぬ」だったのです。今日では、出版元のベルナール・グラッセが初版刊行に先立ち、一九二四年一月にこの作品を二〇部だけ印刷していたことが分かっています。ラディゲの死を悼み、ラディゲのごく近しい友人たちに記念として配るためだけに刷ったもので、一般には出回らなかったものです。この部数限定版の表紙には「作者が残したままの――即ち、誤植の訂正を含む一切の修正を行う前の状態の――レーモン・ラディゲの小説の校正刷り」と記されています。これがラディゲ本人が承知していた限りでの本作の「最終形」なのだと考えてよいでしょう。ところで、この部数限定版と、同年七月に発売された初版を比べてみると、おびただしい数の異同が見つかるのです。部数限定版が刷られてから同年七月の公刊までの約半年の間に第三者が手を加えたのだと考える以外に、この異同の存在は説明がつきません。

一般的に言って、作者が作品の校正段階で亡くなった場合、著作権所有者（ラディゲの場合は父モーリス）かその代理の者が校正刷りをチェックするのは自然なことです。誤植の混じっている可能性のある校正刷りをそのまま本にするわけにはいきませんから。ですからラディゲの友人たちにしても、ラディゲの死後に校正作業が行われたこと自体を否定する必要はありませんでしたし、事実、否定してもいません。主としてコクトー、ケッセル、ベルナール・グラッセがこの作業に当たったものと考えられます。問題は校正の中身です。ケッセルによれば、この校正はあくまで誤字脱字や文法上のケアレスミスの訂正に留まるもの、彼自身の言葉で言えば「純粋に物理的、文法的な訂正」に留まるものだったそうです。ですが、この証言は信用できません。たしかに部数限定版と一九二四年七月の初版であらすじに大きな違いがあるわけではありません。どちらもアンヌ、マオ、フランソワの三角関係の物語であって、結末もほぼ同じです。とはいえ、部数限定版と比べた場合、初版は全体の分量が一割弱減っていますし、手を加えられた箇所はじつに七〇〇箇所以上、その内、約六〇〇箇所で明らかに「純粋に物理的、文法的な訂正」の域を超えた加筆修正が行われています。「純粋に物理的、文法的な訂正」の内実は「書き直し」ないし「改竄《かいざん》」だったのです。コクトーらに悪気があったとは思いません。きっと（当初、噂のもみ消しに躍起になったオーリックが、後に書き直しの事実を認めて言ったように）「純然たる善意」からしたことなのでしょう。年若くして死んだ友の遺作をできるだけ疵のない形で世に送りだしてやりたい。そう思って誤植に目を光らせているうちに、いつしか度を越した加筆修正に及び、結果として故人を裏切ってしまった——そういうことではなかったでしょうか。

じつはコクトーは『ドルジェル伯の舞踏会』執筆中のラディゲをずっとそばで見守り、ラディゲが書きあぐねているときには助言を惜しみませんでした。タイプ原稿にはコクトーのペンでコメントや修正案がふんだんに書きこまれています。良いタイトルが見つからずに頭を抱えているラディゲに、「ドルジェル伯の舞踏会」はどうかと提案したのもコクトーです。つまり、この作品にはラディゲとコクトーの共作と呼べる側面があるのです。ただし、ラディゲの存命中であれば、コクトーの助言を容れるも容れないもラディゲ次第だったわけです。つまり、裁量権はあくまでラディゲの手にあったのです。死後に勝手に書き換えられるのとはまるで次元の違う話です。

ここでコクトーたちの介入の実態を少しだけでも見ておくことにします。コクトーたちの手の入った版と入る前の版を読み比べると、どうも何か違う、話の大筋は同じでも、いわば作品の手触りのようなものが違うと思えてならないのですが、それは一つには両者の文体が異なるからでしょう。もともとラディゲは正確で乾いた文体の持ち主でしたが、一九二四年七月の初版の文章はコクトーたちの加筆によって、より簡潔で引き締まったものになっているようです。例えばラディゲが「フランソワ・ド・セリユーズのまず目につくところはその無頓着さだったchez François de Séryeuse, ce qui sautait d'abord aux yeux, c'est son insouciance」（本文24頁）と書くと、それがコクトーたちにはいささか締まりのない文章と見えたようで、一九二四年七月の初版ではこの一文が「セリユーズは無頓着そのものだったSéryeuse était l'insouciance même」と変わっています。また、コクトーたちは好んで動詞の接続法半過去（一九世紀以降、徐々に使われなくなった時制です）を使用し、ありきたりな語彙を洗練された語彙に置き換えていきます。その結果、一九二四年七月の初版の文章はある種の古典的品格を湛《たた》えた名文になっているのですが、ただ、取り澄ましているというか、あまりにもきっちりとキメすぎているような気もします。譬えて言えば、ボニ・ド・カステラン風だと言えばよいでしょうか。ボニ・ド・カステランはベル・エポック期の代表的なダンディの一人ですが、彼より若い世代の外交官作家ポール・モーラン（ラディゲの友人です）はボニ・ド・カステランを皮肉ってこう言っています。

ボニは胸元にめり込むほど顎を引き、エナメルのアンクルブーツを履いて、縁取りのあるモーニングを着ている。それに黒い縦縞の入った白の手袋とデカいネクタイ［中略］これでは、アメリカ人たちにも申し分なくシックだと思ってもらえるようなダンディの対極だ。ボニのシックは目につく。「目につく」ようなシックではない。そう考えるポール・モーランのセンスをラディゲもまちがいなく共有しています。実際、ラディゲはエッセー「偉大な詩人たちへの助言」の中で「真のエレガンスは人目を引いてはならない」等と述べていますし、『ドルジェル伯の舞踏会』の執筆メモにはこう記されています。

文体について。エレガンスというものが一見、下手な着こなしをしているように見えなければならないのと同じ意味で、下手な文章の作法。

せっかくラディゲが少し崩れた着こなしのエレガンスを狙って書いたものを、コクトーたちが人目を引くがちがちのエレガンスで塗り替えてしまったのではないか——部数限定版と一九二四年七月の初版を読み比べてそんな感想を漏らすフランス人研究者がいるのですが（後述の校訂版の編者モニック・ヌメールなどです）、言い得て妙だと思います。

もちろんコクトーたちの介入によって変わったのは文体だけではありません。彼らは「より簡潔に」をモットーに、余計な語やフレーズを躊躇なく削除していったようなのですが、その判断に疑問を覚えることも少なくありません。例えば、夏のヴァカンス中にドルジェル伯夫妻がフランソワと別れてウィーンに滞在するのは部数限定版でも一九二四年七月の初版でも同じですが、ただし後者ではそのエピソード中の次の一節がばっさり切り捨てられています——「フランソワがいない間、マオはアンヌだけを見つめていた。一方、アンヌはどうだったかと言うと、彼の愛は不安から生まれた感情に過ぎなかったのかもしれない。［中略］フランソワに出会う前のマオをウィーンでふたたび見出したアンヌは、フランソワに出会う前のマオの夫に戻っていた。」（169〜170頁）これがはたして余計な一節でしょうか。フランソワがそばにいると妻に対する欲望が高まり、逆にフランソワが姿を消すと妻に欲望を感じられなくなるというアンヌの心の機制を示す重要なくだりではないでしょうか。また、部数限定版にはマオに仕える黒人女性マリーがフランソワを訪ねてくる場面（148〜152頁）がありますが、一九二四年七月の初版ではこのくだりが丸ごとカットされています。ここは「親戚」のテーマの変奏として「兄妹」のテーマが提示される興味深い箇所ですし、やがてマオがセリユーズ夫人に手紙を書くことの布石にもなっているわけで、なぜ削除しなければならなかったのか理解に苦しみます。

コクトーたちが勝手に言葉を足したり、入れ替えたりした結果、文意がとれなくなってしまった箇所もあります。フランソワがアンヌの友情を裏切ることを恐れ、友情を保ちつづけるにはマオへの恋を「片想い」に終わらせる他ないと考えるくだりもその一つです（172頁）。「片想い」と訳したirréciprocitéはフランス語としてありこなれた言葉ではないでしょうが、それにしても一九二四年七月の初版ではまったく別の意味の言葉に置き換えられてしまっていて（友情を保ちつづけるには「マオの態度」に頼る他ない、とあります）、これでは意味不明です。こんなふうにコクトーたちの介入の不都合な点をあげつらっていけば、それこそきりがないでしょう。

今日、フランスの書店に並んでいる『ドルジェル伯の舞踏会』の普及版、廉価版はいまだにコクトーたちの手が加わったテキストを採用していますが、ラディゲ研究者モニック・ヌメールが編纂した批評校訂版（二〇〇三年刊）とクロエ・ラディゲ、ジュリアン・サンドル編『ラディゲ全集』（二〇一二年刊）では、底本としてラディゲの死の直後に二十部だけ刷られた部数限定版が用いられています。モニック・ヌメールによる批評校訂版は部数限定版のテキストを忠実に再現することを旨としながら、それがまだ作者による校正の済んでいない文章であったことをも考慮し、明らかなミス（誤植、大文字と小文字の混同、句読点の打ち誤り等）を正したものです。さらに「文意に関わる修正」も一三箇所で施しています。「文意に関わる訂正」とは、例えば同一パラグラフ内で同じ単語が何度も繰り返し現れる場合に、その単語を類義語で置き換えるといった訂正で（一般にフランスでは同じ単語を繰り返すのは好ましくないとされます）、これについては賛否両論あるでしょうが、ただし「文意に関わる訂正」が行われた場合はその都度、脚注に元の言葉が示されています。全般的に見て、この批評校訂版は信用の置ける誠実な版ですし、読者への配慮も行き届いています。本訳書はこの批評校訂版を底本にしました（批評校訂版の原書名はRaymond Radiguet, *Le Diable au corps, Le Bal du comte d'Orgel*, préface, édition et dossier de Monique Nemer, Bernard Grasset, 2003）。『ドルジェル伯の舞踏会』にはすでに堀口大學による名訳を始めとして数種類の邦訳がありますが、すべて一九二四年七月の初版のテキストに拠《よ》るものです。訳出時のラディゲ研究の状況からして、他に選択肢はなかったでしょう。咎《とが》めだてするような話ではありません。ですが、今は事情が違います。管見の限りで、コクトーたちの手が加わる前のテキストが日本語になるのはこれが初めてです。

ただし、お断りしておかなければならないことがあります。一つは、もしラディゲにもっと時間が残されていたら、彼が自らの判断で、また場合によってはコクトーに助言を求めながら、校正刷りに手を入れていた可能性は十分にあるということです。つまり、ここにお届けするのはラディゲ自身による「最終形」ではあっても、「完成形」ではないのです。『ドルジェル伯の舞踏会』は、もしこう言ってよければ、永遠に未完に留まる作品です。それと、もう一つ。先にも述べましたように、二〇部だけ刷られた部数限定版には「作者が残したままの――即ち、誤植の修正を含む一切の修正を行う前の状態の――レイモン・ラディゲの小説の校正刷り」と記されていて、よもやこの文言を疑う必要はあるまいと思われるのですが、しかし、この部数限定版のテキストと、一九二三年一〇月に刷られた校正刷り（生前のラディゲに届けられた校正刷り）を照らし合わせると、若干の異同が見つかるのです。はたしてこの異同はラディゲ本人の意向を反映したものなのか、それとも第三者が介入したことを示すのか、はたまた印刷中の何らかの事故によるものなのか、そこはいまだに分からないのです。

ここで詳細には立ち入りませんが、いまもって『ドルジェル伯の舞踏会』の本文批判に関わる問題はすべてクリアーになったわけではないことは言い添えておきます。

読みどころ

この辺で本作の主要テーマをあらためて振り返ってみましょう。緊密な構成を持ち、冗長なところがまるでない本作は、そのすべてが読みどころだと言ってもよさそうですが、特に興味深い点、読み飛ばしたくない点をいくつか取り上げ、コメントしておきます。

「純粋な魂が無意識のうちに弄する奸計」

世に数多《あまた》ある恋愛小説の中で本作を際立たせている特色の一つ、それはヒロインが恋心を自覚するのに驚くほど手間取ることでしょう。実際、読者がページ数にしてじつに全体の四分の三を読み終えたところで、ようやくマオは自分の恋心に気づくのです。ちょっと彼女に気の毒な言い方になりますが、ここまで自分の気持ちに「鈍感」な女性も珍しいのではないでしょうか。本作のモデルである『クレーヴの奥方』のヒロインにしても、すぐには胸の思いを自覚しはしないものの、マオと比べればよほど敏感です。

なぜそんなことになったのでしょう。それは作者ラディゲの狙いがもっぱら〈純粋な魂の奸計〉を描き出すことにあったからです。冒頭近くの一行を思い出しましょう。

　純粋な魂が無意識のうちに弄する奸計は、はたして悪徳がはりめぐらせる策略より奇異でないと言えるだろうか？（7頁）

「悪徳」を云々する作者の脳裏にあるのは、一八世紀の作家ラクロの『危険な関係』だったかもしれません。『危険な関係』（ちなみに本作には『危険な関係』への言及があります）は「悪徳」の化身のような男女が暗躍するめっぽう面白い恋愛小説ですが、ラディゲはあたかもそれに対抗するかのように、この世には「悪徳がはりめぐらせる策略」よりもさらに不思議なもの、面白いものがあるのではないかと問うのです。悪徳から遠く隔たった「純粋な魂」も、じつは無意識のうちに奸計を弄しているのではないか。当人が知らず知らずのうちに用いる詐術や偽計ほど興味深いものはないのではないか——こんなところが彼の見当です。それにしても、「無意識」という言葉で彼は何をイメージしていたのでしょう。

「無意識」と聞いて私たちがまず思い浮かべるのは精神分析学の創始者フロイトでしょう。ラディゲの周囲でもその名はすでに知られていました。ラディゲの父の書棚にはフロイトの『精神分析入門』があったといいますから、本好きの息子が手に取ったとしても不思議ではありません。また、ラディゲはアンドレ・ブルトンを中心とする未来のシュルレアリストたちと一時期付き合っていて、ブルトンとフィリップ・スーポーの共著『磁場』も雑誌掲載時に読んでいました。『磁場』は自動記述（エクリチュール・オートマティック）、すなわち理性のコントロールを介在させずに無意識のイメージを書きとろうとする書法の最初の成果です。ラディゲはラディゲなりに同時代の思潮に刺激を受けながら、心の深層に対する興味を育んでいたのでしょう。『ドルジェル伯の舞踏会』の下書きには無意識をめぐるやや思弁的な言葉が何度か出てきます。例えばこんな具合です。

だが、私たちの無意識は私たち自身の最も敏感な部分、私たちよりも先にすべてを知っている部分――それどころか、私たちがけっして知ることのないことまで知っている部分――ではないだろうか。

ここにはラディゲが抱いていた無意識のイメージが簡潔に言い表されています。彼は推敲の過程でこのフレーズを削除してしまいますが、本作の最終形に現れる「もう一人のマオ」「未知のマオ」（147頁、151頁）とは〈マオ自身の最も敏感な部分、マオよりも先にすべてを知っている部分〉に他ならないでしょう。

マオはフランソワに恋心を抱いていることを自覚していません。ですが、彼女の内面の奥深くに潜んでいる「もう一人のマオ」は真実を察知していて、ときどきマオの意識の表層に働きかけてきます。マオに恋心を自覚させようとして、何らかの信号を送ってくるのです。すると、その度に彼女の内で「嘘のからくり」が動きだし、彼女を誤った解釈へ導いてしまいます。せっかく信号が送られてくるのに、彼女は信号の意味を読み違えてしまうのです。注意すべきなのは、この「嘘のからくり」もまたマオには制御不能のもの、無意識の領域に属するものだということです。

アンヌの留守中にマオとフランソワが二人きりでアルバムのページを繰る場面を例

にとりましょう（184〜185頁）。ウィーン娘の写真を見たフランソワに「どなたです？美しい方ですね」と訊ねられて、マオは胸に痛みを覚えます。この胸の痛みが「信号」です。もちろん、このときマオの胸が痛んだのはフランソワに焼き餅を焼いたからです。それに気づけば、彼女はフランソワに恋していることにも気づいたでしょう。ですが、そこで勝手に「嘘のからくり」が作動しはじめ、彼女に胸の痛みの意味を誤解させるのです。つまり、彼女は夫とウィーン娘の仲を妬《や》いているから胸が痛むのだと思い込むわけです。こうしてマオは道ならぬ恋ゆえの胸の痛みを、夫への愛情の証しと取り違えるのです。

本作にはこうした心の動きのバリエーションが繰り返し現れます。その一つ一つが「純粋な魂が無意識のうちに弄する奸計」なのだと言ってよいでしょう。「奸計」という言葉は強すぎると感じられるかもしれませんが、マオは恋を自覚しない限りで、罪悪感に苛《さいな》まれずにフランソワとの付き合いを楽しめるわけです。そこを考えれば、この言葉もけっして的外れだとは言えないはずです。

もっとも、マオが知らず知らずのうちに弄してしまうのはこの手の「奸計」にとどまりません。「もう一人のマオ」はときにマオを自在に操り、彼女自身に理解できないような言動を彼女にとらせてしまうのです。実際、彼女は何度かアンヌに嘘をついていますが、どの嘘も「もう一人のマオ」に命じられて図らずもついた嘘です（134頁、146頁）。さらに言えば、マオは恋をついに自覚してもなお「もう一人のマオ」に翻弄されつづけていたようです。彼女がフランソワの母セリユーズ夫人に送った手紙を思い出しましょう（193頁以降）。

マオはフランソワへの思いを断ち、妻としての義務を果たすためにあの手紙を書いたのでした。ところが、母からその手紙を見せられたフランソワは、マオに愛されていたと知って胸を高鳴らせ、喜びのあまりとんでもない勘違いを犯します。マオが彼に恋心を伝えるためにこの手紙を書いたのだと思い込むのです。ですが、これを本当に「とんでもない勘違い」と言えるでしょうか。じつは「もう一人のマオ」がフランソワに恋心を伝えようと密かに画策していたのではないでしょうか。一見、夫婦の貞節に悖《もと》らぬ言動をとりつつ、フランソワに恋心を伝えるにはどうすればよいか――そう考えて思いついた唯一の手がセリユーズ夫人を利用することだったのではないでしょうか。こんなふうに詮索してはマオに気の毒かもしれません。彼女にしてみれば痛くもない腹を探られているようなものでしょう。とはいえ、これはまったくの妄説でもありません。語り手がそう仄《ほの》めかしているのです。実際、語り手はマオが手紙を書くにあたってついに決心を固めたと言いながら（もちろんフランソワと訣別する「決心」です）、その決心は「まだ本当の意味での決心ではなかった」と付け足しています。さらに、マオに打ちひしがれた様子がないのはそのためだろう、とも。この手紙の一件は、マオが無意識のうちに弄した奸計の中でもとりわけ手の込んだものの一つだったのかもしれません。

義務と恋の相克――「チロリヤンハットの一幕」

「もう一人のマオ」が何を企んだにせよ、恋を自覚した後のマオが「義務」と「恋」の板挟みにあって苦しんだことは疑い得ません。マオがセリユーズ夫人に手紙を書いてから、アンヌに「さあ、マオ、眠りなさい」と囁きかけられるまでのすべてのことが、たった一日のうちに起こった出来事なのですが（そこを押さえておかないと、マオが失神するのがいくらかリアリティーを欠くように思えてしまうかもしれません）、この長い一日のマオの奮闘ぶりもまちがいなく本作の読みどころです。

ここで言う義務とはもちろん、貞節を守り、夫に誠実を尽くす道徳上の義務のことです。恋を捨て、義務に殉じようとするマオはずいぶん古いタイプの女性のようにも思えます。「狂乱の時代」の読者の目にもそう映ったにちがいありません。中には、もっと自由になればいいのに、少しだけ勇気を持てば自由になれるのに、と歯痒《はがゆ》い思いをする読者もいたでしょう。その気持ちは分かります。ですが、マオに勇気がないというのは当たっていません。たしかに彼女は既成の夫婦観、道徳観に刃向かう勇気は持ち合わせていません。ですが、別の勇気を持っています。考えてみれば、何かのために恋を犠牲にすることほど辛いことはないとも言えるでしょうが、彼女にはその苦しみに敢然と立ち向かう勇気があるのです。それは多くの場合、誰にも気づいてもらえない勇気です。勲章で報いられる戦場の兵士の勇気と比べて、よほど純度の高い勇気ではないでしょうか。この種の勇気についてスタンダールは名高い『恋愛論』でこう述べています。

何物にも勝《まさ》る、あの精神の勇気についていえば、自分の恋と闘う女性の剛毅《ごうき》こそ、この世で最も賞讃《しょうさん》すべきものである。他のいかなる勇気の現われも、かくも強く自然にさからい、こんなに苦しい行為に比べてはいうにたりない。おそらく女はこの力を羞恥心《しゅうちしん》の強いるあの犠牲の習慣から得ている。

女の不幸の一つは、こういう勇気の証拠がつねに秘められていて、ほとんど外部に洩れないということである。

さらに不幸なことは、その勇気がいつも彼女たちの幸福にさからって用いられることである。（スタンダール『恋愛論』大岡昇平訳、新潮文庫、89頁）

じつはスタンダールがこう書きながら思い浮かべているのは『クレーヴの奥方』のヒロインなのですが、彼の言葉は本作のヒロインにもぴたりと当てはまるようです。とりわけ例のチロリヤンハットの一幕におけるマオに、です。

あの一幕（224頁以降）は、マオが挑んだ辛い「恋との闘い」の中でもとりわけ過酷な局面だったと言えるでしょう。ロシア人亡命者ナルモフの帽子をかぶっておどけるアンヌの、あまりと言えばあまりの醜悪さを目の当たりにして、マオはある思い切った行動に踏み切らざるを得なかったわけですが、その様子を伝える語り手は彼女の振る舞いを評して「誰もその偉大さに気がつかないだけに、なおさら英雄的な」と言っています。「英雄的」という言葉がフォルテシモで鍵盤を叩いたように響きます。

私たち夫婦は一心同体だ――そうフランソワに思わせようとして、マオは夫の恥ずべき行為の片棒を担いでみせたのでした。わざとフランソワの軽蔑を買うようなことをして、フランソワに見限られようとしたのだとも言えるでしょう。スタンダールは自分の恋と闘う女の「不幸」として、「勇気の証拠がつねに秘められていて、ほとんど外部に洩れないということ」と「その勇気がいつも彼女たちの幸福にさからって用いられること」の二つを挙げているわけですが、ここでのマオはまさにこの二重の不幸の痛ましい例証となっています。

ご承知の通り、彼女の「英雄的」な行動は、結局、彼女の見込んでいたような成果をあげませんでした。フランソワの心が彼女から離れるようなことにはならなかったわけです。このときのフランソワの心中を語り手はこう解説しています。

もしフランソワの愛がまだ不確かなものだったなら、マオのこの犠牲的行為は十分な成果をあげただろう。だが、いまさら彼の愛が冷めてしまうはずもなく、彼女のしたことは結局、彼を悲しませただけだった。そして、悲しみのために彼はいっそう恋心を募らせた。（228頁）

では、何がフランソワの愛をそれほど確かなもの、揺るぎようのないものにしていたのかと言えば、やはり、すでにマオに愛されていることを彼が知ってしまっていたことが大きいのでしょう。実際、彼はセリユーズ夫人宛のマオの手紙を読み、マオの真情を知っていたわけです。マオに愛されていると確信し、マオに対する恋情を一段と燃えあがらせていた彼に、いまさら何をしたところで「焼け石に水」だったでしょう。要するに、恋を断念するために書いた手紙が仇《あだ》となって、彼女の「英雄的」な行為が空振りに終わった、ということです。皮肉と言えば皮肉な話ですし、まさかフランソワに手紙が渡っていようとは思いもせずに必死の行為に及んだマオが哀れでもあります。ただし、上述の通り、マオが手紙を書いたのは、じつは道ならぬ恋を成就させようと企む「もう一人のマオ」に唆《そそのか》されてのことだったのかもしれず、だとすれば、この「恋との闘い」の決定的局面で勝利を収めたのは「もう一人のマオ」だったとも言えるでしょう。

ともあれ、ここで作者はマオとその周囲の人物一人一人の心の動きをまさに「クリスタルガラスを刻む裁断機」（コクトーがラディゲを評した言葉）のような正確さで浮き彫りにしていて、心理分析家ラディゲの面目躍如といった観があります。ナルモフという部外者を登場させ、この部外者にだけ明敏な、ただし真理にまでは到達しない推理力を与えている点も秀逸です。チボーデがこの一幕を特に取りあげ、「心理的ロマネスクの傑作」と呼んだのも頷《うなず》けます。私たち読者としては、作中人物たちの絡み合った心理が描きだす細密画のように精巧な図柄を存分に楽しめばよいのでしょうが、併せて、小道具の扱いの妙にも目を留めておきましょう。ご記憶かと思いますが、本作に帽子が現れるのはこれが初めてではありません。作者はこの場面に先立って、別の帽子の男を登場させているのです。「芝居小屋列車」のコンパートメントの中で、帽子を使って幼い子供たちに素人芸を披露する好人物の父親です（91頁）。あの微笑《ほほえ》ましい親子の情景と二重焼き付けになることで、チロリヤンハットの一幕はいっそう奥行きを増しているように見えます。それにしても、帽子という小道具を介して、時空を隔てた二つのシーンを何食わぬ顔で結びつける作者のポーカーフェイスぶりはなかなか堂に入っています。こうした仕掛けは他にもまだ隠されているのかもしれません。それを探してみるのも本作の楽しみ方の一つでしょう。

三角関係

ここまで「もう一人のマオ」の奸計について、また、恋を自覚した後のマオの奮闘ぶりについてコメントしてきましたが、いささかマオにばかり照明を当てすぎたかもしれません。というのも、本作はマオ一人の物語ではなく、彼女を含めた三人の関係性の物語でしょうから。

アンヌ、マオ、フランソワのいわゆる三角関係について考える際に注目すべきなのは、三人の物語が始まったとき、アンヌがマオに対して友情と敬意を抱きこそすれ、彼女を本気で愛してはいなかったという点です。アンヌがマオを愛しはじめるのは、フランソワとマオの二人が暖炉の前で親しげに語らっているのを見たときです。このとき初めてアンヌはマオに欲望を抱くのです（76頁以降）。その間の事情を語り手はこう簡潔に述べています。

事実、アンヌは妻を本気で愛しはじめていた。あたかも妻の真価を知るには、他人の欲望が必要であったかのように。（109頁）

では、この「他人」、すなわちフランソワはどんなきっかけでマオに恋心を抱いたのでしょう。フランソワはそもそもの初めからマオの美貌に無関心ではありませんでした。パリ郊外のダンスホールに行って、踊りが不得手なばかりにマオを踊りに誘えないことを残念がってもいます。ですが、その時点では愛だの恋だのといった感情ではなかったでしょう。彼がぼんやりとでもマオを恋の対象として見るようになるのは、ダンスホールでヘスター・ウェインから「トリスタンとイゾルデ」に出てくる媚薬の話を聞かされたときです(54頁)。ご承知の通り、中世ヨーロッパの伝説「トリスタンとイゾルデ」は、誤って媚薬を飲んだために恋に落ちた騎士トリスタンと王妃イゾルデの不義の恋の物語です。フランソワがヘスター・ウェインの話を聞くともなしに聞きながら、アンヌお手製の怪しげなカクテルをマオと一緒に飲んだことを思い返し、我が身をトリスタンに、そしてマオをイゾルデになぞらえたことはまちがいありません。彼はいわば伝説の騎士の後を追うようにして禁じられた恋の道を歩みはじめるのです。

もっとも、それだけがきっかけだったわけでもないでしょう。ダンスホールでアンヌとマオが仲睦まじげに踊っているのを目の当たりにしたことも、フランソワの恋の発生に与《あずか》っているはずです。あの晩、アンヌはまだマオを本気で愛していなかったのですが、フランソワにはそれが分かりません。彼はアンヌがマオを愛しているものと思い込み、二人のいかにも親密そうな様子に見入っているうちに、いつの間にか「もし僕の幸福のためにドルジェル夫人に何かの役を演じてもらうことになるとしても……」などと勝手な空想に耽《ふけ》っているのです（52頁）。このときの彼は、マオを本気で愛しはじめたときのアンヌとどこか似てはいないでしょうか。つまり、フランソワもまた「他人の欲望」（この場合の「他人」はアンヌ）に煽《あお》られていたのではないか、ということです。

アンヌとフランソワのこうした心の動きは、ある程度まで思想家ルネ・ジラールの模倣的欲望論で説明することができそうです。有名な理論ですのでご存じの方も多いかと思いますが、ごく簡単に紹介しておきますと、欲望とは「主体」（例えば、恋する男）を「対象」（例えば、意中の女）にダイレクトに結びつけるものではなく、両者の間にはかならず「媒体」となる第三者が存在する――これがこの理論の大前提です。主体はあくまで媒体を模倣し、媒体が欲している対象を欲するようになるのであって、自発的な欲望など存在し得ないというのです。主体は媒体とつねに同一の対象を求めるとは限らず、場合によっては類似の対象に甘んじることもありますが、とにかく主体が欲望を抱くには、欲望の対象を指し示してくれる手本ないしモデルとしての媒体が必要で、このモデルないし手本なしに人の心に欲望が宿ることはない。そうジラールは説くのです。ただし、お手本となる媒体が本当に対象を欲しているかどうかは重要とされません。主体から見て、媒体が対象を欲しているようであれば、それで主体の欲望は成立するのです。

もう少しだけ補足しますと、ジラールは主体と媒体を隔てる距離に着目して、媒体が及ぼす作用を「外的媒介」と「内的媒介」の二つに大別しています。例えば少女マンガのヒロインに感化された女の子が、ヒロインの恋人と同じタイプの男性に恋愛感情を抱くとします。その場合、主体（女の子）と媒体（マンガのヒロイン）の間には接触が生じないだけの距離がありますから（何しろマンガのヒロインは架空の存在ですから）、媒介は「外的」と見なされます。逆に、主体と媒体が接近している場合――両者の「願望可能圏」が重なる場合――は、媒介は「内的」となります。内的な媒介が生じると、主体と媒体が文字通り同一の対象を欲するという事態も生じます。親友の彼女に惚れてしまった、などというのはよくある話でしょう。さらに、この内的な媒介にあっては媒介が「相互的」なものになり得ることもジラールは指摘しています。主体に欲望を吹き込んだ媒体が、やがて主体の欲望を模倣しはじめる、つまり、「自分の欲望の真似の真似」をしはじめるというのです（詳しくはルネ・ジラール『欲望の現象学―ロマンティークの虚偽とロマネスクの真実』古田幸男訳、法政大学出版局をご参照ください）。

ラディゲは欲望というものの持つこの模倣的な性質を敏感に察知していたように思われます。実際、ジラールの用語を援用すれば、フランソワとアンヌの関係は「内的」かつ「相互的」な媒介の関係でしょう。アンヌはフランソワがそばにいないとマオに魅力を感じられなくなり、ヴァカンス中にマオと二人きりで旅に出るとさっそく浮気心を起こしますし（170頁）、フランソワはフランソワで、ヴァカンスが終わっていそいそとドルジェル邸を訪ねるものの、アンヌが留守と知って拍子抜けし、「はたして「僕は」まだマオを愛しているのだろうか？」などと自問するのです（183頁）。奇妙と言えば奇妙な二人です。一方、フランソワと伝説の騎士トリスタンの関係は、フランソワを主体、トリスタンを媒体とする「外的媒介」の関係と言えそうです。

欲望とは自発的なものだと頑迷に信じ込み、人間の個性やら独自性やらを神聖視する言説を「ロマン主義の嘘」と呼ぶルネ・ジラールは、それとは逆に、欲望のメカニズムを解明しようとして媒体の役割に光を当てた小説家たちの作品に「小説の真実《ロマネスク》」を見てとります。そこで名前が挙がるのはセルバンテス、スタンダール、フローベール、プルースト、ドストエフスキーなどですが、この偉大な作家たちのリストに『ドルジェル伯の舞踏会』の作者の名を付け加えることもできるのではないでしょうか。

ところで、本作で欲望の対象となるのはマオだけではないのですが、その場合にもやはり模倣のメカニズムは働いています。例えばアンヌが欲望の対象となる場合がそうです。フランソワはアンヌにどうしようもなく惹かれているわけですが、それはアンヌが「マオのような女性に愛されて」いるからです（108頁）。つまり、ここではマオが知らず知らずのうちに媒体の役を務めているのです。一方、欲望する主体としてのマオも他人の欲望の感染を免れてはいません。彼女がフランソワを愛するようになったのは、夫がフランソワに偏愛的な愛情を注ぐのを目の当たりにしたからでしょうし、さらに言えば、ヘスター・ウェインもマオの恋の芽生えに一役買っているようです。実際、マオが初めてフランソワを意識したのは、ヘスター・ウェインがフランソワとさも親しげなふりをしてみせたときではなかったでしょうか（56〜57頁）。恋はいつももつれ合いながら生まれる——ヘスター・ウェインが描いた「絡み合った二つのハート・マーク」はそう暗示しているようにも見えます。

さて、以上のことを踏まえた上で、本作の結末を振り返ってみましょう（237頁以降）。本作の結末はやや唐突なようでもあって、それだけにさまざまな解釈を生んできました。マオがアンヌとの間に乗り越え不可能な溝があるのを悟ったことはまちがいないとして、では、フランソワとマオはあの後どうなったのでしょう。想像を逞《たくま》しくして、二人の恋の行方を少しだけ占ってみましょう。

まず、マオがすべてを捨ててフランソワのもとに走る可能性があります。その場合、はたして二人は幸せになれるでしょうか。本作の欲望のロジックからすれば、残念ながらそんなハッピーエンドは想像しづらいのです。というのも、アンヌという媒体を欠いた後、フランソワがマオに対する情熱をいつまでも保持していられるとは考えにくいからです。もちろん、マオを失うと知ったアンヌは、かつてないほどマオを強く求めるかもしれません。ですが、すでにマオの愛を失い、その結果としてお手本としての威信まで失ったアンヌに、フランソワの欲望を搔《か》き立てる媒体の務めを全うできるとは思えません。早晩、フランソワの情熱は冷めてしまうのではないでしょうか。フランソワもかつてのアンヌ同様、マオに友情と敬意を抱きこそすれ、本気で彼女を愛さない男になってしまうのではないでしょうか。

ただし、マオがアンヌに愛想をつかしたからといって、それで彼女がフランソワのもとに走るとも限りません。別の想像も可能です。本作の最後で、マオは「目を覚まし」、「別の女性」に「生まれ変わり」ます。そして、まるで別の「遊星」から眺めるようにアンヌを見つめるのですが、そのとき彼女が目にしていたのははたしてアンヌ一人だったでしょうか。むしろ、それまで愛欲に翻弄されつづけてきた自分たちの姿をまざまざと見ていたのではないでしょうか。恋愛の渦中にある人は物が見えません。自分たちを突き動かす欲望のメカニズムを察知できず、ただ振り回されるばかりです。実際、それまでマオたちの心の動きを洞見していたのは語り手だけでした。ですが、夫に対する急激な失望が引き鉄《がね》となって、ついにマオの目にもすべてが白々とした相のもとに露呈したのかもしれません。そうであれば、今さらマオがフランソワのもとに走ることもないでしょう。言ってみれば、かぐや姫のようなものです。『竹取物語』のヒロインは物語の最後に「いざ、かぐや姫。きたなき所にいかでか久しくおはせむ」と天人に呼ばれて月の世界へ去るわけですが（「きたなき所」とは要するに人間世界のことです）、マオの心も「きたなき所」を去り、別の「遊星」へ移り住んだのではないでしょうか。

もちろん、さらに別の想像も可能でしょう。いったんは「目を覚まし」たマオでしたが、「さあ、マオ、眠りなさい」という「催眠術師」のようなアンヌの言葉に魅《ばか》されて一晩ぐっすり眠ったら、覚醒前のマオに戻っていないとも限りません。「きたなき所」に舞い戻り、義務と恋の狭間《はざま》で苦しみつづける彼女の姿も想像できなくはないのです。

ともあれ、こんなふうに『ドルジェル伯の舞踏会』の結末はさまざまな想像を掻き立てます。それも本作が読者一人一人の自由な読みに開かれていればこそでしょう。ですが「自由」とは言ってもおのずと限度があります。できることならマオのために幸せな未来を想像してやりたいと思うものの、それはなかなか難しいようです。

「最も貞潔でない小説と同じほど猥《みだ》りがわしい、貞潔な恋愛小説」アンヌ、マオ、フランソワの関係性についてルネ・ジラールの模倣的欲望論を参照しながら考えてみましたが、まだ彼らの三角関係の内実がすっきりと理解できたという気はしません。どこか釈然としないものが残るのです。

一人の女を巡る三角関係を扱った数多くの文学作品の中で、ラディゲの著作、とりわけこの『ドルジェル伯の舞踏会』を際立たせている特色は何かと言えば、男二人が驚くほど友好的な関係をいつまでも保ちつづけることでしょう。ふつう一人の女を巡って三角関係が生じれば、男二人はたとえ古くからの友人であっても、おのずと敵《てき》愾心《がいしん》を燃やすものです。ところが、本作の二人にはそんな様子がまるで見られません。たしかにアンヌは完全に嫉妬心と無縁でいられるわけではないようですが（147頁）、その嫉妬心はほとんど無意識のレベルにとどまっていますし、かたやフランソワはアンヌを「恋敵」ではなく「仲間」だと思っていて、「そんなのはおかしい」と自分の気持ちを打ち消そうとしても、やはりそう思えてしまうことに変わりはないのです（107〜108頁）。この不思議な関係をどう見るべきでしょうか。歴代の批評家たちが唱えた説を二つほど紹介しましょう。

一つには、これは「共謀」と呼ぶべきものではないか、という意見があります。この意見は、二〇世紀の思想家ロラン・バルトの名著『恋愛のディスクール・断章』に依拠しながらラディゲ研究家モニック・ヌメールが唱えたものです。バルトの『恋愛のディスクール・断章』には「共謀」と題された断章が含まれていて、そこには「愛する人のことを競争相手と話し合っている自分を想像する。奇妙なことにこのイメージは、恋愛主体の心に共犯者としての喜びを育てる」という興味深い一文があります。以下に、それに続く一節を引用しましょう（引用中、「わたし」はバルトその人ではなく、仮想された恋愛主体を指します。また「男／女」という表記は「競争相手」の性別を問わないことを意味します）。

> 愛する人のことをともどもに語るに値いする男／女とは、わたしと同じほど、わたしと同じように、あの人のことを愛している男／女である。わたしの相称的存在であり、ライバルであり、競争者である（競争とは場所の問題なのだ）。ようやくにわたしはあの人のことが語れる、あの人のことをよく知っている者を相手に。知の同等性、わたしたちによる包括のよろこびが生じる。この対話を通じて、対象は遠ざけられもせず、引き裂かれもしない。決闘にも似たこのディスクールの内部で、それに護られてとどまるのだ。［中略］収斂する二つの視線により、ひとしお客観性を強めた不在の人をめぐって、騒々しいおしゃべりが交わされ、嫉妬はすべて一時的に留保される。（ロラン・バルト『恋愛のディスクー

ル・断章』三好郁朗訳、みすず書房、97～98頁）

じつは本作にはフランソワとアンヌが二人きりで言葉を交わす場面はほとんどないのですが、数少ない例外の一つに、体調の思わしくないマオを案じて二人で話し込むシーンがあります（189～190頁）。そのくだりなどを読むと、たしかにこの共謀という言葉が彼らの関係をうまく言い当てているようにも思えます。

ですが、本当にそれだけなのか、という気がしなくもありません。何しろアンヌはフランソワに夢中で、片時も彼を離すまいとするほどの熱の入れようですし、フランソワはヴァカンス中に一人で浜辺を歩きながら、「僕はアンヌが好きだ」と繰り返しているのです。どこか変だ、と考える人がいるのも無理はなく、そこで生まれたのが「同性愛説」です。実際、フランソワとアンヌの間に潜在的な同性愛を看取する批評家は少なくありません。

この同性愛説はあくまで仮説にとどまります。それをお断りした上で、この仮説に好都合なディテールを二つ挙げるとすれば、一つはアンヌの声です。マオが人によっては「男っぽい」と感じるような声をしているのに対し、アンヌは「女みたいな声」

の持ち主なのです（30頁）。それに加えて、アンヌAnneというファーストネームも気になります。というのも、この名はどちらかと言えば男性よりも女性に付けられることの多い名ですから。要するに、作者はアンヌをいくらか性の揺らぎを感じさせる人物として造形しているのです。ちなみにラディゲは死後に発見された執筆メモの中で、本作を「最も貞潔でない小説と同じほど猥りがわしい、貞潔な恋愛小説」と呼んでいます。この作品が「貞潔」で、しかも「猥りがわしい」とすれば、まずはそれは「純粋な魂」が弄する「奸計」を扱っているからでしょう。ただし、この「猥りがわしい」の一語に、同性愛のテーマの暗示を見てとる批評家もいるのです。それがはたして当を得た見方かどうか、その判断は読者にお任せしますが、ただ、この意見が同性愛に対する批評家側の偏見や差別意識を示すものではなく、ラディゲの時代に同性愛がタブー視されていた現実を踏まえたものであることはお断りしておきます。

せっかくですから、ここで奇抜と言えば奇抜な説をもう一つご紹介しておきましょう。フランソワがセリユーズ夫人を見る目、あれはおかしいのではないか、という声もあるのです。息子が母親に向ける目としていかがなものか、という声です。要するに、同性愛と並んで、潜在的な近親相姦願望もまた本作の秘められたテーマではないか、というのです。たしかにフランソワはセリユーズ夫人の若々しい立ち居振る舞いに見惚れているうちに、そこにいるのが自分の母親だということを忘れてしまうことがありますし、セリユーズ夫人がアンヌと親しげにしているのを見れば、つい「どきどきし」てしまいます（118頁）。少なくともフランソワが母親を異性として意識していたのはまちがいなさそうです。

「近親相姦願望説」を唱える人は、さらに一歩踏み込んでこう考えます――フランソワはマオに恋しているつもりでいるが、じつは彼はマオを通してセリユーズ夫人を求めているのではないか。フランソワにとってマオはセリユーズ夫人の身代わり、代替物に過ぎないのではないか、と。眉唾物の意見にも思えますが、しかし、そう言われてみれば、作者がこの二人の女性のイメージを密かに重ね合わせようと苦心しているようにも見えるのです。そもそも彼女たちは遠縁とはいえ親戚同士の間柄という設定でしたし（119～120頁）、二人とも「純粋」かつ「不器用」な女性とされています（198頁）。当世風の華奢な女らしさとは異なる魅力を持つのも両者に共通した特徴でしょう。さらに言えば、作者が明らかに『クレーヴの奥方』のヒロインをモデルにマオを造形しておきながら、作中でそのヒロインと比べられているのはセリユーズ夫人だったことも思い出されます（101頁）。まるで『クレーヴの奥方』のヒロインを介して二人が重ね合わせられているかのようなのです。

この二人の類似に関連してもう一つ指摘しておきましょう。フランソワが「母は急用で出かけた」と嘘をつき、マオとアンヌをマルヌ川のほとりに連れ出した日、マオはそこにいるはずのないセリユーズ夫人の突然の出現に驚き、思わずあっと叫び声を漏らすのでしたが、そのくだりで語り手はセリユーズ夫人の若々しさを強調し、こんなコメントを加えています――「セリユーズ夫人その人というより、その妹にでも会ったような気がしたとしてもおかしくなかった」（145頁）。問題は、この「妹」は誰の妹か、ということです。作者はそこを明確にしていません。それを拙《つたな》いと判断してのことでしょう、コクトーたちは作者の死後、この箇所に手を加えて「フランソワの妹にでも会ったような［……］」と書き換えていますが、元の文の「妹」を「フランソワの妹」と解するのは前後の繋がりから言って無理があります。ここは文脈から推して「セリユーズ夫人の妹」と取るのが妥当でしょう。少なくとも訳者の私はそう考え、そう取れるような日本語に訳したつもりですが、ただし、それ以外の解釈の余地も残しました。というのも、今日のフランス人研究者の中には「妹」を「マオの妹」

と解する人もいるからです（*Le Bal du comte d'Orgel*, dossier et notes réalisés par Isabelle Schlichting, lecture d'image par Agnès Verlet, Gallimard, coll. Folioplus classiques, 2012, p.180–181, 196）。その解釈に従えば、この一文は「この日のセリユーズ夫人は、マオの妹と見紛うほど若々しかった」の意になるでしょう。セリユーズ夫人とマオは姉妹のようによく似ている、という意味でもあります。マオとセリユーズ夫人の年齢差を考えれば、いささか強引な解釈にも思われますが（セリユーズ夫人は三七歳。マオの年齢は本作中に明記されてはいませんが、二〇歳のフランソワより若いのは確実です）、それでもそう取ってよいのであれば、マオとセリユーズ夫人の代替可能性はいっそう高まることになるでしょう。

恋愛小説としてはむしろ異例でしょうが、本作には恋の当事者同士が胸の思いを打ち明ける「告白シーン」が存在しません。フランソワはいつまでたってもマオに愛を告白しませんし、まして彼女を口説くとか誘惑するといったことは端《はな》から諦めているようなのです。それはもちろん、彼がアンヌとの関係を大切にしているからです。ですが、それだけでしょうか。むしろ自分でもはっきりと意識しないまま、マオの内に母親の面影を認めているからではないでしょうか。彼にとってマオはいわばインセスト・タブーの対象になっていて、そのため彼はマオにある程度以上は近寄れないのではないでしょうか。少なくとも、マオをセリユーズ夫人の身代わりと見做す読者であればそう考えるでしょう。そして、この潜在的な近親相姦願望と身代わりのテーマにも、やはり「猥りがわしい」の一語との照応関係を認めることでしょう。

舞踏会

さて、ここまでラディゲの生涯を駆け足で辿り、本文批評に関わる問題をご説明してから、この作品の読みどころを思いつくままにいくつか振り返ってきました。もとより、ここに示した解釈はあくまで「一つの」解釈に過ぎません。本作を読み返す際に参考にしていただき、別の解釈を導き出すためのきっかけにしていただければ、それで役目を果たすものと考えています。ただ、それにしても、比較的短いこの作品には不釣り合いなほど冗長な解説になってしまいました。そろそろ切り上げるべきでしょうが、最後に本作のキーワードの一つであり、タイトルにも現れる「舞踏会」についてコメントしておきたいと思います。

舞踏会——原語で言えばbalですが、一口にbalと言っても、王宮で催される絢爛豪華なパーティーから、革命記念日に町中で繰り広げられる庶民のお祭り騒ぎ（日本で言うところの「パリ祭」）に至るまで、じつにさまざまです。本作を執筆するラディゲの念頭にあったのは、一九一〇年代、二〇年代にパリの社交界で流行した仮装舞踏会です。その様子を少しでも覗いておくのは、本作の理解を深める上で無駄ではないでしょう。当時の人はどんな仮装を楽しんだのでしょうか。

フランスではすでに一七世紀にはカーニバルの時期にさかんに仮装舞踏会が催されていました。範を垂れたのは太陽王ルイ一四世です。主な舞台となったのは、ヴェルサイユ宮殿やパリ西郊マルリ＝ル＝ロアの城でした。以来、大革命を経て、ラディゲの時代に至るまで、仮装舞踏会は社交上の一大イベントでありつづけました。ただし、そのスタイルは時代とともに変化しています。

カーニバルとはカトリック教国で、肉食が禁じられる四旬節に先立つ三〜八日間に催されるにぎやかな祝祭です。四旬節は復活祭の四六日前の水曜日に始まり、復活祭は三月二一日から四月二五日の間を年によって移動します。カーニバルの時期はラディゲの時代、つまり両大戦間期にも依然として仮装舞踏会にうってつけのシーズンではありましたが、ただし、それ以外の時期に仮装舞踏会が催されることも稀ではありませんでした。すでに宗教的な暦に支配される時代ではなかったのです。本作でも、まだ舞踏会を催すには早いのではないかとためらうマオを、アンヌが「控えめなんだな」と軽くいなしていましたが、このやりとりがあったのは十月のことです（188頁）。かつて仮装舞踏会の最大の楽しみは、仮面を被るなどして変装し、自分の素性や身分を隠すことにありました。その結果、あまりにも見事に正体を隠しおおせたルイ一四世の孫ブルターニュ公が、どこぞの伯爵に尻を蹴り上げられるといった珍事も起きています。しかるに時代が下って両大戦間期となると、むしろ顔を隠さないのが主流になっていました。仮装舞踏会はもはや匿名性を楽しむ場というより自己アピールの場であり、参加者たちは奇想天外な衣装をまとって周囲をあっと言わせることに喜びを見出したのです。

ただし「自己アピール」とは言うものの、各人の裁量で好き勝手な格好をすることが許されていたわけではありません。事前に何らかのテーマを設定するのが両大戦間期の流儀で、参加者はそのテーマに即した仮装をすることが義務づけられます。本作にもアンヌたちが来る仮装舞踏会の「テーマ」を何にするかで頭を悩ますシーンがありました（221頁）。当時の舞踏会の主催者として有名なのはボーモン伯（先にアンヌのモデルとして紹介した人物です）やノアイユ子爵夫人ですが、例えばボーモン伯であれば、一九二二年二月二七日にパリ七区の私邸で「娯楽・遊具」をテーマにした仮装舞踏会を催しています。この仮装舞踏会にはラディゲも参加し、縁日の射的小屋を象《かたど》った着ぐるみを着て登場したそうです。他に例えば女性画家ヴァランチーヌ・ユゴーなどもこの日の仮装舞踏会に参加していて、運よく残された写真の中の彼女はメリー・ゴーラウンドを象った巨大な帽子とドレスを身に着けています。なお、こうしたコスチュームのデザインを手がけた人の中にはピカソなど当代一流のアーチストもいました。仮装舞踏会は芸術家たちの腕の見せどころでもあったのです。

一般に仮装舞踏会は招待客の入場でもって幕を開けます。客が仮装した姿を順番に披露し、それが終わって文字通りの「舞踏会」、つまりダンスの時間が始まり、その後、会食、それにちょっとした余興が付け加わるというのが通例です。ときには「余興」の域を超えたスペクタクルが上演されることもありました。ノアイユ子爵夫人が一九二九年六月一八日に催した仮装舞踏会ではプーランク作曲、ニジンスキー振付のバレエ「オーバード」が上演されています。

もっとも、仮装舞踏会が幕を開けるのはじつは当日の晩ではなく、招待客の選定が始まった時点だったと言うこともできるでしょう。当時、ボーモン伯たちはけっしてぶっつけ本番で舞踏会を開いたりはしませんでした。まず招待客を厳選し、次いで主賓格の客たちと相談してテーマを定め、入念なリハーサルを行った上で当日に臨むのです。ボーモン伯とも交際のあった両大戦間期の名士の一人ジャン＝ルイ・ド・フォシニー＝ルュサンジュは、往時の華やかな舞踏会を懐かしみつつ、「だが、舞踏会そのものより、舞踏会を準備したり、事後に講評を述べあったりすることの方がもっとエキサイティングだった」と回想しています（Jean-Louis de Faucigny-Lucinge, *Fêtes mémorables, bals costumés, 1922-1972*, Herscher, 1986, p.8）。要するに、準備の過程もまたイベントの一部だったということでしょう。本作の謎の一つは、そのタイトルにもかかわらず、舞踏会の本番を迎えることなく物語の幕が閉じることです。そこはいろいろと深読みを誘ってもきたのですが、しかし、準備の過程も舞踏会の一部と考えるなら、とりたてて奇とするに足りないのかもしれません。

ただし、これはお断りしておかなければなりませんが、タイトルに現れるbalの一語はけっしてアンヌたちが準備中の仮装舞踏会を指すだけのものではありません。本作には仮装舞踏会に関連する諸々のテーマ（「芝居」「舞台」「役者」「道化」「変装」

等）が繰り返し現れ、それが互いに響き合っています。その全体を指すのがbalだと言うべきです。ドルジェル夫妻とフランソワが出会ったのがサーカス小屋だったのはその点で象徴的です。「芝居小屋列車」の一幕も思い出されます。人工的な社交界にうごめく人々は皆、それぞれ何かの役割を演じているのだとも言えるでしょうし、その中でマオだけはぽつんと孤立しているようですが、しかし彼女の素顔と見えるものもじつは「もう一人のマオ」が被った仮面に過ぎないのかもしれません。そう考えると、自然とこんな言葉が頭に浮かんできます。

全世界が一つの舞台、そこでは男女を問わぬ、人間はすべて役者に過ぎない、それぞれ出があり、引込みあり、しかも一人一人が生涯に色々な役を演じ分けるのだ［……］（シェイクスピア「お気に召すまま」『新潮世界文学Ⅱ―シェイクスピアⅡ』福田恆存訳、新潮社、352頁）

これはシェイクスピアの『お気に召すまま』に出てくる有名なセリフです。「狂乱の時代」のパリにスポットを当て、このセリフの意味するところを徹底的に描くとどうなるか、それを見せてくれるのが本作だとも言えるでしょう。

参考文献

（「解説」中に引用した文献と、「解説」執筆に当たって特に参考にした文献に限ります）

A. ラディゲの作品、書簡の校訂版

Le Bal du comte d'Orgel, édition de Bernard Pingaud, Gallimard, coll. Folio classique, 1983.

Le Bal du comte d'Orgel, édition critique établie et présentée par Andrew Oliver et Nadia Odouard, Lettres Modernes, 1993, t. I.

Le Diable au corps, *Le Bal du comte d'Orgel*, préface, édition et dossier de Monique Nemer, Bernard Grasset, 2003.

Le Bal du comte d'Orgel, dossier et notes réalisés par Isabelle Schlichting, lecture d'image par Agnès Verlet, Gallimard, coll. Folioplus classiques, 2012.

Œuvres complètes, édition établie par Chloé Radiguet et Julien Cendres, Omnibus, 2012.

Lettres retrouvées, édition établie par Chloé Radiguet et Julien Cendres, Omnibus 2012

B. ラディゲ研究

Clément Borgal, *Raymond Radiguet, la nostalgie*, Presses Universitaires de France, 1991.

Calogero Gardina, *L'Imaginaire dans les romans de Raymond Radiguet*, Didier Érudition, 1991.

Monique Nemer, *Raymond Radiguet*, Fayard, 2002.
Nadia Odouard, *Les Années folles de Raymond Radiguet*, Seghers, 1973.
Chloé Radiguet et Julien Cendres, *Raymond Radiguet. Un jeune homme sérieux dans les années folles*, Éditions Mille et Une Nuits, 2003.
Raymond Radiguet 1903–2003, colloque du centenaire, textes et documents réunis et publiés par Pierre Caizergues et Marie-Christine Movilliat, Publications de l'Université Paul-Valéry, Montpellier 3, 2005.

C. 舞踏会関連

Jean-Louis de Faucigny-Lucinge, *Fêtes mémorables, bals costumés 1922–1972*, Herscher, 1986.
Scènes de bal, bals en scène, ouvrage publié sous la direction de Claire Rousier, Centre National de la danse, 2010.

D. その他

シェイクスピア「お気に召すまま」『新潮世界文学Ⅱ—シェイクスピアⅡ』福田恆存訳、新潮社、一九六八年
ルネ・ジラール『欲望の現象学—ロマンティークの虚偽とロマネスクの真実』古田幸男訳、法政大学出版局、一九八二年（三刷）
スタンダール『恋愛論』大岡昇平訳、新潮文庫、一九七〇年
ロラン・バルト『恋愛のディスクール・断章』三好郁朗訳、みすず書房、一九八〇年

レーモン・ラディゲ年譜

一九〇三年
六月一八日午後四時五〇分、パリ東郊サン＝モール＝デ＝フォセのロシェ通り三〇番地の二に生まれる。父は風刺画家モーリス＝ラディゲ（当時、三七歳）、母はマリー（一九歳）。ラディゲは第一子。夫婦は子宝に恵まれ、母マリーは計一〇人の子を出産、ラディゲの生前に二人が亡くなる。末子のロベールが生まれたのはラディゲの死後。

一九〇九年　六歳
一〇月、地元のロラン小学校の準備過程のクラスに通う。

一九一〇年　七歳
ラ・ヴァレンヌ通りにある地元の公立小学校に入学。

一九一三年　一〇歳
一〇月から始まる新年度は学校に通わず、父親のもとでラテン語、ギリシア語、英語を学ぶ。ボードレールやラファイエット夫人の作品に親しみ、数ページにわたって暗唱できるまでになったという。

一九一四年　一一歳
七月一九日、受洗。
八月三日、ドイツとフランスの間に宣戦布告が交わされる。
第一次世界大戦勃発のため、この年も一〇月から始まる新年度に通学せず、父親の書斎にあった『ダフニスとクロエ』のロンゴス、マラルメ、ランボー、スタンダール、ヴェルレーヌの作品を耽読する。

一九一五年　一二歳
六月一五日、初等教育修了資格試験に合格。

一九一六年　一三歳
九月八日、奨学金資格試験に合格。
一〇月、パリ市内、バスチーユの近くにあるリセ・シャルルマーニュ校に入学し、電車で通学する。ただし学業に身が入らず、文学に熱中する。

一九一七年　一四歳
この年、リセの授業は休みがちで、奨学金授与資格も更新できず退学処分となる。
四月、『肉体の悪魔』のヒロインのモデルとなるアリス・ソニエと出会う。アリスは一八九三年一二月二日生まれでこのとき二三歳、出征中の婚約者がいた。
秋、詩人で美術評論家のアンドレ・サルモンの知遇を得たのをきっかけにジャーナリズムの世界に足を踏み入れ、新聞、雑誌にデッサンなどを発表しはじめる。その一方で、パリでアリスとランデヴーを重ねる。

一〇月九日、アリス、ガストン・セリエと結婚。

一九一八年　一五歳
この年、ジャーナリストとして多くの記事を発表するとともに、数編の詩をSICなどの文芸誌に寄稿する。パリのモンパルナス界隈でブランクーシ、キスリング、ザッキンなどの画家、彫刻家と知り合い、画家モジリアーニのアトリエを頻繁に訪れたのもこの年か。

一一月、アンドレ・サルモンに自作の詩を見せ、筆で身を立てたいという希望を表明。

一一月一一日、連合国とドイツとの休戦協定締結。第一次世界大戦終結へ。

一二月一六日、アリス、男子を出産。

この年、アリスとの関係が終わる。

一九一九年　一六歳
一月一二日、前衛芸術グループ・ダダの中心人物トリスタン・ツァラに手紙で数編の詩を送る。
二月、詩人のマックス・ジャコブ宅を訪ねる。以後、二人は友情で結ばれる。
三月、詩人のルイ・アラゴンと知り合う。この時点でラディゲはすでにアラゴンの盟友アンドレ・ブルトンと出会っている。ブルトン、アラゴン、フィリップ・スーポーが創刊した『文学』誌にラディゲはその後、何度か作品を寄稿する。

四月、画家のイレーヌ・ラギュを知る。ラディゲは恋愛感情を抱いたようだが、友人以上の関係にはならなかったとされる。イレーヌはラディゲより一〇歳年上の女性。

五月、『ダダ・アンソロジー』に詩一篇掲載。カンジンスキーのイラスト付き。

六月八日、前年一一月に死去した詩人ギヨーム・アポリネールのためにマックス・ジャコブが詩の会（マチネ・ポエティック）を主催し、ラディゲも参加、ジャン・コクトーたちの前でアポリネールの詩を朗読する。数日後、マックス・ジャコブの勧めでコクトーを訪ねる。

六月三〇日、コクトーが『パリ・ミディ』紙上で「我々の若手詩人の中でも最も若い人」としてラディゲを紹介。

一〇月、コクトーを中心にした作家、芸術家の集まりである「土曜晩餐会」の常連となる。

この頃、パリ左岸にあるエティエンヌ・ド・ボーモン伯の邸に招待される。

一九二〇年　一七歳

一月、ダダの中心人物ツァラがパリでブルトンたちの『文学』グループと合流、パリ・ダダが始まる。ラディゲはしばらくの間、オペラ座近くのカフェ、セルタを根城とするブルトンたちの集まりに参加する。

二月二一日、シャンゼリゼ劇場でコクトーの『屋根の上の牡牛』（音楽、ダリユス・ミヨー）初演。ラディゲは『ル・ゴロワ』紙上でこれを紹介。

三月、コクトーたちと雑誌『雄鶏』を創刊することに決める。この雑誌は同年五月から一一月まで計五号が刊行される。タイトルは途中から『パリの雄鶏』に。いずれにせよ、フランスの象徴である「ガリアの雄鶏」を踏まえたタイトル。雑誌の内容は反ダダイズム的。

この頃からブルトンたちと疎遠になったか。以後、手紙が交わされた形跡はなく、『文学』に寄稿することもなくなる。

五月一五日、バレエ・リュスの作品『プルチネルラ』（音楽、イゴーリ・ストラヴィンスキー）初演後に催されたパリ南郊ロバンソンでのパーティーに参加する。

七月、詩集『燃える頬』刊行。

八月一九日、コクトーとともに南仏カルケランヌに発ち、一か月以上パリを離れる。

夏、コクトーとともにオペラコミック『ポールとヴィルジニー』の台本を執筆。音楽はエリック・サティが担当するはずだったが、結局、この計画は実現しない。

九月、一〇月、『ゲームの規則』執筆（生前未発表）。ラディゲの文学観を窺わせる重要なエッセー。

一〇月、パリに戻り、トーラと知り合

う。トーラは『肉体の悪魔』のスヴェアのモデルと目される女性。『ドルジェル伯の舞踏会』のマオのモデルとも。

一一月、『パリの雄鶏』第五号にエッセー「大詩人たちへの助言」を発表。「独創性」に固執するよりむしろ「平凡」であるべきと説く。

この年、マックス・ジャコブと『詩法』を共同執筆したと考えられる（同書は一九二二年にマックス・ジャコブの名で刊行される）。

一九二一年　一八歳
一月三一日、詩集『ヴァカンスの宿題』刊行。

二月二六日、カルケランヌに出発。この年はこの旅行の期間を含めて五か月間パリを離れる。

三月、短編小説『ドニーズ』執筆（生前未発表）。

四月一六日、カルケランヌからパリに戻る。

五月二三日、ラディゲ作の二幕劇『ペリカン家の人々』（一九一九年末執筆）とラディゲ、コクトーの共作による寸劇『理解されない憲兵』（一九二〇年夏執筆）がミシェル座で上演される。前者は音楽をジョルジュ・オーリック、舞台美術をジャン・ユゴーが、後者はフランシス・プーランクが音楽を担当するも、特段の反響なし。

この頃、ベアトリス・ヘイスティング

スとの関係が始まるか。ベアトリス・ヘイスティングスはモジリアーニのかつての愛人で、ラディゲより二四歳年上の女性。

七月、コクトーたちとともにオーヴェルニュ地方に出発。

八月、コクトーたちとともにル・ピケーに移る。『肉体の悪魔』執筆。

一〇月、パリに戻る。

一二月、後に『ドルジェル伯の舞踏会』となる小説の執筆メモを取る。

一二月三一日、服飾デザイナーのガブリエル・シャネルが催した大晦日の晩餐会に参加、その後、エティエンヌ・ド・ボーモン伯が主催する新年の舞踏会へ繰り出す。この舞踏会にはマルセル・プルーストも姿を現す。

一九二三年　一九歳

一月三〇日、ユゴー夫妻宅で『肉体の悪魔』の朗読会。ピカソ、エティエンヌ・ド・ボーモン伯らが参加。朗読はコクトー。

二月、『肉体の悪魔』の一節（スヴェアの挿話）が『レ・フーユ・リーブル』誌に発表される。

二月二三日、ベルナール・グラッセ社の社長ベルナール・グラッセから『肉体の悪魔』の原稿を読ませてほしいという趣旨の手紙を受け取る。グラッセに『肉体の悪魔』を売り込んだのはコクトー。

二月二七日、エティエンヌ・ド・ボー

モン伯が催した仮装舞踏会に招待される。

三月三日、ラディゲ、ベルナール・グラッセに『肉体の悪魔』の原稿を手渡す。

三月一四日、ベルナール・グラッセと一〇年間の契約を交わす。グラッセは『肉体の悪魔』の原稿にさらに手を入れるよう指示。

この頃、パリ右岸の酒場「屋根の上の牡牛」に足繁く通い、酒量も増える。一晩でウィスキーかジンのボトルを一本空けたという。

四月末、『肉体の悪魔』を仕上げるため、コクトーに伴われてパリ北方の町シャンティイのホテルに滞在。


五月一二日、コクトーとともに南仏の海水浴場ル・ラヴァンドゥーに出発。以後、約六か月間パリを離れる。

七月初旬、『義務の亡霊』（後に『ドルジェル伯の舞踏会』と改題）の執筆を始める。コクトーは同月一五日付の母親宛の書簡にこう書く。「ラディゲは新作の執筆をみごとにスタートさせました。脱帽です。これは上流階級の話です。プルーストよりも美しく、バルザックよりも真実です」

八月七日、コクトーとともにプラムスキエ（ル・ラヴァンドゥーの近く）に移る。

一〇月一九日、『義務の亡霊』の原稿をひとまず書き終える。

一一月九日、パリに戻る。

一九二三年　　　　　　　　二〇歳

一月末、ベルナール・グラッセ、『肉体の悪魔』に最後の修正を加えるようラディゲに指示。

二月初旬、『肉体の悪魔』を完成させるためにシャンティイのホテルに滞在。

二月末、パリに戻る。

春先、ポーランド出身の若い女性ブロニア・ペルルミュテールと出会い、交際が始まる。

三月、ベルナール・グラッセ、『肉体の悪魔』売り出しのために大々的なキャンペーンを張る。

三月一〇日、『肉体の悪魔』刊行。大きな反響を呼ぶ。

三月一七日、『肉体の悪魔』の初刷が早くも完売。

四月二一日、二五日、三〇日、友人のユゴー夫妻宅で交霊術の会が開かれ、コクトー、音楽家のジョルジュ・オーリック、作家のポール・モーランとともに参加。

五月三日、コクトーが「無政府状態(アナルシー)と見做される秩序について」の題で講演し、真の無政府状態は古典的価値観へ回帰することにあると主張、例としてラディゲの名を挙げる。

五月三〇日、エティエンヌ・ド・ボーモン伯の邸で催された仮装舞踏会に参加。

七月一〇日、コクトーとともにル・ピケーに出発。

七月一二日、ル・ピケーから父親に宛てた手紙で『ドルジェル伯の舞踏会』の手直しに取りかかったことを告げる。「僕はすぐに仕事に取りかかりました。『ドルジェル伯の舞踏会』の原稿に手を入れているのです。かなり大部の小説になると思います。徹底的に書き換えるつもりの箇所もいくつかあります」これが「ドルジェル伯の舞踏会」というタイトルの最初の使用例。

七月末、オーリックがタイプライターを携えてル・ピケーを訪れる。ラディゲが読み上げる『ドルジェル伯の舞踏会』の原稿をオーリックがタイプに打つ。コクトーは母親宛の書簡にこう書く。「オーリックがタイプを叩き、ラディゲが口述する。素晴らしい太陽の下、すべてがセミの鳴き声と水の音の中に混じり込む」

八月一六日、つけ始めたばかりの日記にこう書く。「今朝、『ドルジェル伯』の冒頭部分の書き直しを始めた。バランスが悪い。ジャンが助けてくれた」(「ジャン」はジャン・コクトー)。

この頃、エッセー「イル・ド・フランス、愛の島」(未完)を執筆か。『肉体の悪魔』や『ドルジェル伯の舞踏会』に描かれた土地にかんするエッセー。『ドルジェル伯の舞踏会』のモデルとなった『クレーヴの奥方』の著者ラファイエット夫人への言及あり。

九月八日、ル・ピケーからベルナール・グラッセに宛てた手紙にこう記す。「あいかわらず『ドルジェルの舞踏会』の原稿に磨きをかけています。早くあなたにこの小説を読んでいただきたいものです。一〇月二日か三日にはパリに戻っているつもりですが、その頃、あなたはパリにいらっしゃいますか」

一〇月中旬、コクトーとともにパリに戻り、日を置かずにベルナール・グラッセに『ドルジェル伯の舞踏会』の原稿を委ねる。

一〇月二三日から二八日までの間にフランス北西部マイエンヌ県の印刷所で『ドルジェル伯の舞踏会』の校正刷りが刷られ、ベルナール・グラッセはそれをラディゲに渡す。

一一月、徴兵令状を受け取る。ベルナール・グラッセは『ドルジェル伯の舞踏会』の校正のための時間を確保するために招集猶予を当局に申請、承認される。

一一月一七日、ベルナール・グラッセ、校正を急ぐようラディゲに電報で指示。

一二月初旬、高熱を出す。コクトーの掛かりつけの医師は流行性感冒と誤診。その後、ガブリエル・シャネルの医師が腸チフスと診断。

一二月六日、パリ一六区の病院に運ばれる。

一二月一二日、午前五時、死去。

一九二四年

一月、ベルナール・グラッセ、ラディゲの親しい友人に配るために『ドルジェル伯の舞踏会』を二〇部刷る。ラディゲが遺した校正刷りに忠実な版と考えられる。

七月五日、ベルナール・グラッセ社より『ドルジェル伯の舞踏会』刊行。

訳者あとがき

ラディゲが遺《のこ》した雑多な文章の中に、恋愛小説にかんする短い省察が含まれています。そこで彼はスタンダールなどを名指ししながら、一九世紀フランスの恋愛小説に対する不満を漏らしています。「純粋さ」が足りない、というのです。不純物、すなわち〈恋愛以外のテーマ〉が混在しているじゃないか、という意味です。可能な限り純粋な恋愛小説を追求するとどうなるか。この雑然とした人生から恋愛のみを抽出し、恋する男女の心の動きの観察、分析に徹するとどうなるか。そんな科学の実験のような試みから生まれたのがこの『ドルジェル伯の舞踏会』です。その意味で本作は「純粋恋愛小説」とでも呼べるでしょうし（「純粋詩」と言うときと同じ意味での「純粋」です）、おそらくはその極北なのです。

その純粋さに惹かれてのことでしょう、日本にも『ドルジェル伯の舞踏会』のファンは少なくありません。中には『ドルジェル伯の舞踏会』に刺激され、新たな作品の執筆に取りかかった人もいます。いま思いつくままに挙げても、堀辰雄『聖家族』、小林秀雄『からくり』、三島由紀夫『盗賊』、大岡昇平『武蔵野夫人』など、いずれも『ドルジェル伯の舞踏会』の影響下に書かれた作品です。ラディゲの作品の「子供たち」と呼んでもよいでしょうか。ちなみに堀口大學が『ドルジェル伯の舞踏会』を初めて日本語に訳したのは一九三一年。堀口訳の訳文そのものが湛《たた》えるシックな表情に惚れこんだのは何も三島由紀夫一人ではないでしょう。一方、堀口訳が出る前にすでに原文で『ドルジェル伯の舞踏会』を読んでいた人もいます。堀辰雄や小林秀雄がそうです。

私事にわたって恐縮ですが、訳者の私は小林秀雄に唆《そそのか》されるようにして『ドルジェル伯の舞踏会』に近づいたクチです。小林秀雄の短編小説『からくり』には、『ドルジェル伯の舞踏会』の印象がこう述べられています。とても懐かしい文章ですので、ここに引用させてください。

……思いもかけず俺はガアンとやられて了った。電気ブランか女かでないと容易に働きださない俺の脳細胞は、のたのたと読み始めるや、忽《たちま》ちバッハの半音階の様に均質な彼の文体の索道に乗せられて、焼刃のにおいの裡《うち》に、たわいもなく漾《ただよ》って了った。［……］俺は彼の舞踏会を出て、凡そ近代小説がどれもこれも物欲しそうな野暮てんに見えた。これ程的確な颯爽《さっそう》とした造型美をもった長編小説《ロマン》を、近頃嘗《かつ》て見ない。それにしても子供の癖に何んという取り澄し方だろう。やっぱり天才というものはあるものだ、世に色男がある様に。（小林秀雄『Xへの手紙・私小説論』新潮文庫）

この小林秀雄の名調子にほだされて、オレもこんなふうに「ガアンとやられて」みたいと近所の書店に立ち寄ったのがもう三〇年ほど前のこと（それにしても「野暮てん」とはよく言ったものだと今にして思います）。そこで手にしたのはたしか新潮文庫の生島遼一訳だったはずです。以来、折に触れて本作を読み返してきました。私の場合は一発でガアンとやられたというより、本作とその「子供たち」を読み比べながら、徐々に双方に対する理解と関心を深めてきたように思います。ともあれ、そんなわけで『ドルジェル伯の舞踏会』とは長い付き合いです。ひとかたならぬ愛着があります。それを自分の手で訳出する機会に恵まれたのはじつに幸せなことだったと思っています。

『ドルジェル伯の舞踏会』の邦訳は、いま挙げた堀口訳、生島訳の他にもいくつかあります。どれも個性的な優れた翻訳で、今回の訳出にあたって大いに参考にしました。ただし、この新訳はラディゲ本人による『ドルジェル伯の舞踏会』を日本の読者にお届けするべく、第三者の手が加わる前のテキストを訳出したものです。翻訳の底本が異なるわけですから、当然、先達の諸訳とは多くの点で違っています。改頁の仕方も変えましたが、それももちろんラディゲが遺した「最終形」に合わせてのことです（ラディゲはそう頻繁に頁を改めはしませんでした。余白をふんだんに入れたのはコクトーたちです）。おそらく二つのヴァージョンを読み比べてみるのも一興でしょう。

それにしても、翻訳とはどうあるべきなのでしょうか。私はけっしてそういう難しい問にいつも頭を悩ましているわけではないのですが、それでもたまにこの問が頭をかすめることはあって、するとたいてい次の言葉を思い出します。二〇世紀フランスの作家アンドレ・ジッドは翻訳に携わった経験もある人ですが、そのジッドがこう言っているのです。

原典にあまりにもぴたりとへばりつくのはばかげたことだと思います。先ほども申しましたように、翻訳しなければならないのは意味だけではありません。大切なのは単語ではなく文を訳すこと、思想と情感を余すことなく表現すること、もし原著者が直接フランス語で書いたとしたらこう表現したにちがいないというような具合に思想と情感を表現することです。それは絶えざるごまかし、不断の迂回によってしか為され得ません。単純な逐語訳から遠く離れなければならないこともしばしばです。(ヌーヴェル・ルヴュ・フランセーズ誌一九二八年九月号に掲載されたアンドレ・テリーブ宛公開書簡)

もし原著者がこの作品を日本語で書いたとしたら、きっと……と想像を逞《たくま》しくしながら意気揚々と翻訳に取りかかり、一通り訳し終えたところで訳文を読み返す。そこで、おのれの日本語のあまりと言えばあまりの拙劣さに愕然とし、途方に暮れながら朱を入れはじめる——それが私のいつものパターンで、朱を入れはじめてからがいわば「本番」といった感じですが、今回のラディゲの翻訳でもそれは同じでした。そして、もうこれ以上どうあがいても、いまの自分の力量ではどうにもならないと観念したところで筆を擱いたというのが実情です。ですから、ジッドの言葉を実践できているなどとはとても言えないのですが、それでも理想はその辺りにある、という意味で引用しました。

もう少し具体的に申しますと、今回、私が目標としたのは、何よりもまず、マオやフランソワの心の動きをできる限り鮮明に写しとることでした。そのためにはそれこそ「単純な逐語訳から遠く離れ」る勇気を奮い起こさなければならないこともありました。作中人物たちの絡み合った心理が描きだす細密画のように精巧な模様を、こなれの悪い訳文で曇らせてしまうことだけは避けたかったのです。私にはそれがこの作品の翻訳の生命線だと思えていましたし、新訳を世に問う意義もそこにあると考えていたのです。それに加えて、原作に含まれているごく微量の笑いのテイストを何とか訳文に反映させたいという思いもありました。実際、この作品にはアンヌの父親の亡きドルジェル伯やポール・ロバンの言動を始めとして、読者のかすかな笑い――声を立てずにただふっと息を漏らす程度の笑いを誘う箇所があちこちにあり、それが本作の魅力の一端を成しているようなのです。一方、ラディゲ特有のあの「少し崩れた着こなしを思わせる文体のエレガンス」を訳文で再現するのは、私の手に余ることでした。下手に「少し崩れた着こなし」を狙って訳文をいじりはじめると、崩れきって目も当てられない日本語になってしまうのです。せいぜい私にできるのは、やみくもに簡潔な文体を目指さないようにするとか、美文調の訳語が頭に閃《ひらめ》いたとき、それに飛びつきたい気持ちを抑えるといったことくらいでした。

とにかく、そんな次第で、楽しみながら、苦しみながらラディゲの原文と格闘しているうちに、いつの間にか締切日をとっくに過ぎてしまっていました。それでも何とかここまで辿りつくことができたのは、光文社翻訳編集部の小都一郎さんと今野哲男さんの貴重なアドバイスと温かい励ましのおかげです。また、校閲部の方にもたいへんお世話になりました。本当にありがとうございました。

「解説」でも述べましたように、翻訳の底本にしたのはRaymond Radiguet, *Le Diable au corps, Le Bal du comte d'Orgel*, préface, édition et dossier de Monique Nemer, Bernard Grasset, 2003ですが、適宜、ラディゲ全集（*Œuvres complètes*, édition établie par Chloé

Radiguet et Julien Cendres, Omnibus, 2012）も参照しました。「解説」中のラディゲの生涯および『ドルジェル伯の舞踏会』の出版経緯にかんする記述は特にモニック・ヌメールの浩瀚《こうかん》なラディゲ伝Monique Nemer, *Raymond Radiguet*, Fayard, 2002に負うところが大きいことをお断りしておきます。「年譜」の作成にあたっては右に挙げたラディゲ全集の巻末の年譜とモニック・ヌメールのラディゲ伝の他、光文社古典新訳文庫に収録されている中条省平訳『肉体の悪魔』（二〇〇八年）の巻末の「年譜」も参考にしました。

本作の最後でマオは「別の遊星」に移り住み、熱気の失せた冷ややかな「彫像《う》」と化すのでしたが、そのときのマオの姿はおそらくラディゲの自画像と見てよいでしょう。実際、この作品の作者には、下界で繰り広げられている人間喜劇を遥かかなたから見下しているようなところがあります。その目は憎しみを湛えているわけではありませんが、かといって下界に対するノスタルジーに曇らされもせず、あくまで非情で透徹しています。人間離れした目、宇宙人のような目で、いろいろなしがらみと煩悩からいっこうに抜けだせない私などには縁遠いものですが、それだけに憧れに近い感情を抱きもします。すごいよな、こんな見方ができて、と。いい歳をして、二〇歳で死んだ若者に憧れているというのも滑稽な話ではありますが、どうやらこの憧憬の念が私をこの作品に繋ぎとめてきた要因であり、これからもそうであり続けるものと思われます。これまでラディゲの作品とは縁がなかったという方にも、また、すでにマオやフランソワとは旧知の仲だという方にも本書を手に取っていただき、この気持ちを共有していただけたら、などと勝手なことを考えています。

本文中に、「ジプシー」という、今日的な観点からすると不適切な呼称や、黒人に対する差別的な表現も用いられています。これらは、本書が発表された一九二四年当時のフランスの未成熟な人権意識に基づくものですが、作品成立時の社会情勢、および本作の文学的価値を考慮した上で、原文に忠実に翻訳しています。差別の助長を意図するものではないということを、ご理解ください。

編集部

kobunsha classics
光文社古典新訳文庫

ドルジェル伯《はく》の舞踏会《ぶとうかい》

著者　ラディゲ
訳者　渋谷《しぶや》豊《ゆたか》

2019年4月20日　初版第1刷発行

発行者　田邉浩司
印刷　新藤慶昌堂
製本　ナショナル製本

発行所　株式会社光文社
〒112-8011東京都文京区音羽1-16-6
電話　03（5395）8162（編集部）
03（5395）8116（書籍販売部）
03（5395）8125（業務部）
www.kobunsha.com

落丁本・乱丁本は業務部へご連絡くだされば、お取り替えいたします。
ISBN978-4-334-75399-3 Printed in Japan

いま、息をしている言葉で、もういちど古典を

長い年月をかけて世界中で読み継がれてきたのが古典です。奥の深い味わいある作品ばかりがそろっており、この「古典の森」に分け入ることは人生のもっとも大きな喜びであることに異論のある人はいないはずです。しかしながら、こんなに豊饒で魅力に満ちた古典を、なぜわたしたちはこれほどまで疎んじてきたのでしょうか。

ひとつには古臭い教養主義からの逃走だったのかもしれません。真面目に文学や思想を論じることは、ある種の権威化であるという思いから、その呪縛から逃れるために、教養そのものを否定しすぎてしまったのではないでしょうか。

いま、時代は大きな転換期を迎えています。まれに見るスピードで歴史が動いていくのを多くの人々が実感していると思います。

こんな時わたしたちを支え、導いてくれるものが古典なのです。「いま、息をしている言葉で」――光文社の古典新訳文庫は、さまよえる現代人の心の奥底まで届くような言葉で、古典を現代に蘇らせることを意図して創刊されました。気取らず、自由に、心の赴くままに、気軽に手に取って楽しめる古典作品を、新訳という光のもとに読者に届けていくこと。それがこの文庫の使命だとわたしたちは考えています。

このシリーズについてのご意見、ご感想、ご要望をハガキ、手紙、メール等で
翻訳編集部までお寄せください。今後の企画の参考にさせていただきます。
メール　info@kotensinyaku.jp

光文社古典新訳文庫　好評既刊

肉体の悪魔
ラディゲ
中条 省平 訳

パリの学校に通う十五歳の「僕」と十九歳の美しい人妻マルト。二人は年齢の差を超えて愛し合うが、マルトの妊娠が判明したことから、二人の愛は破滅の道を…。

クレーヴの奥方
ラファイエット夫人
永田 千奈 訳

恋を知らぬまま人妻となったクレーヴ夫人は、舞踏会で出会った輝くばかりの貴公子に心をときめかすのだが……。あえて貞淑であり続けようとした女性心理を描き出す。

アドルフ
コンスタン
中村 佳子 訳

青年アドルフは伯爵の愛人エレノールに言い寄り彼女の心を勝ち取る。だが、エレノールが次第に重荷となり…。男女の葛藤を心理描写のみで描いたフランス恋愛小説の最高峰！

マノン・レスコー
プレヴォ
野崎 歓 訳

美少女マノンと駆け落ちした良家の子弟デ・グリュ。しかしマノンが他の男と通じていることを知り……愛しあいながらも、破滅の道を歩んでしまう二人を描いた不滅の恋愛悲劇。

椿姫
デュマ・フィス
西永 良成 訳

青年アルマンと出会い、初めて誠実な愛に触れた娼婦マルグリット。華やかな生活の陰で彼女は人間の哀しみを知った！ 著者の実体験に基づく十九世紀フランス恋愛小説の傑作。

★続刊

パイドン　プラトン／納富信留・訳

師であるソクラテス最期の日、獄中に集まった弟子たちと「魂の不滅」について対話するプラトン中期の代表作。魂が真実に触れるのを妨げる肉体的な快楽や苦痛からの解放が「死」であり、魂そのものになること＝死は善いことだと説く。

シェリ　コレット／河野万里子・訳

五十を目前に美貌の衰えを自覚する高級娼婦のレア。恋人である二十五歳の美しい青年シェリの唐突な結婚話に驚き、表向きは祝福しつつも、心穏やかではいられない……。香り立つ恋愛の空気感と細やかな心理描写で綴る、コレットの最高傑作。

千霊一霊物語　アレクサンドル・デュマ／前山 悠・訳

狩猟のために某所に集まった人々が、奇妙ななりゆきで凄惨な殺人の現場検証に立ち会うことになったのを機に、一人ずつ自分の体験した恐怖譚を披露していく。生首、亡霊、吸血鬼の話まで、稀代の物語作家の本領が発揮される連作短篇集。